계란프라이 자판기를 찾아서

계란프라이 자판기를 찾아서

SUNNY – SIDE UP!

WITH SALT

반숙   완숙

설재인 장편소설

SIGONGSA

'계란프라이 자판기를 찾아서.'

그것이 우리의 이름이었다.

그리고 나는 열두 살이었다.

이 이야길 해주면 아무도 믿지 않을 거라고 나는 생각했다.

증거가 있지만 차마 드러낼 수 없었고, 사람들은 말할 거라고.

열두 살 애들이 어떻게 그런 생각들을 하고 살아요?

재밌네. 거짓말도 잘 하셔.

그래서 나는 그 어떤 말도 하지 않아왔다.

[1]

　내가 이른바 '천상천하 유아독존'이라고 표현하는 삶의 방식이 하나 있는데, 그렇게 살아야만 직성이 풀리는 사람들을 종종 마주하곤 한다. 의외로 그 개체 수는 상당하다. 무조건 세상에서 가장 특이해야만 하고, 가장 주목받아야만 한다. 자신보다 더 도드라지게 튀는 사람이 있는 상황을 견디지 못한다. 그걸 뭐라 욕한다면 조금 억울하기도 하다. 타고난 성격이 그런 것을 뭐 어쩌겠는가. 누가 그렇게 태어나고 싶어서 태어났나? 그런 이를 두고 비웃는 것은 말 안 듣고 내내 하악거리는 고양이가 제 집사를 보고 털도 없고 몸도 뻣뻣하며 자기 허리 높이만큼도 점프하지 못한다고 못마땅해하는 행위와 비슷하다. 애당초 그렇게 기괴한 모습으로 태어난 인간 집사로서는, 고양이가 그 존재를 아무리 역겨워한들 도무지 어쩔 수가 없는 것이다.

그렇게 태어난 이가 아주 잘생겼거나, 노래나 춤에 능하다거나, 운동을 기가 막히게 잘한다거나, 하다못해 남을 깔깔 웃기는 재주라도 갖추고 있으면 인생은 수월하게 풀릴 터이다. 그러나 안타깝게도 세상은 그렇게 호락호락하지 않아서, 보통 그렇게 타인의 관심을 갈구하는 성격을 지닌 채 태어난 사람들은 자신의 성에 찰 만큼의 능력치는 가지지 못하는 경우가 대부분이다. 마구 뽐내야 하는데, 여기 내가 있어요! 나라는 사람이 살고 있어요! 제발 나를 봐줘요! 사랑해줘요! 라고 소리치는 중인데, 그러나 사람들은 냉혹하다. 많은 사람들은 주로 예쁘고 귀여운 걸 좋아하기에, 예쁘고 귀엽지 않은 무언가가 팽이처럼 바닥에서 툭툭 튕기며 빙글빙글 돌고 있으면 한껏 노려보다가 달려가 밟아버리기 마련이다. 그러면 팽이는 이내 의기소침해져서 각자의 도덕성에 따라 달라지는 노선을 걷곤 한다. 자신이 받아야 할 세간의 관심을 몽땅 도둑질해 간 정치인 혹은 연예인을 헐뜯는 글들을 싸지르거나, 조금 더 좀스러운 경우엔 같은 부서의 사랑받는 후배를 갈구거나, 혹은 체력이나 양심이나 돈이 조금 남아 있는 이의 경우엔, 사진 잘 받는 취미 생활 같은 걸 찾아 몰두하고 그걸 전시한 후 '좋아요'의 개수에 목을 매달기도 하는데…. 그 방향이라면 꽤나 잘 풀린 것이니 차라리 응원해야 하지 않을까, 어쨌거나 남 욕하고 괴롭히는 것보단 훨씬 세상 전반에 이로운 일인 것 같으니. 물론 남 욕하는 사람들은 그런 사람도 신나게 까내리곤 하지만, 뭐 그들의 비난을 받지 않는 방법은 무덤 속 시체가 되는 방법밖에 없기 때문에 딱히 신경 쓸 필요는 없을 터이다. 부관참시도 예사로 일어나긴 한다만.

그리고, 진짜 말하고 싶은 건 지금부터다. 역시나 특별해야만 하는 사람으로 태어난 나, 기억하는 가장 최초의 순간부터 모든 사람들의 눈길을 받고 싶어서 안달 나 있는 어린애였던 나, 그러나 평범하고, 키 작고, 나름대로의 가무는 개헤엄과 비슷한 형태를 띠며 입담도 돈도 없는 나는 어떻게 타고난 저주와 비슷한 열망을 실현해왔는가?

나 같은 케이스가 가장 최악이라 장담할 수 있다.

타인의 관심을 받을 수 있는 그 어떤 재주도 없는 이는 할 수 있는 게 하나밖에 없으니까.

가장 막다른 길, 솟아날 곳 없는 궁지에 몰린 자가 택하는 길, 은 자해다.

자기 삶을 망하게 하는 것이다. 뭐 가만히 있었어도 서서히 멸망했을 거긴 하지만 그 정도로는 특별하지 않으니까, 쪽팔리니까, 아주 대차게 의도적으로 망치는 것이다. 그러고는 그럴듯한 변명거리를 마구 만들어낸다. 내가 왜 이런 길을 택했는지('택한' 게 아닐 텐데!), 내가 왜 남들처럼 돈, 돈 읊으며 살지 않고(그러나 누가 집을 사준다면 머리를 박으며 증여받을 것이다!) 독야청청 밤하늘 보며 잠언이나 읊고 있는지(머리에 들어오긴 할지!).

내가 왜, 내가 왜, 내가 왜 이런 식으로…를 내내 광고하며 스스로에게도 주입하다보면 몇 명이 짤깍짤깍 박수를 쳐주기 마련이다. 특이한 인간이라는 표현이 많고, 대단하다! 응원합니다!란 반응도 심심찮게 전해진다(그러나 남들은 절대 따라하진 않는다). 그 반응에 취해 열심히, 비유적인 의미에서의 오지(왜냐하면 진짜로 들어가서 주먹만 한 벌레들이랑 공생할 용기는 전무하기 때문이다)로 꾸역꾸역 들어간다. 들어가서 굴 판다. 굴 파고 앉는다. 몇 년 동안 벽 보고 수행했다는 보리달마처럼.

그러다 박수 소리가 잦아들어 정신을 차려보면 모두 사라지고 없다. 둘러보다 천천히 굴을 나서지만 이미 늦었다. 밖은 낱알 하나 없이 황량한 사막이고 인간은커녕 까마귀조차 없다. 전갈이야 가끔 돌아다니긴 할 텐데, 그 독에 쏘여 죽어도 이젠 주목해줄 사람 하나 없는 것이다.

그러면 떠올리며 그리워하곤 했다.

그 옛날의 아직 나이 들지 않았던 시절 서로를 의지하고 할퀴고 떠받들고 버렸던 동지들을.

동족을 질투하면서도 사랑하던 그 마음들. 이제는 스스로를 죽여버려 더는 찾을 수 없는 감정들.

우리 외엔 아무도 믿어주지 않을 거라 생각했던 그 일들.

우리가 어떻게 찢어졌는지 생각하고, 거짓말을 하는 사람들에 대해서도 생각하고, 그런 모습이 되지 않도록 일찌감치 사라져버린 이의 얼굴을 점차 잊고….

딱 거기까지만 하려고, 나와 비슷한 결의 그리운 절망을 품은 대부분의 사람들처럼, 거기서 멈추려고 했는데.

[2]

"그래…. 그래서, 요새 뭐 하고 산다고?"

장례식장의 음식엔 다른 곳과는 전혀 다른 그만의 바이브가 있다. 결혼식장의 음식이 제아무리 휘황찬란하고 맛있어도, 장례식장의 것만큼 좋은 술안주가 되진 못한다. 찰기 없는 쌀밥과 뜨겁지 않은 육개장, 말라비틀어진 코다리조림, 몇 번을 리필해도 배가 안 차는 각종 전류 그리고 중국산임이 분명한, 시뻘건 김치. 화룡점정을 찍는 것은 역시 종이컵이다. 소주를 메마르고 쌉쌀한 맛이 나는 종이컵으로 마셔야만 어울리는 순간이 있는데 장례식장에서가 그렇다.

"그래? 네 영화는 그럼 언제 CGV에 걸리나?"

그러면 속으로 대답한다. 글쎄요. 저야말로 궁금한 일인데요. 아마 안 될 겁니다만.

"그 왜, 저번에 티브이 보니까 몇십 억 번 시나리오 작가가 나오더라고. 지나 나중에 타워팰리스 가는 거 아니야?"

"에이 삼촌, 영화는 다 빚내서 찍는 거라는데 지나한테 그런 부담 주지 말아요. 삼촌이야말로 극장 가서 영화 봐요? 다운받아 볼 거 아냐."

"아니 근데, 요샌 또 유튜브로 영화 설명 참 잘해주대, 10분만 투자하면 그냥 영화 한 편 뚝딱 본 것 같더만. 젊은 사람들이 참 똑똑해. 정리를 따악 해줘. 보다보면 시간 가는 줄 모른다니까?"

"스마트폰 중독이 장년층에서 더 심하다더니, 삼촌도 똑같네."

그리고 흡연 구역의 모퉁이에서는 이런 통화 내용이 흘러나왔다.

"어, 그렇지. 지나도 왔어. 어. 여전히 그러고 있다지 뭐. 아니, 뭘 물어봐. 잘 되고 있으면 걔든 걔 부모든 먼저 나서서 광고해댔겠지. 딱 보니까 여전히 시나리오 쓴답시고 삽질하고 있더라고."

나는 친척들의 눈치를 보느라 담배도 피우지 못했고 술도 마음대로 마시지 못했다. 혼자 화장실 변기에 앉아 중얼거렸다. 장례식장에 나 혼자 있어야만 술맛이 기막히게 돌 거라는 게 문제야. 근데 평생 그럴 일이 없잖아. 새벽 세 시쯤 가면 혼자일 수 있을까? 그렇지만 내겐 차가 없는데 어떻게 새벽 세 시에 거기 있어….

물론 면허도. 내가 스무 살짜리들에게 해줄 수 있는 유일하게 실용적인 조언이 그거다. 면허는, 빨리 따라. 최대한 빨리. 아직 겁대가리 없을 때. 자기가 돈 잘 벌 거라고, 승승장구한 인생을 살 거라고, 금세 차 한 대는 뽑을 수 있을 거라고 확신할 때.

얼굴도 모르는, 돈 문제로 싸우다 내가 세 살이었을 때 형제 모두와 절연했다는 큰아버지의 장례식장을 나와 서울로 올라오는 고속버스 안에서 또 다른 부고를 받았다. 트위터를 켜서 @GloomyBackBaek을 검색해 스크롤을 내리던 도중이었다.

"어어…."

결혼 소식을 받으면 연락 한 번을 안 하다가 이제 와서 돈 받으려 하는 거냐고 투덜댈 수 있겠지만 아무래도 부고는 달랐다. 나는 문자에 적힌 이름을 가만히 바라보았다. 고(故) 한지택.

일부러 흔들지 않아 까맣게 가라앉았던 기억들이 일순간 둥둥 떠올랐고, 가장 큰 크기의 부유물은 역시나 양은청이었다. 양은청. 나는 카카오톡을 켜서 양은청의 프로필 사진을 보았다. 번호가 바뀌지 않은 게 확실했다. 그러나 어떻게 연락을 할 수 있을까. 해야 할까, 말아야 할까. 그렇게 고민만 하다보니 발인 전날 밤이 되었다. 낮부터 들이마신 술에 꼴아 코를 골며 잠을 자다가 깨니 밤 열한 시 오십칠 분이었다. 머리를 쥐어뜯으며 찬물로 샤워를 하곤 택시를 잡았다. 그 안에서 은행 잔고를 몇 번이고 다시 계산하며 장례식장에 도착한 것이 새벽 두 시. 장례식장엔 문상객이 아무도 없었다. 나는 어영부영 지택의 영정 앞에서 절을 했다. 영정 속 얼굴은 일부러 쳐다보지 않았다. 혼자 빈소를 지키고 있는 지택의 어머니에게 나오실 필요 없다고 한사코 몇 번을 말렸다. 일부러 방명록을 적지 않고 그저 지택이 친구예요, 라고만 소개했는데, 그녀는 나를 기억하지 못하는 것 같았다. 가장 구석의 테이블을 골라 육개장과 소주병, 맥주캔을 앞에 두고서, 소주잔에 소주를 따른 후 맥주를 위에 살짝 얹어 명태회무침을 안주 삼아 마셨다. 음식을 날라주고는 다시 구석에 앉아 꾸벅꾸벅 조는 상조 회사 직원 말고는 아무도 없었다.

새벽 두 시 이십 분, 양은청이 쭈뼛쭈뼛 빈소로 들어왔다.

스무 살의 여름 이후 13년 만에 보는 얼굴이었다.

"어, 김지하 감독님이네."

나는 양은청의 얼굴을 보고도 못 본 척 고개를 숙여 다시 트위터를 열어버렸으니, 나보단 양은청이 백배 천배 나은 애인 것도 역시 변함없었다. 개가 다시 인사했다.

"얼굴 살이 쭉 빠졌네. 잘 지냈냐?"

◎◎◎

　지택이 해원시로 전학 왔던 2003년 은청과 나는 이미 학교에서 알아주는, 죽고 못 사는 친구이자 죽이지 못해 함께 사는 원수 관계였다. 초등학교 5학년, 열두 살. 보통은 '중2병'이라 부르는 심각하고 우스운 상태가 조금 일찍 찾아오는 경우가 있는데, 그러면 꼭 열두 살에 온다. 열한 살도 아니고 열세 살도 아니다. 4학년도 아니고 6학년도 아닌 나이.

　사실 은청과 나는 티격태격하면서도 제법 죽이 잘 맞는 사이였다. 둘 다 동갑내기 학급 애들을 어린 것들이라며 업신여기길 좋아했다. 우리는 4학년 때부터 음악이 많이 나오는 라디오 채널을 들었고, 그러나 20시부터 자정까지의 '가요 나오는 프로'는 취급하지 않았으며, 18시의 팝송 프로나 자정의 은근히 야했던 음악 프로, 혹은 새벽 한 시의, 아웃사이더를 자처하는 디제이가 진행하는 방송 따위를 챙겨 듣고는 다음날 교실이 다 울리도록 시끄럽게 그 전날의 음악과 내용에 대해 떠들곤 했다. 쟤네 뭐야. 빌보드가 인디가 하드코어가 어쩌고 저째…. 애들이 슬금슬금 피하는 모습이 우리에겐 은근한 쾌감을 주었다. 은청의 엄마와 나의 엄마 역시 퍽 친한 사이였는데 두 엄마는 당신 자식 혼자 이상한 아이는 아니라는 사실에 깊이 안도하며 우리의 그런 성향을 '조숙함'이나 '똑똑함' 따위의, 칭찬 반 욕 반 정도로 들리는 애매한 단어로 애써 치켜세우려 하는 것 같았다.

그러나 5학년이 되자 이야기가 달라졌다. 나는 5학년이 되던 바로 그 해 3월 3일에 초경을 시작했다. 엄마는 약간 복잡해진 표정으로 날개형 생리대 사용법을 알려주더니, 이제 남자애들을 조심해야 한다고 말했다.

갑자기? 이제 와서?

명색이 메탈 키드인데 아랫배가 아프고 밑이 빠질 것 같아 엉엉 울며 집에 기어 와서는 핫팩을 끌어안고 몇 날 며칠을 누워 있자니 딱 죽고 싶어졌다. 엄마는 죽기 직전까진 진통제를 먹으면 안 된다고 했다. 그거 못 참고 약을 먹으면, 어, 금방 내성이 생겨서 몸에도 안 좋고, 응, 이러쿵저러쿵…. 청소년 드라마에서 나오는 것처럼의 꽃다발이나 케이크 같은 건 없었다. 메탈 키드의 자존심 때문에 말은 못 했지만, 내심 바라긴 했는데.

키 크는 게 거짓말처럼 멈추더니 얼굴에 화산이 돋기 시작했다. 차라리 다른 애들처럼 울긋불긋하면 차라리 낫겠다고 나는 생각했다. 내 여드름은 노랬다. 아주 샛노랬다. 매일같이 거울을 보며 꽉 찬 고름을 눈으로 확인했다.

와, 진짜 못생겼다.

교실 거울 앞에서 질긴 소갈비 뜯듯 얼굴을 난도질하며 매일같이 소리쳤다.

와 씨, 진짜 못생겼다.

그러나 동시에, 이렇게 얼굴 각도를 돌리면 나름 예쁜데, 라고도 생각했다. 속으로만.

나와 같은 부류라고 철석같은 믿음을 주던 양은청이 이상하게 잘나가기 시작한 것도 그때쯤이었다.

몰라, 걔 재수 없는 애라는데? 혼자 잘난 척하고, 이상한 노래 듣는다고 나댄대. 4학년 때 같은 반 했다는 애들이 그랬어.

5학년 때 같은 반이 된 여자애들은 첫날 화장실에서 양은청에 대해 그렇게 평했다. 2년째 은청과 같은 반이었던 내가 오줌을 다 누고 지나가며 가장 크게 고개를 끄덕였다. 은청과 똑같은 라디오를 듣고, 똑같은 음악을 (디제이들이 주입한 대로) 좋아하고, 친했음에도 불구하고 그 평판에 동조했다.

그러나 이상하게도 3월 14일이 되자 은청의 책상 위에 사탕이 몇 개 올라가 있었다. 충격적인 일이었다. 집에 와서 책상에 얼굴을 파묻었다. 나는 2월 14일에 아무것도 받지 못했는데. 뭐, 사실 2월 14일은 방학 중이라 나를 좋아하는 애가 있어도 뭘 전해줄 방도를 못 찾긴 했을 테지만… 그렇지만… 그래, 그렇지. 나는 생각했다. 아마 우리 집까지 와서 주는 건 오버라고 생각했을 거야, 그렇지(내가 세상에서 제일 못생겼다고 확신함에도 불구하고 어딘가 나를 사랑해줄 남자애 하나는 있을 거란 기대와 희망을 어린애답게 버리지 못했던 것이었다). 아니, 왜 밸런타인데이는 방학이고 화이트데이는 학기 중이야? 말이 돼? 이게 바로 남녀불평등의 확실한 증거라고! 맨날 여자애들만 주고! 도대체 양은청 같은 애한테 누가 왜 사탕을 주는 거야?

열두 살짜리 여자애들이란! 정말 너무 멍청하지! 그 취향들을 이해할 수가 없어! 도저히 어울릴 수가 없다니깐!

그런데, 날이 갈수록 분위기가 더 이상해졌다. 보약을 주식처럼 먹어 대서 초등학교 저학년 내내 통통했던 은청은 갑자기 키가 20센티가량 훅 크더니 이상한 손짓으로 머리를 쓸어 넘기며 복도를 활보하기 시작했다. 목에는 커다란 헤드폰을 둘렀고(똑같이 새벽 한 시의 라디오를 즐겨 듣던 사촌형에게 물려받은 것임을 나는 알고 있었다. 나는 그 사실을 우리 학교에서 나만 알고 있다고 단단히 착각했다), 여자애들이 말을 걸면 입꼬리를 한쪽만 비스듬히 올린 웃음을 지으며 대답을 했다. 예전엔 공놀이 따위엔 관심도 없던 애가, 이런 공놀이 따위는 자기 인생에서 티끌만큼의 중요성도 지니지 않는다는 듯한 표정을 지으며 열심히 땀 흘리는 남자애들을 향해 박수나 쳐주던 애가, 갑자기 그렇게 무시하던 남자애들과 어울려 농구를 하기 시작했다. 별안간 자라난 키를 운동 신경이 감당하지 못해 내내 휘청거렸지만 170센티미터에 가까워진 5학년은, 제법 에이스였다.

여자애들은 진실 게임을 할 때 한결같이 입을 모아 '양은청은 재수 없다'고 말했다. 그러나 은청이 말을 걸 때마다 귓바퀴나 목덜미가 붉어지는 것을 숨기지는 못했다.

미친놈.

그때쯤부터 나는 입이 걸어지기 시작했다. 반에서 남자애들에게 가장 인기 많은 여자애의 말투를 따라하는 것이었다. 별로 예쁜 애도 아닌데 아마 시원시원한 성격이 남자애들에게 먹히나보다고 나는 확신했고, 자신도 모르는 사이에 그애의 말투나 행동을 복사기처럼 따라 하기 시작했다. 이 씨발새끼들아! 그게 같은 반 남자애들에게 건네는 인사였다. 개새끼들아! 졸라 웃기네 씨이발!

나는 일부러 여자애들이 좋아하는 은청에게 더 많이 욕을 했다. 여자애들이 다 듣고 볼 수 있을 정도로 크고 또렷하게, '왜? 욕하는 게 뭐 어때서? 이 정도는 일상 아니야?'와 같은 표정을 지으며.

그러고는 어느 순간부터, 왜 모두가 나를 싫어하는지 어리둥절해하는 것이었다.

◎◎◎

　시간을 되돌릴 수 있다면 지택이 처음 온 날을 지우개로
싹 지운 후 엄지와 검지를 이용해 지우개밥을 돌돌 뭉쳐 교
실 뒤의 쓰레기통에 넣어버릴 거라고 생각했던 적이 많았다.
그러나 나는 그러지 못했을 것이다. 그날이 없었다면 김지나
는 어떤 인간이 되었을지, 얼마나 아무것도 이루지 못한 어른
이 되었을지 감히 짐작할 수가 없어서. 손을 바들바들 떨 정
도로 강하게 쥐고 있는 인생 유일한 성취가 그날, 지택의 존
재에서 비롯되었기 때문에.

　"안녕. 나는 서울에서 왔고 한지택이라고 해."

　여자애들은 거북목과 굽은 허리를 폈다. 남자애들은 서
로 별로 친하지도 않았던 1분 전의 과거를 잊곤 잔뜩 무리지
어 눈을 둥그렇게 뜨고 코를 킁킁대며 힘의 바로미터를 연신
파악했다.

　서울에서 온 전학생. 흰 피부에, 단정한 서울 말씨에, 왠
지 모르게 비싸 보이는, 반드시 강남 어디 백화점에서 샀어야
만 했을 것 같은 옷을 입은…. 〈소나기〉 시절의 그런 스테레
오타입은 점점 유효하지 않게 되는 시대였다. 인터넷 얼짱들
이 인기를 휩쓸었다. 5학년이 되자 모두가, 적어도 여자애들
은 인터넷과 그 안의 예쁘고 잘생긴 샤기컷의 일진들에 미쳐
있었다. 남자애들 사이에선 유행이 조금 늦긴 했지만 그만큼

이나 경쟁이 수월해서, 조금만 인터넷을 찾아보고 익혀 스타일을 다듬은 아이들은 금세 인기의 최상위권으로 치고 올라왔다. 지역의 단위가 작아질수록 애들은 기를 쓰고 멋을 부렸다. 광역시보단 구 세 개짜리 시, 구 세 개짜리 시보다는 구가 없는 시, 그리고 그보다는 군 단위의 아이들이 더 기를 쓰고 꾸며댔다. 그토록 정성들여 꾸미고는 주말마다 느려터진 버스를 몇 번 갈아타고 시내로 나들이를 나오는 것이다.

교탁의 실물 화상기 옆에 선 지택은 그런 유행과는 하나도 연관이 없어 보였다.

키가 나보다도 작은 편이었다. 머리는 짧게 깎아서 얼짱들의 덥수룩한 머리를 따라하려면 1년은 길러야 할 것 같았다. 눈이 몹시 크고 둥글어 예뻤지만 지나치게 긴 속눈썹 때문에 놀림당하기 딱 좋을 듯했다. 몸은 볼품없이 말랐다. 보풀이 조금 인 남색 스웨터 차림이었는데 목 부분의 무늬가 굉장히 독특했다.

모두는 지독하게 실망하면서, 실망할 거리를 던져줬다는 점 때문에 그 순간부터 지택을 마음 놓고 업신여길 수 있게 되었다. 아마 대다수는 그 점에 충만한 행복감을 느꼈을지도 모른다. 그때도 그랬지만, 나는 아이들이 선하다는 설을 절대 믿지 않는다. 아이들은 악마 그 자체다. 특히 열두 살이라면 이제 더 이상 멍청한 악마도 아니다. 힘의 분배를 정확히 파악해 징그러운 그림을 그리며 자석의 양극으로 끌려가는 철가루 같은 악마들이다.

지택이 들은 담임의 첫 수업은 음악이었다. 자기 소질과 재능과는 무관하게 모든 교과를 다 커버해야 하는 초등학교 교사들에 대해 나는 아직도 좀 가련한 마음을 가지고 있는데, 5학년 때의 우리 담임은, 얼굴이 네모나고 목소리가 쨍쨍 울리는 40대였던 그 남자는, 가련한 마음도 들지 않을 정도로 구제 불능의 음치이자 박치였다. 당시에 나는 음악 시간마다 생각했다. 음치까진 뭐 어쩔 수 없다 치는데, 아니 교사용 CD에서 천천히 따박따박 흘러나오는 자진모리장단도 따라 못 치는 사람이 우리 앞에서 음악을 가르쳐야 하는 이 나라 교육 시스템엔 꽤나 많은 문제가 있지 않나…?

아이들은 교사용 CD 대신 담임의 엉터리 자진모리를 따라 양손으로 책상을 두드렸다. 기준이 되는 인간의 박자 감각이 엉망이니, 모든 것은 그저 엄청난 소음 공해 덩어리일 뿐이었다. 보통 때였다면 짜증이나 났겠지만 전학생이 앉아 있으니, 쪽팔렸다. 지택이 담임을, 우리 반을, 우리 동네를 비웃을까 두려웠다. 제발 그만해…. 담임의 귀에다 대고 욕설을 섞어 죽을 만치 애원하고 싶은 기분이었다. 아마 주말에 은청을 만나면 담임의 자진모리를 서로 흉내 내며 낄낄 웃을 것이었다.

그러나 자꾸만 다른 박자가 끼어들었다. 소리 나는 곳은 지택이 앉은 쪽이었다.

지택은 교사용 CD에 맞춰서 책상을 두드리고 있었다. 그러니 아이들의 소리와 계속해서 엇나갔다.

내가 하고 싶었지만 한 번도 하지 못한 아주 작은 행동.

나는 원래 애초부터, 남과 다르길 원하면서도 실은, 남의 눈치는 죽을 만큼 보는 인간이었으니, 절대 못 했던 아주 작은 반항이었다.

그 순간 지택의 어깨 너머로 누군가 그 두 손을 나처럼 뚫어져라 바라보고 있다는 사실을 깨달았을 땐 깜짝 놀랐다.

은청의 눈이 나와 마주쳤다. 정확히는, 내가 은청의 두 눈을 보았다. 은청의 시선은 나의 것보다 조금 더 아래를 비스듬히 향하고 있었다. 지택의 두 손에, 그리고 그보다 조금 더 낮은, 팔꿈치와 무릎 사이에 위치한 책상 서랍에.

【3】

"그때 그 CD들 결국 압수해놓고 나서 안 돌려준 거 알아?"

"진짜?"

"어. 가서 달라고 할 생각도 못 했지. 쓰레기장에 버렸으려나. 나름 희귀반도 있었는데. 지금 팔면 20만 원은 받을 텐데."

"뭐가 그렇게 비싸졌는데?"

"지구레코드에서 나온 것 중에서 몇 개는."

나는 땀이 줄줄 흘러내리는 애인의 얼굴을 닦아주었다. 이렇게 힘든 걸 어떻게 사람들은 맨날 못 해서 안달이라니? 우리는 항상 궁금해했다. 특히 7월에 결혼한 부모님의 허니문 베이비였던 나는, 에어컨도 단독 욕실도 없었을 민박집에서 두 젊은 남녀가 얼마나 땀을 뻘뻘 흘렸을지 생각하면 아찔해지곤 했다. 대체 얼마나 사랑했던 걸까? 그 더위를 참아낼 수 있었으려면. 그러나 그 이야기를 애인에게 하기엔 미안했다. 그럴 이유가 있었다.

아마 그때 엄마 뱃속에서 너무 덥고 힘들었기 때문에 내가 이렇게 골골대는 것일지도 몰라. 나는 애인에게 자주 농담 삼아 말하곤 했다. 그가 나보다 더 약골인 걸 빤히 알면서도, 그렇게 말하면 모든 게 괜찮아질 것만 같아서. 그 전에 퍽 오래 만났던 애인은 내가 올라탄 자세를 몹시 좋아했는데 나는 그게 죽을 만큼 힘들었다. 좋아? 좋지? 더 깊이 들어가는 게 느껴지지? 그 남자는 계속 그렇게 물었는데, 글쎄다…. 첫째, 네 거가 그렇게 크거나 굵거나 길지 않고 둘째, 뭐 몸이 적당히 힘들어야 좋든 말든 생각이라도 할 텐데 허벅지 근육이 이렇게 당기고 숨이 차서야 원…. 지쳐서 적당히 둥글둥글 허리나 돌리고 있으면 그가 내 엉덩이를 움켜쥐고 위로 들어 올리며 채근을 했다. 개새끼야 별로 좋지도 않고 느껴지지도 않고 힘들기만 오지게 힘든데 네가 해보든가…. 나는 헤어지기 전 그렇게 뱉었는데 그 말 때문에 그는 내 머리채를 잡고 뺨을 때리려 들다가 미안하다며 엉엉 울었었다. 미쳐도 여간 미친 놈이 아니었다.

그 새끼에 대한 이야기를 나는 애인과 사귀기 전 자주 토로하곤 했다. 그럴 때마다 애인은 대답했다. 야, 지나야, 대체 왜 나한테는 그렇게 냉정하면서 걔한텐 그러지 못하는 건데?

그리고 그는 애인이 되던 날에 선언했다. 전체관람가든 19금이든 불만 있으면 꼭 나한테 말하기, 약속해.

"인디언들 쓰는 것 같은, 빤딱빤딱한 주황색 주름진 천으로 만든 주머니. 거기에 CD를 케이스까지 통째로 넣어놓고 다녔잖아. 무늬 엄청 화려하고."

"구석에 꽃 모양 자수까지 있었다고."

"아, 맞아. 대박. 완전 까먹고 있었네. 맞아, 빨간색 장미랑 파란색 제비꽃이었나."

"그런데 열어 보면 그 안에는."

"슬립낫 앨범 들어 있고, 그치."

우리는 마주보고 끽끽 웃었다. 흉측한 가면을 쓰고 재소자가 연상되는 점프수트를 입은 밴드 멤버들이 잔뜩 왜곡된 어안 렌즈를 쳐다보며 기기괴괴하게 웃고 있던 그 데뷔 앨범의 커버가 생각났기 때문이었다.

"나중에 들어 보면 슬립낫도 그렇게 쎈 음악은 아니었는데."

"비주얼이 다했지, 뭐."

"진짜 살인마들 같았는데."

"그때 예티가 그랬나. 메탈 하는 애들이 알고 보면 진짜 착하다고. 무대 올라가서 우어어 소리 지른 다음에 다소곳하게 '감사합니당, 다음 곡은용, 저희 자작곡인데용….' 막 이렇게 속삭인다고. 성질 더러운 애들은 모던록 하는 애들이고.

그렇다고."

애인이 꺼낸 예티란 단어에 잠시 멈칫했다가, 대답했다.

"그것도 모르는 일이야. 매릴린 맨슨이 딱 자기 분장처럼 노는 인간일지 너는 알았어? 알고 보면 지적인 인간인 척 포장한 게 몇 십 년이야."

"하긴 그래."

어린 나와 애인의 우상이었던 새벽 한 시의 디제이가 방송을 그만둔 것도 이미 오래된 일이었다. 우리는 그를 예티라고 불렀는데, 눈이 아주 많이 오던 어느 겨울 실종되어 그때껏 돌아오지 않았기 때문이었다.

"그때 그 담임은 아직도 나를 악마라고 생각할까."

"그 정도였어?"

"때리면서 그렇게 말하더라. 아직도 교회 열심히 다니겠지. 내 생각하면서 퇴마 의식 할지도 몰라."

"아니야, 근데. 그런 사람들은 절대로 자기가 잘못한 거 기억 못 해."

"그래?"

"응. 사실 잘못이라고도 생각하지 않을 걸."

"그럼 날 잊었을까?"

"그럴 가능성이 높지."

"그러진 않았으면 좋겠는데."

"기억했으면 좋겠다고?"

애인은 곰곰이 생각에 잠긴 표정이었다.

"나는 악한 엑스트라로라도 그 사람 기억에 남아 있고 싶은데. 그렇지 않다면 학교를 다녔던 시절의 모든 게… 정말로 남은 게, 없잖아."

◎◎◎

반짝 불이 들어오는 작은 LCD 액정. 우웅 소리와 함께 두 손으로 온전히 전해지는, 동그란 원판이 매우 빠르게 돌아가는 속도와 그 진동. 아주 잠깐의 정적, 그리고 뻔하지만 없으면 아쉬운 기타의 피킹 하모닉스와 싸구려 이어폰으로는 잘 들리지도 않는 베이스 소리…에 덧붙여 두 귀를 두드리기 시작하는 드러밍. 가끔은 그 순서가 바뀔 때도 있고 가끔은 키보드가 끼어들 때도 있었는데, 원래 은청과 나는 키보드 소리가 만악의 근원이라고 주장하는 입장이었다. 키보드를, 키보디스트들을, 그리고 키보드 소리들을 있는 힘껏 업신여겼다. 은청이야 그게 취향이었고, 나는 은청이 낮게 평가하는 대상─해리 포터나 동방신기 따위를 포함하여─을 좋아하면 지는 기분이었기에 함께 싫어했다. 키보드가 들어간 음악을 들으면 은청이 바로 옆에서 '발라드네'라고 비웃곤 했기 때문에 어느 순간부터인가 아예 듣지 않게 되었다. 자신이 톱3로 꼽는 록밴드 중 하나에 키보디스트가 존재한다는 것도 은청은 받아들이기 힘들어했다. 그 밴드의 유일한 결점이야. 팔짱을 끼곤 그렇게 평했다. 저 아줌마 때문에 간지가 안나. 혼자 저렇게 치렁치렁 치마를 입고 나와서 뭐 어쩌자는 거야.

그러나 지택은 온갖 프로그레시브락 밴드들을, 그리고 그들의 명반을 치켜세우는 글이 실린 잡지들을 꺼내들어 은청을 눌러버렸다.

◎◎◎

지택이 전학 온 당일 점심시간에 나는 바로 그 애에게 말을 걸었다. 4교시가 되면 급식소에서 날아온 배식 차들이 우당탕 소리를 내며 복도를 가로질렀고, 종이 치자마자 그 주의 급식 당번들이 뛰어나가 각자 음식 하나씩을 맡았다. 가장 인기가 좋은 자리는 밥 배식이었다. 네모나게 바둑판처럼 잘라놓은 후 한 덩이씩 주면 되었으니 분쟁이 생길 일이 없었다. 밥이라기 보단 차라리 백설기에 가까운 비주얼이었으나, 초등학교 5학년짜리들은 밥을 나눠주기 전 주걱으로 바닥부터 뒤적거려야 한다는 상식 따윈 몰랐다. 가장 힘든 자리는 역시 고기반찬 앞이었다. 잘 해도 욕을 먹는 데다가, 교실 내의 권력관계를 파악해 중량에 차등을 두면서도 그게 티 나지 않도록 고기, 야채, 양념 그리고 공기의 비중을 잘 섞은 한 주격을 만들어내는 게 보통 일이 아니었다. 먼저 받으러 온 일진들에게 시달리기 싫어 마구 퍼주다 음식이 부족해지기라도 하는 날엔 뒤늦게 줄을 선 아이들에게서 욕을 먹었다. 부모, 조부모, 그리고 이미 무덤에 간 지 오래인 증조부모까지, 기본 삼대가 소환되었다. 소환 장면을 담임에게 들키면 매를 맞았지만.

그날 메인은 갈비찜이었다. 그리고 급식 당번이었던 나는 일부러 자꾸 틀린 리듬을 두드리는 게 아니냐며 교탁 앞에서 담임에게 혼쭐이 나고 손바닥을 맞는 바람에 마지막으로 배식 차에 도착했다. 역시나 남은 자리는 돼지갈비 통 앞뿐이었다. 아직 교실에 남아 있는 담임에겐 들리지 않을 정도로 욕을 했다. 애들이 이미 길게 줄을 늘어서 있었다. 분단별로 순서가 있고 이번 주엔 3분단이 먼저긴 했지만, 뻔했다. 앞에 서 있는 아이들은 한 시간 전에 3분단으로 자리를 옮긴 놈들이었다.

"야 씨발, 여기 비계."

"다 그만큼 달려 있어. 그냥 먹어."

"기름은 너 같은 돼지 년이 처먹으라고 있는 거고."

정상 체중인 여자애를 돼지라 부르는 데 아무 거리낌 없는 무리가 우르르 지나가고 나면 이번엔 이런 애들이 왔다.

"나 조금만. 살 빼야 돼."

"이 정도면 돼?"

"야, 이건 다 뼈잖아. 빼."

자신이 버린 건 누구 먹으라고 하는지 알 수 없는 애들과.

"야 이건 고기가 아니고 무잖아."

"어?"

"네 개씩 주는 거 아니야? 근데 나는 고기 세 개에 무 하나야?"

간장 양념 때문에 하나같이 시커메진 고기와 무를 귀신같이 구별하는 애들.

이 세상 모든 초등학교의 급식에는 정확히 같은 중량으로 정확히 개수를 셀 수 있는 분쇄 가공육류의 완제품만을 고기반찬으로 허용하는 법안을 도입해야 한다고 나는 그때부터 생각했다. 냉동 돈까스나 동그랑땡 따위로. 건강에 나쁘든 말든. 키가 사람만 하다는 괴담의 주인공인 브라질 닭으로 만들었든 말든.

그렇게 시달리고 드디어 마지막 분단 아이들이 섰다. 가장 끄트머리에 두 아이가 건들거리고 있었다. 한지택과 양은청. 한지택이 먼저였고, 양은청이 그다음이었다. 양은청이 무언가를 주절주절 떠들고 있었는데 한지택은 팔짱을 끼고 입술을 꾹 다문 채였다. 가끔 고개나 주억거릴 뿐이었다.

얼씨구.

상기된 양은청의 얼굴을 보면서 남은 갈비의 대수를 셌다. 모자라지도 남지도 않을 양이었지만 자세히 보면 뼈만 많왔다. 고기인 척하는 감자나 무, 당근은 선택받지 못한 채 한 무더기 남아 있었고 당면은 바닥에 눌어붙은 지 오래였다. 욕먹게 생겼네. 나는 양은청을 슬쩍 쳐다보았다. 안 그런 척, 고고한 척하지만 식탐이 이만저만 아닌 애였다.

"네 개썩이야."

이미 서른 번쯤 뱉은 멘트를 날리며 전학생의 식판에 갈비가 담긴 주걱을 들이밀려는데 쑥, 식판이 눈앞에서 사라졌다.

"나 고기 안 먹어."

"어?"

"고기 안 먹어. 귀찮게 해서 미안하지만, 혹시 야채 남았으면 좀 줄래? 야채는 아무거나 괜찮아. 야채는 다 좋아해."

'귀찮게', '해서', '미안하지만'….

'야채는', '다', '좋아해'.

우뚝 멈춘 주걱에 더 믿을 수 없는 말이 와서 얹혔다.

"혹시 괜찮으면, 내 고기는 은청이 몰아주면 고마울 것 같아."

"고기를 왜 안 먹어?"

물었더니 이런 대답이 날아왔다.

"동물의 권리를 침해하는 비인간적이고 잔인한 공장식 축산 산업에 대한 항의의 표시야."

"어… 뭐?"

그때 내 눈에 들어온 게, 지택의 입술과 은청의 눈빛 중 무엇 먼저였는지 조금은 헷갈린다. 밀레니엄 버그에 대한 루머로 모두가 불안해하고, 라면을 사재기하고, 스캔들에 휘말린 아이돌 그룹의 여가수가 생리대에 쓴 혈서를 받곤 하던 때로부터 채 반 10년도 흐르지 않은 시절이었다. 길고양이를 잡아 죽여도 비난하는 이가 없었고 선생들은 회식 때 보신탕 집엘 갔으며 그 비용을 모두 학부모회에서 냈다. '동물의 권리' 같은 게… 그게… 무슨 말이지? 외국어인가? 외계어인가?

뭐지, 그게?

나는 식판을 들고 내 자리로 가다가, 방향을 틀어 지택의 앞자리로 향했다. 어차피 자리 주인은 이미 밥을 다 먹고 축구를 하러 나간 뒤였다. 지택의 옆에는 은청이 앉아 있었으나 나는 본 척도 하지 않고 책상을 돌렸다. 드륵드륵. 책상다리 긁는 소리가 났다. 서랍에 책 한 권 없는 책상은 아주 가볍게, 쉽게 돌아갔다.

"뭐야."

은청이 비쭉거리기에 최선을 다해 몸으로 티를 내주었다. 너 따위엔 관심 없다는 단호한 표현이었다.

"식판 봐. 푸르딩딩하네."

나는 지택의 식판을 가리키며 말했다. 푸르딩딩은 아니고 갈색과 주황색에 가깝긴 했지만. 콩밥, 맛없는 배추김치, 더 맛없는 미역줄기무침—심지어 놀랍게도 벌건 장에 무쳤다—, 제대로 졸아들지 않은 무와 당근, 그리고 소고기를 모두 건져낸 육개장. 후식으로 나온 복숭아맛주스. 그게 은청이 그날 먹을 수 있는 급식의 전부였다.

　나는 은청의 식판을 흘낏 곁눈질했다. 지택의 것까지 고스란히 받은 총 여덟 조각의 갈비가 입도 대지 않은 채 고대로 남아 있었다. 왜 건드리지도 않았지? 양은청이? 불가능한 일인데.

　"왜 고기를 안 먹는지 궁금해서 왔어."

　내가 말하자 그렇잖아도 은청이가 물어보더라, 라고 말하며 지택이 책상 서랍에서 책 한 권을 꺼냈다. 커다란 소의 머리가 표지에 박혀 있는 아주 두꺼운 책이었다. 책상 서랍에 들어가 있는 게 용할 정도의 두께였다. 제목을 보았다.

　영어로 되어 있었다.

　나는 그때껏 살면서 어려워 보이는 책을 꾸역꾸역 읽는 (척하는) 초등학생을 딱 한 번 본 적이 있었다. 《월든》을 읽던 양은청. 그러나 《월든》은 한글로 쓰여 있고, 더 얇고, 근데 저건….

　"내가 이 책을 읽었거든. 그리고 나라도 실천하기로 했어."

　"이걸 읽었다고? 네가?"

　"어. 정확히는 엄마 도움을 많이 받아서 읽었지만, 어쨌든. 이 책이 내가 알기로, 한국에선 아직 나오지 않았거든. 그래서 영어로 읽어야 돼."

너 영어 잘해? 라고 나는 묻고 싶었지만 급하게 질문을 삼켰다. 왠지 그런 질문을 하면 지는 기분이었다. 목표보다는 수단에만, 본질보다는 형상에만 신경을 쓰는 모자라고 멍청한 '일반인'이 되는 느낌이랄까. 그땐 정확히 표현할 수 없었지만 분명 그런 식의 사고방식이 돌아갔을 터이다. 한지택의 세계에서 중요한 건 자신이 영어를 잘한다는 사실이 아닐 테니까. 중요한 건, 저 책에서 말하고 있는… 주제일 테니까.

"책에 무슨 얘기가 나왔는데?"

내가 물었다.

그러자 지택은 엉뚱한 대답을 했다. "너도 이름 가운데 지 자가 들어가는구나?"

"어? 어."

"가운데 지 자가 들어가는 애들은 나랑 잘 맞더라. 내 가장 친한 친구도, 너랑 이름이 진짜 비슷해."

그 책은 지택이 보여줬던 것과 똑같은 표지를 단 채 우리 나라에서 이미 번역 출간되어 있었다. 번역되지 않았다는 지택의 말은 그냥 그 나이대 아이들이 부릴 법한 허세였을 뿐이었다. 혹은, 정말 몰랐든가. 나는 스물다섯이 되던 해의 첫날에야 번역본을 읽었고 그때서야 비로소 알았다. 지택이 그날 식판과 갈비찜을 앞에 두고 말해줬던 폭력적인 공장식 사육이나 자극적인 도살 장면이 그 책에는 등장하지 않는다는 것을. 그 책은 훨씬 더 정제된 언어로 축산업의 이면을 해부하고 있었으나, 어린 은청이 식판을 앞에 두고 구역질을 했을 정도로 세세하게 장면 장면을 전시했던 지택의 내용들은 지택만의 것이었다. 그러니까, 그때 지택의 입에서 나와 은청을 토하게 만들었던 잔인한 말들은, 책의 저자가 아니라 한지택의 언어였던 것이다. 지택의 눈에, 가슴에, 뼛속에 새겨진 장면들. 너무나 쉽게 묘사가 가능한, 자기 세계의 전부였던 것이다.

그날 지택이 이야기한 것은 돼지우리의 열악함과 소 도살 과정, 그리고 암수 구별이 끝난 병아리를 어떻게 처리하는가, 였다. 방금 태어난 수평아리를 어떤 식으로 갈아 우리가 환장하고 먹는 식판 위의 용가리치킨으로 만드는가. "나도 똥구멍에 손을 넣어서 암수 구별을 한단 건 알아. 그런데 수컷들은 애완용으로 파는 거 아니었어? 학교 앞에서 할머니들이 파는 병아리들이 되는 거잖아." 은청이 항변하자 지택이 입술을 비뚜름하게 늘이더니 대답했다. "그 많은 병아리들을? 그 병아리들을 애완용으로 다 팔려면 우리나라가 아니라 전 세계 초등학생들을 다 데려와도 모자랄 걸. 전국이 완전 닭 판이 되어야 돼." 그러더니 덧붙였다. "야, 넌 몰라도 너무 모르는구나. 순진하다. 초등학생 같아."

양은청이라는 아이에게 얼마나 타격이 될지 정확히 알고 조준된 사격이었다. 그리고 나는, 나도 모르게 확인 사살을 했다.

"나도 그 책 빌려줘."

야, 네가 이 책을 읽는다고? 너 영어도 못 하잖아? 은청이 옆에서 이죽거렸지만 나는 지택에게 시선을 고정시키고 다시 말했다.

"사전 찾으면서 읽으면 되지."

"알겠어. 어차피 나랑 엄마는 다 읽었으니까…."

서랍에서 나온 책이 지택의 손에서 내 손으로 건너왔다. 나는 일부러 우리의 손가락이 스치도록 책의 끄트머리가 아니라 중간 부분을 잡았다. 이 장면을 다른 애들이 본다면 신명나게 놀릴 수도 있었다. 누구랑 누구랑 좋아한대요. 초등학생들은 흔히 그러니까.

그리고 나는 지택과 함께 그러한 종류의 몹시 유치한 놀림을 받고 싶어하고 있었다. 소 머리가 커다랗게 인쇄된 바로 그 책을 보면서부터.

◎◎◎

"그때 그 채식이 얼마나 갔지?"

"양은청 3주, 나 두 달쯤?"

"그리고?"

"한지택, 나랑 같은 날 그만둠."

"오래 했네."

"오래 했지."

나는 애인과 대창을 자주 먹으러 갔다. '충격! 대창집의 실체' 같은 방송이 나와도 아무런 타격을 받지 않았다. 그런 거 따지면 먹을 거 하나도 없어. 우리는 그렇게 말하는 사람들로 컸다.

그 당시, 아마도 누군가의 결혼식에서, 동창 중 하나가 우리의 과거를 들춰냈다. "야, 너 그때 채식한다고 설쳤잖아 전학생이랑, 양은청이랑 셋이서. 뭐라고 그랬더라? 대형 축산업이… 공장이… 어쩌고저쩌고…."

"요새 채식하는 사람들 많잖아." 다른 동창이 말을 얹었다. "얘가 시대를 너무 앞서나간 거지. 원체 얘가 남다르게 행동하는 걸 좋아했잖아?"

그렇게 말한 동창은 남자애였는데, 우리 셋을 나란히 티나게 싫어했었다. 다만 키가 훅 커버린 은청에겐 중간에 태도를 바꿨다. 나에게는 꾸준하게 지극하고 극진한 악의를 보이며 덤벼들다가 만만해 보이는 지택이 나타나자 화살을 그곳으로 돌렸다. 그 공격성이 어디서 기인했을까? 지택처럼 자신과는 전혀 다른 종의 인간인 것처럼 구는 애늙은이가 싫었던 걸까, 아니면 지택의 어떠한 것이 자기 안에 내재된 공포심을 건드린 걸까? 다행인 것은, 지택이 신경도 쓰지 않는 것처럼 보였단 사실이었다. 지택은 오로지 자기 자신에게만 관심이 있는 아이처럼 보였다. 초등학생으로선 도저히 불가능한 일이었다.

【4】

"그러게. 우리 은청이도 집에 와서 전학생 얘기하더라."

슈퍼를 하던 은청의 엄마는 우리 엄마와 2학년이었을 때 처음 알게 된 사이였다. 2학년이 된 첫날에 은청과 내가 전교가 울릴 정도로 대판 싸웠기 때문이었다. 그냥 싸운 게 아니라, 사실은, 은청이 3층 교실 창문 밖으로 뛰어내리게 만든 게 나였다. 나는 그때나 지금이나 허풍 심한 인간을 참을 수 없어하며 경멸하는 티를 얼굴에 대놓고 드러내곤 하는데 그게 제 자랑에 취해 있던 은청의 신경을 건드렸다. 아홉 살짜리들다운 억지로 떡칠한 말싸움은 결국 은청의 투신 퍼포먼스로 끝이 났다. 은청은 기적적으로 화단의 나무에 걸려 살아남았다. 애들 운동장에서 뛰는 꼴 보기 싫다며 교장이 교장실 창문 앞에 커다란 플라타너스 나무를 뜬금없이 심어놓았는데, 그로부터 두 층 위가 우리 반이었던 것이다. 은청은 손가락 하나가 똑 부러졌을 뿐 징그럽게 멀쩡했다. 그리고 구급차와 거의 동시에 은청의 엄마가 도착했다.

"내가 너 키우면서 절대로 돈 봉투 줄 일 없을 거라 맹세에 맹세를 거듭했는데 그 다짐을 겨우 2년 만에 깨뜨린 너도 참 대단한 년이었지."

훗날, 스무 살도 넘은 내게 엄마가 처음 그런 얘기를 했을 때 나는 은청의 엄마에게 합의금을 줬다는 줄 알았다.

"너는, 무슨 귀신 씻나락 까먹는 소리를. 네 담임한테 줬다고, 나 20만 원, 양은청네 엄마 20만 원."

"뭐?"

"그럼 어떡해? 학교에서 내쫓아야 한다고 길길이 날뛰는데. 중2도 아니고 초등학교 2학년짜리인데 학교에서 퇴학을 시키겠다잖아. 그때 한창 대안학교며 탈학교, 뭐 이런 게 뜨던 때였지? 아직도 기억나, 네 담임이 기사 스크랩해서 나한테 던진 거. 가서 농사 같은 거 짓게 하면 아이 정서가 안정되지 않겠냐고 그러더라."

"엄마야 그렇다 치는데 양은청 엄마도 돈을 줬다고? 요새 엄마들이었으면 애 관리 안 했다고 소송 걸어, 엄마. 완전 적반하장이네. 그 담임, 1년 내내 애들 이름도 제대로 기억 못하는 인간이었어. 소풍 간 곳에 애 하나 놓고 돌아와서 중간에 버스 돌리게 만들었던 인간이었다고."

그러자 엄마는 별스럽게 몸을 꼬더니 말했다.

"우리가 뭘 아냐. 담임선생님이 그렇다면 그런 거였지. 그래도 제 엄마 아빠랑은 달리 똑똑해 보이는 애가 내 배에서 나왔는데 수단과 방법을 가리지 않고 성공시켜야 한다는 생각밖엔 없었지. 나도, 은청이 엄마도."

"우리가 뭘 똑똑해 보여, 마냥 애였는데."

그러나 엄마는 그때까지도 단호했다.

"아니, 너네 둘 다 그땐 진짜로 대단했다. 은청이네 평상에서 같이 고기 구워먹을 때마다 일은 안 거들고 책만 나눠 읽는 애들이었잖아, 너네. 우리가 너네 일 안 거든다고 야단 안 친 게 다 그거 때문이었는데. 우리 똑똑하신 자식들께서 책을 읽는데 방해하면 안 되니까. 너네 둘이서 하는 얘기가 뭔 소린지 엄마도 은청이 엄마도 하등 알아들을 수가 없었고, 단어 하나도 제대로 모르겠더라. 그래서 너무 좋았다고. 우리 애들만큼은 잘 되겠구나, 장밋빛 미래를 꿈꿨지. 그리고 너 6학년 때에는 특히…."

나는 등을 보이며 돌아서서 큰 소리를 내며 냉장고 문을 열어 물을 꺼냈다.

"어쨌든 네가 그렇게 양심 없는 이야긴 안 했으면 좋겠다. 제일 돈이 많이 든 건 다 너 때문이니까. 그때 담임한테 줬던 액수 정도는, 백번을 줘도 상관없어. 문제는 너야."

그 당시 나와 은청이 무슨 이야길 하였을까…. 2학년 때의 기억은 나지 않지만 열두 살 땐 분명한데. 아마 'Parental Advisory'가 적힌 검은 딱지가 재킷에 인쇄된 앨범들 얘기나 하고 있었을 텐데…. 혹은 지택이 번역해준 가사들에 대해서….

한참 곰곰이 생각하고 있는데 엄마가 갑자기 또 기억을 들쑤셨다. "5학년 때 너 전학생 따라서 채식한다고 그러는 바람에 은청이네서 고기 안 먹고 버섯이랑 쌈 채소만 먹었잖아. 기억나?"

"그때 얘기들 하지 말라고 했지, 엄마."

"그날 먹은 삼겹살이 정말 맛있었는데. 그날 그 고기만큼 맛있는 돼지를 다시는 먹지 못했어." 엄마가 입맛을 다셨다.

엄마는 지택의 이름을 입 밖으로 낸 적이 없었다. 항상 '전학생'이었다. 마치 그 이름을 엄마가 입에 올리는 순간 내가 지택과 절대 끊어지지 않을 밧줄로 꽁꽁 묶여버릴 것처럼, 그런 상황이 너무나 두려운 사람처럼 엄마는 지택에게 절대 이름을 주지 않는 방식으로 회피했다. 그리고 지금까지도, 저렇게 우리끼리의 기억을 이미 오래된 추억 따위로 미화해 언급함으로써 그 인연이 현재라는 시점까지 지속해 가지는 생명력을 앗아가려 들었다.

◎◎◎

은청의 엄마는, 당시에는, 조금 달라보였다.

"한지택 얘기요?"

"어. 은청이가 생전 집에서 다른 남자애 얘길 하는 걸 들은 적이 없는데. 여자애들 얘기는 가끔 해도…."

"여자애들 얘기를 해요?"

"그것도 한참 물어봐야 하지. 은청이가 뭐 받아 오면 내가 항상 꼬치꼬치 캐묻거든. 근데 그 많은 초콜릿을 받아놓고 나한테 한 번을 안 주더라, 얘. 아들 새끼 키워봤자 소용없지…."

뱃속이 꼬였다. 그래서 홧김에 이렇게 말했다.

"그러니까요 아줌마. 저희 반에 양은청 좋아하는 애들 많다니까요? 그래서 저는 좋죠. 걔 빨리 여자친구 사귀었으면 좋겠어요."

"왜? 아줌마는 우리 지나가 은청이랑 딱 어울린다고 생각하는데…."

"저 좋아하는 애 있거든요?"

"누구? 지나 성에 찰 만큼 똑똑한 남자애가 우리 은청이 말고 또 누가 있어?"

그 시절 양은청의 엄마는 산전수전 다 겪은 백발백중의 명사수 같았다. 사냥감을 홀라당 넘어가게 만드는 술수의 대가. 그는 나더러 '불여시'라며 놀리곤 했지만 그럴 리가. 진짜 붙여시는, 무엇이든 붙게 만드는 사람이 바로 자신이었으면서.

"양은청보다 훨씬 똑똑한 애죠."

"설마?"

"설마 뭐요?"

"설마 그 전학생이야?"

"무슨…!"

"우리 은청이가 그 애를 엄청 경계하던데, 역시….."

"경계해요?"

"응. 남자애들 중에서 유일하게 말이 통한다나, 좀 배울만한 구석이 있다나 어쨌다나. 그래서, 그 전학생은 지나가 자기 좋아하는 걸 알아?"

심술궂은 아줌마의 표정이 눈앞에 가득했다. 비밀이에요. 나는 말했다. 그리고, 신기하다고 생각했다. 지택을 좋아한다고 한 번도 생각하지 않았는데, 말로 뱉어놓으니 정말로 내가 지택을 지금껏 좋아해왔다고 믿게 된 것이었다. 마음과 말 중 어느 것이 먼저일까.

◎◎◎

지택이 드디어 동아리 얘길 했던 것도 그 즈음, 나와 단둘이서 함께 학교 옥상에 있을 때였다. 방과 후 사물놀이 교실에 다니는 아이들이 아무렇게나 두드려대는 소음이 학교 건물 전체에 메아리치고 있었다. 들을 때마다 박자 감각이 엉망인 담임이 떠올랐다. 방과 후를 들어야 하는 것은 우리가 아니라 담임이야, 라고 우리는 동시에 말하며 웃었다. 상쇠를 맡고 있는 은청의 머리꼭지가 우리가 있는 곳에서 내려다보였다. 제 멋에 취해 빙글빙글 돌고 있는 정수리. 나는 모난 생각을 했다. 저것도 다 연기일 거야. 있는 척하는 거라고. 누군가 자길 보고 있을 거라고 생각하면서. 양은청 저 새끼.

"우리도 뭔가 동아리를 했으면 좋겠어."

옆에서 지택이 대뜸 말했다.

"동아리?"

2003년의 초등학교 5학년에겐 '디즈니월드' 같이 들리는 단어였다.

"응. 예전에 다니던 학교에서는 친한 친구들끼리 천문 관측 동아리를 했거든. 어른들 관여 없이 우리끼리. 엄마, 아빠, 선생님한테도 다 비밀이었어."

돈 한 푼 없는 초등학생들이 별 하나 제대로 보이지 않는 서울에서 천문 관측 동아리를 만들었을 리도, 그게 제대로 굴러갔을 리도 없지만, 그땐 그런 생각을 못했다. 하필이면 3년 전쯤 천문 관측 동아리를 다룬 어린이 드라마가 공영 방송에서 방영되면서 조금은 컬트적인 인기를 누렸던 때였기도 했다. 외계인인 쌍둥이가 나오는, 끝내 그 아이가 죽고 마는 드라마. 모두의 머릿속에서 그 아이와 함께했던 빛나는 추억들이 증발하여 사라지는 이야기. 그걸 보고 어찌나 눈물을 펑펑 흘렸던지. 5학년이 될 때까지도 그 드라마를 나는 잊지 못하고 있었는데 뜻밖에도 지택은 그 작품을 알고 있었다. 재미있게 봤다고 했다. 은청은 유치하다고 했는데. 지택은 영화 〈콘택트〉 때문에 천문 관측 동아리를 만들었다고 했다. 콘택트, 콘택트. 나는 속으로 낯선 제목을 외웠다. 비디오 가게에 갈 때까지 제목을 잊지 않도록.

"오."

"그런데 해원 오니까 그런 게 없어서 심심하네."

"천문 관측 또 만들어. 안 돼?"

"너 밤에 집에서 몰래 나올 수 있어? 낮에 별을 볼 수는 없잖아."

나는 입을 다물었다. 물론 그게 불가능했기 때문만은 아니었다. 아무렇지도 않게 내 상황을 지택이 먼저 물었기 때문이었다. 누가 너랑 그거, 동아리 그거, 한대? 핀잔을 주고 싶었지만 이미 그럴 수 없단 걸 나 자신이 너무 잘 알았다. 섣불리 그딴 식으로 반응했다가 아, 할 생각 없으면 다른 애랑 하고, 란 말을 듣는다면 그 옛날의 은청처럼 3층 교실 창문에서 스스로 몸을 날리고 싶어질 터였다. 그리고 5학년이 된 우리 교실의 위치는 이제 더 이상 교장실의 위층도, 커다란 나무의 꼭대기 무렵도 아니었다. 무거운 머리부터 거꾸로 신나게 낙하해 팍삭 깨질 가능성이 높았다.

"하자고 하면, 김지나, 할래?"

"밤에는 못 나오는데."

"낮에 할 수 있는 걸로, 다른 동아리 하면 되지. 굳이 천문 관측이어야 하나?"

"뭐 하고 싶은데?"

나는 뇌까렸다. 음악 감상? 영화 보기? 근데 사실 나는 감상 말고 만드는 걸 하고 싶어. 그래, 아니면 악기를 배우자. 나는 기타 너는 드럼. 그래서 밴드를 하자. 우리도 라디오에 나오던 그 형제처럼 4트랙 레코더에 녹음해서 인디씬의 스타가 되고 방송도 타자고.

지택은 가만히 듣고만 있다가 갑자기 내 말을 뚝 끊었다.

"사실은 내가 꼭 만들고 싶은 동아리가 있는데."

"어."

"네가 없으면 못 해."

"어?"

"너 때문에 생각난 동아리거든."

이야기를 듣자하니 내막은 이랬다. 섣불리 시작한 채식에 지친 내가 계란을 먹는 것으로 타협을 시작했을 즈음, 평소와는 달리 이상하게 내가 여자애들 무리와 앉아 있던 날에 반가운 말을 들었다고, 지택은 말했다. 그래서 내 말을 주의

깊게 듣기 시작했다고.

　내가 날 반기지도 않는 여자애들 무리랑 억지로 앉아 있던 것은 단지 그 전날 양은청의 엄마에게 지택을 좋아한다고 고백했기 때문이었다. 마음이 너무 복잡했다. 물론 은청의 엄마가 지택의 연락처를 곧바로 알진 못하겠지만, 그래도 아들한텐 따발따발 입을 놀리지 않았을까? 만약 양은청이 안다면 한지택도 알게 되지 않을까? 이미 알고 있는 건 아닐까? 양은청은 수화기를 들어, 한지택 집의 번호를 눌렀겠지. 지택의 엄마가 전화를 받으면 말했을 거야. "안녕하세요, 저 지택이 친구 은청인데 지택이 있어요?" 그리고는 한지택이 전화를 받자마자 외치는 거지. "야! 너 그거 아냐? 글쎄 김지나가…."

　그런 상상을 하느라 밤을 꼴딱 새우고 등교하니 차마 지택을 똑바로 쳐다볼 수도 없었다. 은청이 인사도 않는 나를 힐끔힐끔 쳐다보는 게 더 수상했다. 그래서 점심 시간까지 내내 그 둘을 모른 척한 후, 여자애들 무리를 찾아 식판을 들이밀었다.

　그날 나온 계란장조림을 보고 그 무리의 주도권을 잡고 있던 아이―예의 그 인기 많은 욕쟁이였다―가 불평을 뱉기 시작했다. 요는, 자신은 삶은 계란이 정말 싫다는 얘기였다. 프라이를 하거나 찜을 하거나 계란말이를 하면 얼마나 맛있느냐고, 그런데 그 맛있는 계란을 이렇게 퍽퍽하게 만들어놓으니 누가 먹겠느냐고. 그 애의 말에 다른 애들도 하나씩 젓가락을 내려놓으며 고개를 주억거렸다. 맞아, 진짜 존나 맛없어. 씨발 누가 이런 걸 먹냐. 급식 존나 싫어 진짜….

마음이 아찔해져 이마에 땀이 맺히기 시작했다. 동물성 단백질이 지독하게 필요한데. 식단표에서 계란장조림을 보고 일요일부터 손꼽아 기다리고 있었는데. 공장식 축산업과 비인도적인 살육에 맞서는 10대 채식주의자라는 정체성을 잃지 않으면서도 뱃속을 든든히 채우는 동물성 단백질을 맛볼 날을….

양은청이 교실 뒤에서 식도에 계란을 꽉 채워 먹먹해진 음색으로 지택에게 떠드는 소리가 들렸다. 지택의 목소리는 아직 맑았다. 나는 젓가락을 내려놓았다. 은청에게 말하고 싶었다. 돼지 새끼. 그런 말을 씹어 삼키곤 대신 아이들을 향해 물었다.

"그거 아냐? 나밖에 모를 걸? 진짜 내가 인생 살면서 가장 맛있게 먹었던 계란이 있는데. 근데 이제 다시는 못 먹어. 평생 못 먹을 걸?"

뭔데? 그 여자아이들의 목소리… 돌이켜보면, 절대로 궁금해하는 투는 아니었다. 그러나 그런 걸 판별할 수 있었다면 내 인생은 훨씬 수월했을 것이다.

"내가 일곱 살이었을 때 엄마가 아침마다 나 도서관에 버려뒀거든(거짓말이다. 도서관에 간 건 맞는데 내내 내 옆에 꼭 붙어서 무슨 책을 뽑아 읽는지 검열하고 있었다)? 그래서 혼자 점심까지 먹었다? 막 컵라면 사 먹고(거짓말이다. 매점에서 컵라면을 먹고 싶었으나 엄마는 언제나 맛대가리 없는 백반을 시켰다. 라면 같은 건 절대 입에도 못 대게 했다). 그런데 거기 계란프라이 자판기라는 게 있었어."

"계란프라이 자판기?"

"어. 진짜 내가 평생 이거 아는 사람 나밖에 못 봤는데. 반숙 완숙 조절도 되고 소금도 나와. 겁나 맛있는데. 짭짤하고 부드럽고(거짓말이다. 그 자판기의 위생 상태를 본 엄마가 그걸 사 먹게 돈을 줬을 리 만무하다). 근데 요샌 없다? 금방 사라진 것 같아."

"뻥치지 마."

"진짜라니까(못 믿겠으면 인터넷에 쳐봐! 라는 말을 할 수 있을 만큼 인터넷에 자료가 축적되지 않았던 시기였다). 내가 진짜 우리 엄마를 데려올 수도 없고. 어차피 내 나이대 애들 중에서는 아는 애들도 없을 텐데(이런 말을 할 때 가장 자랑스러웠다)."

"어디 도서관이었는데?"

"한란중앙도서관이라고 있어. 너넨 몰라. 한란시에 있는 거니까."

'한란시에 있는 거니까'는 내가 아이들과 나 자신을 일부러 구별 지을 때마다 쓰던 가장 유용한 수단이었다. 한란시에서는 겨우 일곱 살까지밖에 살지 않았고 그래서 그 도시에 대한 기억은 거의 없는 것이나 다름없었으나, 너희가 모르는 동네, 더 큰 땅에서 태어나 자란 김지나는 너희와 차별화된 유년기를 가지고 있다는 투의 말을 나는 굉장히 즐겨 말했다.

그리고 그때 지택은 내가 하는 말을 들었다. 지택으로서는, 이 세상에서 오직 자신만이 기억하고 있다고 믿었던 것을 함께 기억하는 자의 존재를 처음 알게 된 순간이었다.

"그 자판기를 다시 찾고 싶어. 지금은 정말 아무도 모르는 자판기잖아."

"그래서?"

"찾아가는 그 과정을 기록하는 거야. 일기여도 좋고 소설이어도 좋은데…. 아, 다큐멘터리 같은 건 어떨까. 캠코더 들고 다니면서 영상으로 찍어놓고."

"난 캠코더 없는데."

"어, 우리 집에 있어…. 더 좋은 캠코더는 윗집 아저씨한테 빌릴 수도 있어. 또 그거 알아? 어쩌면, 노래도 만들 수 있을 거야. 그것도 아저씨 도움 받지 뭐."

"그 아저씨는 뭐, 다 잘 하고 다 가지고 있냐? 근데 무슨 노래를 만들어. 계란프라이 자판기에 대해서?"

"스끼다시에 대한 노래도 있는데 계란프라이 자판기에 대해 못 쓸 건 뭐야?"

"그러네. 그래서?"

“그래서 그 결과물을 보내는 거지.”

“어디로?”

“라디오로?”

우리는 디제이에 대한 호감 하나 때문에 라디오에 다큐멘터리를 보내자는 말을 하고, 또 곧이곧대로 그게 가능하다 믿을 정도로 어린 애들이었다.

어쨌든 지택이 그렇게 말하는 바람에 나는, 혹시 양은청에게서 비밀 얘기 같은 거 듣지 못했냐고 빙빙 돌려 캐물으려던 계획을 다 까먹고 말았다.

징을 맡아 한 번씩 징, 소리를 내곤 무료하게 묵직한 채나 휘두르던 남자애 하나가 옥상 난간에 빼꼼 보이던 우리 둘의 얼굴을 발견한 것도 그 즈음이었다. 그 애는 길고 긴 휘모리가 끝나길 내내 기다렸다. 상쇠가 꽹과리를 머리 위로 들어올리며 장단의 마지막을 고하길 목이 빠지게 소원했다. 얼른 이 장단이 끝나야 애들한테 옥상 좀 보라고, 저기서 한지택, 김지나가 데이트한다고 소리를 지를 수 있을 텐데. 그러나 상쇠인 은청이 손을 올릴 듯 하다 다시 내리고, 끝을 낼 듯 하다가 도로 물리고, 나중엔 싱글싱글 웃으면서 지친 부원들을 놀리기까지 하자 징을 맡은 애는 결국 참을 수 없어져서 채를 내려놓곤 소리쳤다.

“야! 옥상에 커플!”

【5】

"요샌 옛날처럼 장례식장에서 밤새고 고스톱 치고 하는 사람도 없다는데, 우리가 너무 폐를 끼치는 건 아닌가."

내가 말했다. 은청은 이미 반쯤 취한 게 분명했다. 눈이 풀려 있었다. 아니면 걷잡을 수 없이 졸렸거나. 나야 집도 없이 연남동 인근의 게스트하우스에서 머물고 있었으므로 그렇다 치지만, 은청은 이곳에 오기 위해 버스를 타고 고속버스 터미널에 간 후, 고속버스를 타고 북쪽으로 올라오고, 또 내려서 지하철 3호선이든 택시든 타고 한참을 다시 남쪽으로 내려가는, 그런 비효율적인 동선을 거쳐야 했을 터였다. 나는 다시 트위터를 새로 고침했다. @GloomyBackBaek.

"그런데 시간이 이래서, 너는 아침까지 기다려야겠네. 지하철 기다리려면."

"어? 나 차 끌고 왔는데."

"뭐?"

은청은 자가용이라는 단어와는 세상에서 가장 먼 사람이라고 생각했는데.

"차가 있었어?"

"차 없이 어떻게 일을 해."

"부자네."

그러자 은청은 기가 막히다는 듯 나를 몇 초간 쳐다보더니 말했다.

"너 진짜 서울 사람 다 됐구나. 해원에서 차 없이 어딜 다닐 수 있냐. 첫 월급 받자마자 빚내서 사는 게 차인데."

"농담이지, 그렇게 날 세울 일이야?" 나는 갈라지기 시작한 분위기를 급하게 땜질했다. "그래, 요샌 무슨 일을 하는데?"

은청은 정해진 진로 없이 이것저것 생업을 바꾸는 데 익숙했다. 나는 은청이 요새 무슨 일을 하는지 전혀 몰랐다. 사실 대부분의 동창들과도 연락이 끊긴지 오래였다. 아주 가끔의 결혼식에서나 마주칠 뿐이었다.

"영업."

"뭘 파는데?"

"뭐 건강식품이나 이것저것, 주로 어르신들한테. 옛날부터 입은 잘 털었잖냐, 내가."

처음 소개받는 사람을 보듯 은청을 바라보았다. 네가 그랬나? 음….

"음, 네가 어른들한테는 확실히 싹싹하게 구는 재주가 있긴 했지."

그랬다. 돌이켜보니 은청에겐 확실히 그런 면이 있었다. 어른들의 눈에 나나 지택이 시건방진 또라이였을 거라면, 은청은 능글맞은 애늙은이였다. 그래서 구렁이처럼 이런저런 문제 상황을 잘 피해가기도 했다. 나나 지택 모두에게 전무한 재능이었다.

"일은 할만 해?"

"음. 입은 잘 터는데, 탬버린도 엉덩이도 잘 터는데."

"그런데?"

"그냥, 좁은 동네에서 계속 아는 사람 맞닥뜨리는 게 싫어서 그만할까 싶어."

"뭐, 누구 봤어?"

은청이 턱에 호두를 만들며 잠시 입술을 삐쭉거리더니 주위를 둘러보았다. 최근 한 5년 동안 이토록 고요한 순간을 경험한 적이 있었나 손꼽아봐도 기억이 나지 않을 정도로 사위가 조용했다. 무겁게 가라앉은 장례식장 특유의 공기 때문에 더 그렇게 느껴지는 건지. 갑작스레 세상을 떠난 사람은 하나 없고 모두—지택을 포함하여—'갈 만한 사람'뿐이었기에 이 공간엔 비통함도 분노도 없는 건지. 지택 역시도 그렇게 떠날 사람이었지. 언제 떠나나, 언제 이 세상을 저버릴까 모두가 날짜만 꼽도록 만들었던 사람. 엄지를 움직이며 은청의 옆모습을, 나잇살이 올라 무너져 내리기 시작하는 턱선을 바라보다가 나는 지택이 은청의 턱선을 얼마나 부러워했는지를 잠깐 기억해냈다. 지택은 그런 면에서 신기한 애였다. 누군가의 어떤 점을 부러워하는지, 갖고 싶어하는지 숨길 생각을 별로 하지 않았다.

"최근에 학교 선생들 접대를 한 번 했는데 교장이 5학년 때의 그 담임이더라고."

"뭐? 정박치?"

"맞다. 정박치. 우리가 그렇게 불렀지." 나는 은청이 조금 웃지 않을까 생각했지만 은청의 얼굴은 꿈쩍하지 않았다. 입술만 움직이고 있었고 그마저도 아주 미세했다. 술을 마실 때보다 말을 할 때 입이 더 작게 벌어졌다. 나는 그 입술에서 혀가 빼꼼 보였다 말다를 반복하던 어느 밤의 장면을 엉뚱하게 떠올렸다. "그 정박치. 잘 살더라. 악마라고 그렇게 소리 지르면서 애를 가두고 팼던 그 정박치."

나는 깜짝 놀라서 은청의 수저만을 물끄러미 바라보았다. 너는 그 사건을 재미있어하던 사람이 아니었던가?

◎◎◎

무료하던 징 담당 덕에 나와 지택은 삽시간에 커플로 묶여 몰렸다. 나는 이걸 바로잡아야 하나, 근데 왠지 남자애랑

엮이면 잘나가 보이고 좋은 것 같은데, 근데 한지택은 비주 얼이 좀 없어 보이나, 뭐 이런 깜냥도 안 되는 고민들에 사로 잡혀 있었는데 지택은 달랐다. 하나도 당황하지 않았다. 쟤 도 나를 좋아했던 걸까? 그래서 저렇게 자연스레 받아들이는 걸까? 나는 착각하고 상상했다. 상상은 멋대로 점프해서 갑 자기 키스로, 그리고 급작스레 임신으로(그렇다! 그때까지 나 는 임신이 어떻게 되는 것인지 전혀 모르고 있었다. 또한 한국 드라 마를 하도 많이 봐서 아이가 나오는 게 그렇게 쉽고, 간편하며, 가녀 린 외모가 무너지지 않은 채 진행될 수 있는 일이라고 여겼던 것이 다), 그리고 그 이후의 '어쩔 수 없는', '부모의 반대를 뚫고 결 실을 맺은' 결혼으로(이것 역시 드라마의 영향이었다)… 이어졌 다. 그때의 내 망상을 돌이켜보면 귀밑머리를 뽑아 불어 만든 분신들에게 플래카드를 주고 각 시도 교육청 앞에 세워 놓고 싶은 심정이다. 유의미한 성교육을 허하라, 뭐 이런 구호를 넣어서.

그때의 성교육이란 대략 이런 식이었다. 속삭이는 음성 과 허여멀건 색조로 채운 광고로 유명한 생리대 회사에서 남 자 영업 사원이 두엇 나온다. 각 학급의 남자애들을 축구하러 나가라고 억지로 밖으로 내몬다(큰 키로도 비빌 수 없는 종목인 축구를 싫어하는 은청과 모든 종류의 단체 체육을 혐오하는 지택은 그늘에 나란히 앉아 투덜대거나 지택의 CD플레이어를 나눠 듣곤 했다). 여자애들만 남은 교실 안, 그들은 자기네 회사에서 제작한 성교육 영상을 튼다(명도가 아주 높고 부드러운 채도의 화면이 이어진다. 남자는 목까지만 나오고 여자는 긴 생머리의 웃음이 예쁜 신인 배우. 그들의 사랑은 그저 수줍게 손을 잡는 정도로 표현이 되곤 하는데…). 그리고는 사탕과 다이어리, 작은 주머니를 나누어준다. 사탕은 보통 딸기나 자두맛인데 포장지에는 분홍색 글씨로 '순결 사탕'이라 쓰인 채다. 주머니에는 일반형 중형 생리대가 딱 한 개씩 들어 있다. 누구 코에 붙이라고. 천사 캐릭터가 그려진 다이어리는 손바닥만 한 크기인데 학급마다 꼭 두 개 정도씩 부족해서 못 받는 애가 생기게 만든다. 여자애들은 그 다이어리 하나 때문에 혈투를 벌이고, 나는 그게 모양 빠진다고 생각해 쿨하게 양보의 탈을 쓴 포기를 한다. 갖고 싶지만, 안간힘을 써서 예쁘게 찍은 성교육 영상을 보고 난 직후라 짐승 같은 꼴을 들키기가 싫다. 이렇게 양보하고 나면 저 남자 어른들이 나를 인정할 것 같다. 다른 애들이랑은 사뭇 다른 애라고 높이 평가해 기억해줄 것 같다. 그러나 그렇게 포기하고 나서도 영업 사원들이 복도를 걸어가며 하는 말을 엿듣는다. "거 봐, 지방 올 때는 더 가져와야 한다니까? 지방 사람들은 애를 절대 하나만 낳지 않는다고. 낙후될수록 애가 많아. 배운 게 없으니 본능에나 충실한 거지. 내일 갈 학교도 똑같아, 내일도 또 저렇게 머리끄덩이 잡고 싸울 거야. 애들이 워낙 많아야지. 아니, 본사에선 이런 걸 모르나? 왜 항상 물량을 두세 개씩 부족하게 주는 거야?"

수도권이 아닌 지방의, 성교육 한 번 제대로 받지 못한, 손을 잡고 도망치면 어느 순간 드라마에서처럼 입덧을 하며 임신하게 되는 줄 알았던 어떤 여자애. 그게 나였는데 그 생리대 영업 사원들의 말을 듣는 순간 떠올렸던 건 내가 아닌 다른 사람이었다.

은청은 얼마나 알고 있을까.

해묵은 경쟁심 때문이었는지, 아니면 사실 내가 성적으로―그렇다. 초등학생에게도 성욕이 있다는 건 너무나 당연한 일이다. 어른들은 절대로 인정하려 들지 않지만 여자아이들은 보통 1학년 정도부터 이미 책상 모서리에 가랑이를 문대면 기분이 좋아진다는 것을 본능적으로, 누가 가르쳐주지 않아도, 보통 알기 마련이다―끌리던 대상이 은청이었을지도. 다른 여자애들이 그랬듯.

◎◎◎

지택의 가족은 2층짜리 단독 주택의 아래층에 세 들어 살고 있었다. 2층의 가족 역시 월세를 내며 사는 젊은 부부와 아이 하나였다. 아이는 이제 세 살이 된 남자애였는데 봉긋 부른 배가 몹시 귀여운 아이라고 했다. 동호라는 이름이 있었으나 지택은 장난삼아 그 애를 동학군이라 불렀다. 공중파 사극 드라마에서 아직 동학군을 악마로 표현하던 시절이었다. 동학군은 맛있는 걸 먹고 나면 입고 있던 티셔츠를 훌러덩 까서 둥근 배를 두드리며 웃는 버릇을 가지고 있었고, 제 부모가 요리하는 걸 구경하는 것도 몹시 좋아한다고 했다. 꼭 재료를 제 손으로 그릇에든 바닥에든 뿌려봐야 직성이 풀리는 애라고 지택은 말했다. 그렇게 구는 행동을 용인하는 부모를 지녔단 사실이 나는 못내 부러웠다.

"윗집 아저씨가 되게 좋은 분인데, 아는 게 진짜 많으셔. 윗집 아저씨 언제 보면 소개시켜줄게. 지금은 일하러 가셨어. 뭐 하시는 줄 알아?"

"뭐 하시는데?"

"기타 학원 선생님이야."

"대박!"

"중학교 가면… 엄마한테 꼭 그 기타학원 보내달라고 조를 거야. 지금도 아저씨한테 코드 같은 걸 배우긴 했는데."

"지금 다니면 안 돼?"

"저번에 내가 말했던 친구 기억나? 너랑 이름이 비슷하다던…."

"아, 어."

"그 친구는 기타를 이미 배우고 있는데, 걔가 그러는데 악기는 먼저 배우는 게 아니라 음악을 한참 들어서 내 취향이 뭔지, 거장들은 누가 있는지, 그 악기는 어떤 소리를 어떻게 표현할 수 있는지 다 파악해놓고 나서 시작하는 거래. 주관이 생기기 전에 무턱대고 시작하는 것만큼 나쁜 게 없다고 했어. 다른 공부도 다 마찬가지라고. 내가 해야겠단 생각이 들기 전에는 하는 거 아니라고."

"아니, 걔는 무슨 어른처럼 말해?"

"아….." 지택이 엷게 웃었다. "사실 나보다 나이가 살짝 많긴 해."

"와, 6학년? 중학생? 너 빽 있네?"

"빽이라 하기엔 좀, 좀 멀리 살지."

"근데 네가 안 하는 게 뭐가 있지? 음….." 정말로 그때 내게 지택은 세상의 모든 것을 다 경험해본 듯 보이는 아이였다. "음, 축구인가?"

"뭐 그럴 수도 있지. 너무 멍청해. 한국 4강 간 것도 다 홈 어드밴티지 때문이었다고. 그렇게 편파 판정받은 나라가 또 없을 걸? 근데 사람들은 다 그게 한국 실력이었다고 생각하고."

깜짝 놀랐다. 아무도 2002년을 잊지 못한 2003년이었다. 저런 말을 했단 게 남자애들에게 알려지면 길 가다가 뒤통수에 돌을 맞을지도 몰랐다. "그럼 넌 그때 경기 안 봤어?"

"보기야 봤지, 언제 한국에서 또 월드컵을 하겠어. 그냥 팔짱 끼고 봤지 뭐."

계란프라이 자판기를 찾겠다고 만났는데 어떤 방법을 써야 할지 알 수 없고 인터넷은 없으니 계속 서로에게 딴소리만 하게 되었다. 이걸 어쩌지? 같이 이마를 맞댄 지 한 시간 만에 드디어 여기 모인 목표를 망각하진 말자고 다짐한 우리는 다시 길고 깊은 침묵에 빠져들었다.

그러다 결국 지택이 아이디어를 냈다.

"시내에 나가서 설문 조사를 하는 거야. 계란프라이 자판기를 본 적이 있냐고. 본 적이 있단 사람이 나오면 어디서 봤는지를 세세하게 물어본 다음에, 우리가 직접 찾아가보는 거지. 우리 둘 다 그 자판기를 써봤으니까 그 사람들이 진짜로 말하는 건지 아니면 거짓말 하는지도 쉽게 파악할 수 있을 거야. 그 자판기는 써보지 않은 사람은 절대 상상할 수 없는 방식으로 움직이잖아. 너도 봐서 알지?"

"그렇지." 물론 거짓말이다. 나는 그 자판기를 멀리서 보기만 했지 한 번도 써본 적이 없었으니까. "근데 있잖아…."

"응."

"시내에서 그러고 있으면 6학년이랑 중학생 언니들이 깝친다고 갈굴 거 같은데… 어떡하지. 저번에도 중1들이 물갈이한다고 와서 애들 패고 갔잖아."

지택의 표정이 묘해졌다.

"그런 게 무서워?"

"어?"

"멍청한 인간들이 무서워서 뭘 시작하지 못하면 결국 평생 아무것도 못 해. 록밴드 하는 사람들 중에서 학교 다닐 때 일진이었던 사람이 있었을 것 같아? 다 찌질이에 왕따였을 걸? 나처럼."

"너 왕따야?" 은청의 이론과는 전혀 다른 접근이었다. 은청은 언제나 록커들의 간지를 찬양하곤 했는데. 그리고 묻고 싶었다. 네가 왕따면, 너랑 노는 나도 왕따야?

"왕따였으면 좋겠는데. 그래야 내가 나중에 무슨 일을 하고 뭘 만들든 진정성이 생기니까. 상처가 있으니까 그런 걸 하지."

그 말이 오히려 이상하게 내겐 상처였다. 그러면 왜 나를 데리고 다니는 걸까, 서울에서 온 저 요상한 전학생. 나는 왕따인 걸까. 사실 알고 보면 다른 애들은 다 나를 그렇게 생각하는 걸까. 자발적 왕따와 비자발적 왕따는 아주 다르다.

"알겠어." 내가 말했다. "시내에서 설문 조사 해보지, 뭐. 날짜랑 시간은 언제로 하게?"

날짜와 시간을 정하고, 우리가 모태 신앙 부모에게 학대당하며 사이비 종교를 전도하는 불행한 어린 양들이 아니라는 사실을 증명하기 위한 피켓을 어떻게 만들지 논의하던 중에 철제 대문이 열리는 소리가 들렸다. 이 2층으로 올라가는 계단을 면한 지택의 방 창문 아래에서 누군가의 음성이 크게 지택의 이름을 불렀다. 발걸음은 여럿이었으나 목소리는 하나. 어른 남자의 목소리였다.

"택택! 택택!"

아저씨다! 지택이 말하며 벌떡 일어났다. 그 애의 얼굴에 빠른 속도로 채워진 표정의 온도와, 잉크 같은 안도감이 퍼져 나가던 궤도를 나는 아직도 기억한다. 따뜻한 물에, 조금 더 따뜻하고 물과 밀도가 철저히 같아서 절대로 뜨거나 가라앉지 않을 주홍색 물감 같은 걸 떨어뜨리면 그 비슷한 느낌이었을 터이다. 혹은 당시에 유행하던 어린이 과학 교실 같은 곳에서 흔히 시키던 기름을 이용한 비커 속의 일출 같은, 작고 신비로우며 절대적으로 무해한 풍경과도 흡사했다.

지택은 남자를 방으로 데려왔다. 아이와 엄마는 2층에 바로 올라갔다고 남자가 설명하며 나를 보았다.

"네가 지나구나?"

"네."

"새끼 오노 요코."

"네?"

"아니면 커트니 러브."

아마 마지막의 두 문장은 내 상상 속에서 끼워 맞춘 허구였을지도 모르겠다. 보통, 열두 살 때의 일을 왜곡이나 망각, 망상 없이 정확히 기억하는 사람들은 흔치 않을 테니.

그러나 나는 확실히 알았다. 그 둘의 이름은 결코 좋은 뜻으로 쓰이지 않았다. 남들에게 추앙받으며 죽을 때까지 좋은 곡을 쏟아내야 도리인, 그렇게 태어난, 남녀노소를 막론한 모두가 그 앞에서 사지로 기어야만 마땅한 정도의 천재들을 '감히' 홀려낸 여자들이었다. 그들을 망친 여자들. 몇십 년 내내 욕을 먹는. 아름답고 젊었을 땐 어린 여우로, 나이가 들어 주름이 자글자글해지고 머리숱이 적어진 후엔 늙은 여우로 표현되는 여자들. 대한민국 록키드 중 그들을 좋아하거나 편들어주는 사람은 열두 살짜리 내가 알기로는 한 명도 없었다. 그리고 눈앞에 있는 이 남자가 날더러 그 사람들에 빗대고 있는 중이었다.

이상한 시대였다. 국내 록밴드의 프론트우먼에게는 무조건 평론가들이 '자의식의 과잉'이라며 욕을 퍼붓던 시절이었다. 그런 때가 있었다. 아직도 뻔뻔하게 활동하는 그 평론가들의 이름을 나는 기억한다. 록키드라면 그 대가리들에게 세뇌당하는 게 기본 베이스였다.

그러니 아무 말도 못 했다. 나는 너무나 당연하다는 듯 갑작스레 들이닥친 모욕 섞인 평가에 적절한 말로 맞받아칠 수 있는 열두 살짜리가 아니었다. 실은, 그 말을 들은 내 기분이 무엇인지도 헷갈렸다. 어안이 벙벙한 채로 우두커니 서서 하나부터 스물까지를 셀 시간을 흘려보냈고, 지택이 그에게 뭐라 열정적으로 말하고, 그가 적당히 무심한 말투로 대답하는 동안에는 그들의 말을 따라잡기 위해 애를 썼으며, 그가 고개를 들어 내게 이런저런 질문을 할 때 나는 놀랍게도 그의 마음에 들기 위해 무진 노력을 하고 있었다.

그 순간 느낀 감정이 복종심 섞인 모욕감이라는 것을, 나는 그날로부터 10년 정도 지난 밤 잠자리에 누워서야 알았다.

"캠코더 빌려줄게. 그리고 다 찍고나면 내가 좀 보고 편집해줄게. 음악도 넣고."

"정말요 아저씨?"

"어. 우리 지택이, 아저씨가 해줄 거 기대했으면서 놀란 척하네. 솔직히 말해라, 지택아."

"맞아요."

"캠코더 조심해. 뭐, 지택이 네가 설마 내 캠코더를 부수기라도 하겠냐마는. 대신에 다 만들면 크레딧에 내 이름 꼭 넣어. 편집, 음향, 음악, 그리고 땡스 투."

"당연하죠."

"저는 편집, 제가 배워서 하고 싶은데."

내가 말했다. 지택과 남자가 함께 내 쪽을 돌아보았다.

"어느 세월에 어떻게 배우려고." 남자가 말했다. "너네 스무 살쯤 되면 그때 결과물 나오겠네."

"책 보고 배우면 되죠." 컴퓨터 서적 따위의 실용서가 몹시 잘 나가던 시기였다.

"애들 방학 숙제를 만들고 싶은 거야, 아니면 볼만 한 다큐멘터리를 만들고 싶은 거야? 지택이랑 너랑 생각하는 수준이 좀 다른가보다, 이 계획에 대해서. 야 택택아, 친구랑 얘기 잘 된 건 맞아?"

그때 그가 '기준'이 아니라 '수준'이란 단어를 사용한 것이 아마 실수나 우연은 아니었을 것이다. 그는 지택이 나를 깔봤으면, 하고 바랐을지도 모른다. 그러나, 그런데 나는 그의 마음에 들고 싶었다. 실은 편집을 내가 하고 싶다고 말한 것 역시 그 연장선상에 있었다. 대단한 애라는 칭찬을 얻고 싶었다. 어떻게 그걸 공부할 생각을 다 했니? 똑똑하네. 이렇게. 열두 살이라 사람 보는 눈이 내겐 없었다. 그때로부터 세 배 가까이 나이를 먹은 지금도 딱히 달라진 것은 없고 그래서 언제나 사람을 잘못 분별해 데이는 실수를 하긴 하지만.

"그래, 우리끼린 힘들어. 아저씨 말대로 우린 진짜 제대로 된 다큐를 만들고 싶은 거잖아. 남에게 보이려면 그 정도는 해야지."

지택의 말에 나는 고개를 끄덕였다.

[6]

　'시내'라는 공간적 개념이 있는 고장과 그럴 필요가 없는 대도시에서 각각 자란 아이들의 세계는 어른들의 생각보다도, 당사자들의 자각보다도 훨씬 더 상이하다. 그건 같은 언어를 사용한다는 것 외엔 공통점이 없는 두 나라의 아이를 비교하는 것과 비슷하다. 감각하는 세상의 규모와, 느슨하게 연결되는 사람들과의 상호 작용의 빈도, 그리고 무엇보다, 고개를 바짝 들었을 때 하늘이 먼저 보이는지 아니면 건물의 10층, 20층을 감싸고 있는 유리창과 외장재가 먼저 보이는지에 따라서 사람의 마음과 인식은 천차만별로 간극을 벌린다.

　우리가 처음 자리를 잡은 곳은 극장 앞이었다. 오조르뒤라는 이름이 붙은 네 개 상영관짜리, 나름의 멀티플렉스였는데, 시내에 극장은 그곳 하나뿐이었다. 〈해리 포터〉니 〈반지의 제왕〉 시리즈 따위의 히트작이 개봉할 때면 오조르뒤에 줄을 선 인파는 출입문을 넘어 계단을 타고 내려와 그 건물을 빙빙 둘렀다. 아주 나중에 친구를 따라 코스트코에 처음 가보았을 때 나는 오조르뒤를 떠올렸다. CG로 떡칠된 마법 부리는 영국인들을 보겠다고 오조르뒤의 외부에 줄을 서서 오들오들 떨던 한국 해원시의 사람들을 생각했다. 건조한 곳에도 찐득한 곳에도 사람들은 언제나, 여전히, 너무 많았다.

오조르뒤는 '오늘'이란 뜻의 프랑스어입니다. 여러분에게 행복한 오늘을 선사하겠습니다. 조악한 베르사유풍 인테리어로 꾸며진 오조르뒤의 화장실 칸에 쭈그리고 앉으면 그렇게 쓰인 벽을 마주할 수 있었다. 그러나 애들은 오늘 넌 뒤졌다, 라는 말 대신 흔히 '오조르뒤!'를 말하곤 했다. 조직폭력배가 운영하는 극장이라는 소문도 있어 퍽 잘 어울리는 용법이었다.

우리는 그 앞에 패널을 놓고 서 있었다.

나도 지택도 손재주나 미적 감각이 딱히 없었기 때문에 모양새가 엉망진창인 패널이었다.

쪽팔려. 나는 지택에게 투덜거렸지만 사실은 그렇지 않았다. 사람들이 지나다니면서 힐끔힐끔 우릴 바라보는 게 좋았다. 이런 주목을 받은 건 처음이었다. 입이 말랐다. 너는 왜 이렇게 어깨가 굽었니? 나이도 어린 애가. 엄마가 했던 말을 떠올리면서 배에 힘을 주고 허리를 앞으로 내밀었다. 그러면 어깨가 펴지는 착각이 들었다.

학교가 파한 토요일 오후의 시내에서는 5분에 한 번씩

아는 애들이 지나갔다. 어떤 애들이었느냐면, 주로 인근 중학교에 다니는 형이나 언니와의 친분을 교실에서 과시하길 좋아하는 아이들. 자기를 잡아먹을 정도로 큰 사이즈의 카라 티셔츠에 반바지를 입은 아이들. 사자 갈기 같은 샤기 컷을 한 아이들. 로션을 바른 얼굴 위에 바로 13호짜리 가루 팩트를 두드려 얼굴이 허옇게 동동 뜬 아이들. 입만 열면 작은 입술에서 걸쭉한 욕설을 시원하게 쏟아내는 아이들. 수련회 때마다 가장 마지막 순서로 그해 가장 히트한 여자 아이돌의 춤을 추는, 나와는 전혀 관련 없는 아이들.

그리고 내가 가장 경멸하며 부러워하는 아이들이었다.

나는 옆반 여자애들 한 무리를 알아보았다. 전학 온 지 얼마 안 된 지택이 알 리 없는 무리였다.

"쟤 2반 김지나 맞지?"

나는 그 애들이 저들끼리 말하는 소리를 들었다고 생각했다.

"깝싸네."

깝친다, 도 아니고 깝싼다, 란 단어를 사용해 욕하는 소리도 들었다고 생각했다.

그 애들은 스티커를 붙이지 않고 깔깔 웃으며 우르르 지나갔다.

그 장면을 맞은편의 캠코더가 슬며시 찍고 있었다. 오늘의 캠코더맨은 지택의 윗집 아저씨였다. 첫날만이다, 계속 도와줄 생각 없어. 그는 그 말을 몇 번이나 반복했으나, 쉬지 않고 우리의 구도를 바꾸거나 표정 연기를 지시하거나 스티커를 붙이는 여자들의 주위를 건들거리기를 반복하였다.

스티커를 처음 붙여준 사람은 머리가 희끗한 오조르뒤의 주차 관리원이었다. 계란 자판기? 이런 건 절대 본 적이 없는걸? 그는 스티커를 붙이고는 우리에게 말했다. 여기 있으면 안 돼. 우리는 쫓겨나는 줄 알고 일단 대들어보려 했으나 그는 다시 덧붙였다. 너희는 차를 운전해본 적이 없어서 모르지, 여긴 주차장 드나드는 차 때문에 위험한 곳이야. 열 발짝만 오른쪽으로 가라, 거긴 괜찮아. 관리원의 말에 우리가 고개를 끄덕이고 자리를 주섬주섬 정리하자 아저씨가 다가와 무슨 일이냐고 물었다. 그러고는 '너희는 차를 운전해본 적이 없어서'라는 표현에 격분했다. 요는, 주차 관리원 주제에 사람을 개무시했다는 거였다. 조금 의아했다. 관리원은 초등학생인 우리의 운전 경험을 얘기했던 건데. 아저씨의 경우가 아니라. 게다가 우리가 다칠까봐 걱정해서 조언해준 게 아닌가. 지택은 가타부타 말없이 그저 아저씨가 캠코더 삼각대를 옮기는 걸 도와주었다. 그 움직임이 부자연스럽게 급했다. 마치 자기가 설렁설렁 움직이면 그 여유를 틈타 아저씨가 관리원에게 따지러 갈까 두렵기라도 한 듯 보였다.

오조르뒤에서 영화를 보고 팔짱을 낀 채 나오는 젊은 커플들이 스티커를 많이 붙여주었다. 그러나 세 시간째 '본 적이 있다'에 응답한 사람은 한 명도 없었다. '우웩'에도 몇 개가 붙었다. 자판기 속이 상한 계란 찌꺼기로 얼마나 더럽게

계란프라이 자판기를 아시나요? 스티커를 붙여주세요	
본 적이 있다	본 적이 없다
먹어 보고 싶다	우웩, 그게 뭐야!
계란은 완숙이지	계란은 반숙이라고
파이팅	대체 이런 걸 왜 하는 거야?

덮여 있겠어. 그걸 어떻게 먹을 수 있어. 상한 계란 냄새가 얼마나 지독한지 알아?

　어떤 아주머니가 우리에게 묻기도 했다. 그래, 이 자판기가 지금은 없어졌다고?

"네."

"세상에서 쥐도 새도 모르게 사라지는 것들엔 다 이유가 있는 법이야. 너네도 헛짓거리 하지 마라, 시간 낭비 힘 낭비 하지 말고."

그러더니 총총 사라졌다. 공부하라는 말이 나올 줄 알았는데 아니어서 나쁘지는 않았다고 지택은 제법 의젓하게 평했다.

그로부터 30분이 더 지났을 때 익숙한 누군가 삐거덕거리며 걸어오는 바람에 우리는 흐트러지던 집중력을 가다듬었다.

은청이었다. 지택은 어색한 목소리로 인사를 했고, 나는 깜짝 놀랐다.

"뭐야. 너 왜 여기 있어."

은청은 여기 있으면 안 됐다. 우리 가족들과 고기를 먹고 있어야 했다.

"어쩐지 무슨 조별 숙제야 숙제는, 이라고 생각했지. 내가 아무 일정 없는데."

"숙제 없다고 말 안 했지?"

"뭘 말해. 그냥…." 은청이 어깨를 으쓱 올렸다 다시 내렸다. "그냥 네 덕에 삼겹살 먹을 기회 놓친 거지. 다음에 너 있을 때 같이 먹자고 우리 엄마가 약속 취소함."

"나 채식 안 그만뒀어. 그리고 어차피 난 가족들끼리 만나는 거 싫어. 너도 그렇잖아."

"무슨 그런 섭섭한 소리를 해? 내가 어른들 만나는 걸 얼마나 좋아하는데. 너네 엄마도."

나는 양은청이 어른 흉내를 내는 말투를 쓸 때 제일 보기 싫었다.

"그런데 너네 뭐 하나?"

은청의 물음에 지택이 딴소리를 했다.

"그런데, 너희 둘, 가족끼리 친해?"

아니, 어. 정반대의 대답이 동시에 터져 나왔다. 아니, 는 내 것이었고 어, 는 은청의 것이었다.

아저씨가 뒤에서 뭐라고 소리를 질렀다. 네? 지택이 목청을 높였다. 은청이 뒤를 돌아보았다.

"야, 남자애. 네가 등으로 앵글을 다 가리고 있다고!"

아저씨가 다시 성을 냈다.

【7】

너희 엄마한테 말 안 할 테니까 나도 끼워줘. 내게서 '계란프라이 자판기를 찾는 사람들의 모임'에 대한 설명을 들은 은청이 툭 말하며 그만큼이나 무심하게 나를 쳤을 때 나는 평소처럼 은청의 등짝을 갈기며 욕을 하는 것으로 맞받아치는 대신 지택을 바라보았다. 그런데 지택은 내 얼굴을 보지 않고 있었다. 은청을 보지도 않았다. 그냥 가만히 서서 운동화 앞코로 파지지도 않는 아스팔트 바닥을 뚫을 듯 빙빙 돌리며 밟는 중이었다. 오조르뒤의 간판에 불이 켜지기 시작했다.

"어? 나도 끼워달라니까."

"그걸 왜 나한테 말하냐?"

"너한테 말하지 그럼 누구한테 말해?"

"이거 내가 시작한 게 아니니까 그렇지."

뭐? 은청이 반문했다.

"뻥치시네. 네가 시작하고 지택이를 억지로 끌고 온 모양인데, 딱 보면."

"왜? 왜 그렇게 보이는데?"

"지택이가 나한테 제일 먼저 말했겠지, 정말로 지택이가 만든 계획이면."

그거였구나. 빙글빙글, 숨길 수 없는 웃음이 나왔다. 어떡하지, 은청아. 지택이는 네가 별로 달갑지 않았나보네. 어떡하지. 너는 지택이랑 나름대로 잘 맞는다고 생각했나본데. 집에 수많은 록밴드 CD를 가지고 있고 영어 원서를 읽을 줄 알고 공장식 축산 산업의 폐해와 잔인함에 대해 열변을 토할 줄 알며 어제는 《체 게바라 평전》을 읽고 있다는 내용의 발표로 담임에게서 "거짓말도 잘 한다"는 반응을 불러냈던 그 지택이 말이야. 담임이 멍청한 표정을 짓는 게 어찌나 보기 좋던지.

"아니라니까. 지택이가 먼저 나한테 하자고 했어. 너한테 말 안 한 이유가 있겠지. 한지택한테 말해. 너 끼워달라고. 야, 한지택!" 나는 옆으로 고개를 돌렸다. 그리고 지택이 사라진 걸 알았다. 뭐야, 얘 어디 갔어요? 캠코더 쪽을 향해 고개를 쳐들고 아저씨에게 물었지만 아저씨는 말없이 고개를 저었다. 지택이 없었지만 캠코더는 아직도 돌아가는 중이었다.

총괄 책임자가 없으니 말싸움을 하기도 뭐해서, 결국 나와 은청은 입을 다문 채 우두커니 서서 지택을 기다렸다.

완연한 봄 날씨였다. 재채기가 났다.

지택은 제 풀에 지친 은청이 자리를 뜨고 나서야 다시 모습을 드러냈다. 야, 어디 갔다 왔어? 내 물음에 지택은 오히려 되물었다. 내가 화장실 갔다 온다고 말한 거 못 들었어?

"언제 그런 말을 했는데?"

"너네 둘이 얘기하느라 내 목소리는 안 들렸나보지."

"말도 안 돼. 나중에 아저씨한테 말해서 비디오 판독한다."

"그러든지." 절대 아저씨한테 그런 말을 할 리가 없다는 걸 빤히 알기에 호기롭게 할 수 있는 대답이었을 것이다.

"아, 몰라. 어쨌든 내일 학교 가면 양은청이 또 너한테 끼워달라고 할 텐데 네가 알아서 잘 생각해. 걔가 언뜻 보면 뭘 되게 잘하는 애처럼 보이긴 하는데 사실은 허당이거든? 그래서 우리 집이랑 쟤네 집이랑 뭐 어디 가면 쟤한테는 일 절대 안 시켜. 다 망치니까. 라면 한 봉지도 못 끓이는 애야, 쟤가. 그리고 애가 책임감이 없어. 막 처음에는 이런저런 계획 세우고 꿈에 부풀다가 어느 새 슬그머니 꼬리 내리고 그만둬. 그걸 뭐라 하지? 그, 용… 용 머리 뱀 꼬리."

"용두사미?"

"어. 매사가 그런 식이야."

지택은 곰곰이 생각하다 아저씨 쪽을 보았다. 영상으로는 캠코더를 정면으로 마주보는 모양새로 찍혔을 것이다. 하필 아저씨가 그때 캠코더 렌즈에 눈을 대고 있었기 때문이었다. 한참 나중에, 대학교에서 2학점짜리 어느 영화 교양 수업을 듣던 때 강사는 말했었다. 배우가 캠코더를 정면으로 응시하는 것은 오랫동안 금기였죠. 배우가 렌즈를 통해 관객의 눈을 마주보게 되면 관객이 배우를 캐릭터가 아닌 배우 그 자신으로 인식하게 돼요. 그때까지 영화의 서사가 견고하게 만들던 환상의 세계를 산산조각 냅니다.

지택은 캠코더를 보고 물었다. "아저씨는 어떻게 생각해요? 아까 걔요. 우리, 멤버가 많아지는 게 좋을까요?"

그러자 아저씨는 굽혔던 허리를 펴더니 말했다. 그 목소리 역시 영상에 녹음되었다.

"배우가 많으면 관객은 더 재미있지. 셋이 있어야 갈등 상황도 많이 생기고."

"갈등이요?"

내가 묻자 아저씨가 다시 대답했다.

"그럼 핏덩이들끼리 모여 설명서도 없는 무언가를 하고 있는데 갈등이 없을 수가 있겠니? 그게 있어야 클라이맥스가 폭발적이지."

지택이 옆에서 여전히 캠코더를 보며 똑바로 말했다.

"저는 걔가 들어오지 않았으면 좋겠어요. 싸울 것 같거든요. 하지만 끼워주지 않는다고 해도 싸우겠죠? 그러니 최대한 참아볼래요. 싸우면 안 되니까. 일단은… 일단은 싸움을 미뤄야 하겠죠. 같이 할래요."

"싫은데 왜 집어넣어?" 내가 물었다. 그러자 지택이 말했다.

"말했잖아, 지금 당장 싸우긴 싫으니까. 게다가 아저씨 말씀대로, 더 재미있는 완성품을 위해서지. 그걸 위해서는 뭐든 희생할 수 있어."

"되게 거창하게 말한다?"

지택은 대답하지 않았다. 그러다, 혹시 내가 은청이랑 싸울 것 같은 분위기가 되면 꼭 말려줘, 라고 말했다. 알겠어. 내가 답하자 뜻밖에도 말을 바꾸었다. 아니다, 싸움 말리지 말고, 그냥 무조건 은청이 편을 들어줘.

"왜? 네가 맞으면 네 편 들 수도 있는 거지."

"그냥 그래줘."

"싫으면?"

"그래도 그래줘."

패널의 '본 적이 있다' 칸은 텅 비어 있었다. 그 자판기를 눈으로 보기 위해선 내가 살았던 한란이나 지택이 살았던 서울, 둘 중 하나엔 다녀와야 할 상황이었다. 일이 커지고 있었다. 그리고 지택의 볼은 점점 상기되었다.

"너 살았던 한란에 가야 하나. 아니면 나 살던 서울에나."

"서울이든 한란이든 몰래 다녀와야 하는 건데, 한란이 가깝지. 시외버스 타고 한 시간이면 가잖아."

내 말에 지택이 물었다. 왜 몰래 다녀와야 해?

"우리 엄마 은근 조선 시대 사람이라서, 딸이 남자애들이랑 한란 갔다 온다 하면 아마 머리를 박박 깎아버릴 걸."

"은청이라도? 가족들끼리 친하다며."

"음. 아마?"

◎◎◎

패널을 들고 지택의 집에 돌아왔다. 아저씨는 자기 집으로 올라가고 없었고, 아랫집엔 우리 둘뿐이었다. 나는 식탁에 앉아 지택의 엄마가 밤마다 집안 여기저기를 돌아다니며 뜨고 있다는 소품들을 구경했다. 식탁 위에도 그가 직접 떴다는 식탁보가 덮여 있었다. 그 위를 지그시 누르고 있는 과일과 소금통, 후추통 같은 것들이 생경해서 나는 검지를 들어 그걸 조금씩 쓰다듬었다. 우리 집 식탁에는 온갖 잡동사니가 올라가 있는데, 그 잡동사니를 치워둘 공간이 도저히 존재하지 않아서, 정작 밥은 항상 교자상을 펴놓고 바닥에 앉아 먹는데. 분명 방 세 개짜리 자가 아파트인 우리 집이 방 두 개짜리 세 든 주택인 지택의 집보다 훨씬 크고 밝고 아마도 비쌀 터였지만, 이상하게 지택의 집에는 아등바등 살기를 그만둔 사람들의 여유나 체념 같은 것이 존재했다. 그런 분위기가 돌았다. 지택은 나를 부엌에 놓아두고는 잠시 자기 방에 들어가 5분 정도를 머물다 나왔다.

여섯 시간. 오조르뒤 앞에 서 있던 여섯 시간 동안 단 한 명도 계란프라이 자판기에 대해 들어봤다는 사람이 없었다. 하루의 4분의 1이면 봄볕으로도 사람을 새까맣게 굽는 데는 충분했다. 나는 조금씩 현기증이 났다. 눈앞이 어지럽고 얼굴에 바짝바짝 열이 올랐다. 몸이 축축 늘어졌다.

"다음 주에 한란에 가볼래? 네가 말했던 그 도서관. 아침 일찍 갔다가 저녁 먹기 전까지 돌아오면 되니까."

지택의 말에 나는 아무 생각 없이 고개를 끄덕였다.

"아저씨한테 캠코더 빌려서 가자."

또 고개를 끄덕였다.

◎◎◎

나는 은청이나 지택에게 그날 시내에서 패널을 들고 서 있던 이후 얼마나 많은 여자아이들이 학교에서 내게 시비를 걸었는지 말하지 않았다. 그런 내 위치가 괴롭고 창피해서였다. '못 나가는 애'의 위치. 그 여자애들에게 내가 신경을 쓴다고, 위협을 받는다고, 내일은 걔들이 죽었으면 좋겠다고 매일 밤 자기 전 기도한다고 인정하는 게 죽기보다 싫었다. 그러나 반대로 어느 정도는, 그 애들이 나를 그런 식으로 대하는 것에서 오는 우월감이 분명히 있었다. 박해받는 자의 기쁨이랄까?

그날의 목격담은 생각보다 빨리 퍼져나갔고, 괴롭힘의

정도는 예상보다 이상한 방향으로 강해졌다. 일단 한 살 많은 6학년들이 먼저 나를 찾아왔다. 여기 김지나가 누구야? 교실 앞문에 들어서면서 큰 소리로 왕왕 떠들어 물었다. 아무도 대답하지 않았다. 모두 앞만 보고 있었다. 고개를 돌리지 않았다. 그러나 대신, 눈길로는 힐끔힐끔 내가 앉은 자리를 쳐다보았다. 3분단 복도 쪽 끝.

너, 잠깐 나와.

나는 지택을 바라보았다. 지택은 저 6학년들이 얼마나 무서운 소문을 몰고 다니는—초등학생 입장에서도 무서웠지만, 어른이 된 지금 생각해도 섬뜩한 사례들이 있었다—무리인지 알까? 전학을 왔으니 모를까? 그렇지만 지금의 이 분위기는, 아무것도 모르는 사람들이 봐도 파악 가능한, 누가 봐도 위협적인 상황인데 지택은….

"쎴냐? 나오라고."

나는 일어났다. 천천히 일어나면서 그 짧은 초와 초의 가운데를 주욱 늘려서, 내 손목을 잡을 시간적 여유를 지택에게 충분히 주려고 노력했다. 손목을 잡고, 나가지 말라고 말하고, 목청을 높여 저보다 한 뼘씩 키가 큰 6학년 여자애들에게 대들고, 그리하여 같이 박해받든 혹은 나를 구해주든, 그런 드라마 같은 장면을 선사해줄 거라고…. 나는 지금도 그렇게 극적으로 연출된 장면을 일상생활에서 기대하곤 실망하는 일이 잦은데 10대 때에는 그런 경향이 퍽 심했다.

의자 다리가 드르륵 소리를 내며 바닥을 긁고, 내가 일어나고, 그 언니들 앞에 서고, 어깨동무를 당한 채 끌려 나가는 동안 지택은 아무 행동도 하지 않더니 갑자기 엎드렸다. 나는 나가면서 지택 대신 은청 쪽을 바라보았는데 은청은 책을 읽고 있었다.

《체 게바라 평전》.

나대지 말라는 엄포와 외모에 대한 악질적인 비웃음, 그리고 '담배빵'과 '기절 놀이'를 즐긴다는, '우리랑 친한 중학생 언니들'의 폭력성에 대한 언어적 과시가 그날 내가 끌려 나가 들어야 했던 전부였다. 그러니 어디 일러바쳐도 소용없었다. 신체 접촉이라고는 머리를 몇 대 맞고 어깨가 떠밀린 정도였는데, 누군가 배를 때리려 하자 다른 이가 말했다. 야, 이가희. 나대지 마.

나도 나대고, 쟤도 나대고. 대체 그 '나댄다'는 단어에는 몇 가지의 용법이 있는 것일까. 나는 마치 이미 맞은 것처럼 배에 두 손을 대며 국어학자가 되어야겠다는 이상한 장래 희망을 잠시 세우기도 했다.

교실에 돌아왔을 때 지택은 자리에 없었다. 은청은 여전히 《체 게바라 평전》을 읽는 중이었다. 수염 덥수룩한 남자가 눈을 뜨고 어딘가를 응시하는 표지를 나는 물끄러미 노려보았다.

그날 지택은 끝까지 교실에 돌아오지 않았다. 알고 보니 조퇴를 했다고 했다. 가방도 안 가지고, 보건실을 들렀다가 담임이 담배를 피우던 쓰레기장 옆 공터에까지 직접 찾아가 조퇴하겠다고 말했다고 나중에야 들었다. 다른 애들은 내가 울길 바라는 사람들처럼 노골적으로 나를 바라보다가 시선이 마주치면 잽싸게 얼굴을 피했다. 나는 꾹 참았다. 눈물은 별로 안 나왔다. 다만 뭉근한 배신감에 휩싸였다.

열두 살의 내 세계에서 역시나 열두 살이었던 지택은 그러나, 스물네 살짜리보다 더 용감하게 내 옆을 지키는 역할을 맡을 수 있어야만 했는데. 멋대로 상상해 부풀려왔던 내 세계와 현실 간의 괴리가 몹시 크다는 사실을 마주할 때마다—예컨대 나는, 부모님이 자식을 위해 연예인을 몰래 초대하는 옛 예능 프로그램이 방영되던 시절엔, 매일 같이 집에 들어가기 전 심호흡을 스물세 번 했다. 그러고는 환하게 불이 켜진, 스탭 하나 없이 텅 빈 거실에서 혼자 마늘을 까는 엄마를 보며 은은한 절망을 경험하는 것이다—나는 아마 머리는 부쩍 커버린 거품을 머금은 채 뚜껑을 건드렸을 것이고, 마음은 냄비 바닥에 쩍쩍 눌어붙었을 것이다.

다음날 지택은 제시간에 등교했고 나는 평소처럼 쉬는 시간마다 지택의 옆자리에 가 앉은 채 CD와 밴드와 책과 계란프라이에 대한 이야길 했다. 상처받지 않은 척하는 것, 그게 내 자존심이었다. 내내 내 눈치를 슬금슬금 보던 지택은 그날이 끝날 즈음이 되자 훨씬 밝아져 있었다.

그 주 주말 우리는 한란에 가기로 결정했다. 은청까지 셋이서 함께, 아저씨의 캠코더를 들고. 그 계획을 나는 없던 것으로 만들고 싶지 않았다. 그런다면 내가 나를 용서하지 못할 것 같았다. 지금껏 한 번도 만난 적이 없는, 나와 주파수가 완벽히 맞는 듯한 존재와의 연결을 포기한다면, 그대로 시끄러우며 동시에 공허한 우주로 다시 떨어지게 된다면. 그렇다면 내 삶엔 무엇이 남을까.

거듭 이야기하지만, 열두 살짜리도 그런 생각을 한다.

◎ ◎ ◎

나는 은청이 어정쩡하게 내미는 손을 무시하며 스스로 종이컵을 채우다가 그해의 지택이 무슨 심정이었을지 다시 떠올렸고 절대로 해서는 안 될 짓을 했다. 볼썽사납게 눈물을 흘리고 만 것이다. 엄지로 트위터 스크롤을 내리느라 눈물을 제때 닦아 지우지는 못했다.

그때, 정박치가 지택을 때릴 때, 그때 차라리 내가 화를 냈다면 좋았을 텐데. 내가 아무 일도 없었던 듯 행동해서는 안 됐다. 그게 맞는 것인 양 굴면 안 됐다. 지택이 그걸 원했더라도 그래서는 안 됐다.

왜 쟤를 괴롭히는 거냐고… 당신을 죽일 거라고 내가 바락바락 소리를 질러보았다면 무엇이 달라졌을까. 지택이 가만히 있을 것을 원했을 거라는 핑계를 들며 나는 '정말로' 가만히 있었다.

[8]

공휴일과 겹친 어느 토요일, 시외버스터미널의 화장실은 지저분했다. 똥 찌꺼기나 오줌 방울이 묻지 않은 변기가 하나밖에 없었다. 나는 네 번째로 들어간 칸의 좌변기에서 10센티미터 정도 엉덩이를 뗀 채 볼일을 봤다. 은청은 약속 시간보다 20분 늦었다. 우리는 그 덕에 버스 하나를 보내고 30분 후에 있는 다음 버스를 기다려야 했다. 미안하다며 은청이 매점에서 아이스크림을 사주었다.

우리 셋은 맨 뒷좌석에 나란히 탔다. 흔히들 '일진 자리'라고 말하는 좌석. 학급에서는 아무도 함부로 앉을 엄두를 내지 못하는, 그러나 어른들은 기피하는 그 자리를 차지했다. 세 사람이 일렬로 배치되는 방식은 꽤 많았을 텐데, 지택이 자연스럽게 통로를 향해 뻥 뚫린 자리에 자신이 앉겠다고 했다.

"여기가 제일 위험한 자리거든." 지택이 말했다. "급정거

하면 그대로 튕겨 나가서 최소 척추 부러지는 자리야, 여기가. 잘하면 즉사, 운 나쁘면 식물인간."

아무도 안전벨트를 차지 않던 시대였다. 그리고 우리 셋 중 왜 하필 자신이 거기에 앉아야 하는지 지택은 한마디도 설명하지 않았다. 우리는 얼떨결에 고개를 주억거렸다. 네가 창문 쪽으로 들어가. 난 창문 차가워서 싫어. 나는 지택의 옆에 앉고 싶다는 말을 꺼내기가 부끄러워서 은청에게 그렇게 둘러댔다. 은청은 보란 듯 허리를 구부린 후 볼을 창문에 대더니 말했다. 시원하기만 하구만.

커다란 패널은 지택과 내가 하나씩 맡고 있었다. 말 수도 갤 수도 없는 폼보드로 만든 패널은 까딱 잘못하면 부서질 것처럼 보여서 우리 둘은 우리 자신보다 더 소중한 마냥 패널을 껴안았다. 지택의 집에서부터 패널을 계속 들고 오다 보니 힘을 잔뜩 쓴 손아귀가 욱신거렸다. 혹시라도 손때가 묻었을까, 나는 나의 패널과 지택의 것을 서로 번갈아 훔쳐보며 걱정했다. 날씨가 하루가 다르게 따뜻해지고 있었고 내 손엔 불행히도 항상 땀이 많았다.

한란 시외버스터미널로 가는 50분 남짓한 시간 동안 은청은 잠이 든 듯 굴었다. 눈을 감고 고개를 연신 주억거렸다. 나와 지택은 낮은 목소리로 전날, 아니, 그날 새벽 예티가 틀어주었던 미국 밴드의 노래에 대해 이야기를 나누었다. 프론트우먼이자 홍일점인 여자 보컬의 목소리로 히트를 친, 방금 데뷔한 밴드였는데, 예티는 그때 그 밴드의 노래를 틀면서 엄청난 혹평을 퍼부어댔다. 팝 댄스 곡을 밴드로 연주한 것뿐이지 이게 무슨 고딕 록이라고. 그는 그렇게 말했다. 그러나 그로부터 일곱 시간 전이었던 오후 여섯 시, 똑같은 노래를 틀었던 팝 음악 프로그램의 잔뼈 굵은 디제이는 그 밴드를 극찬했다고 지택은 말했다. 보컬이 아주 노래를 기가 막히게 불러요, 라고 말했다고 지택은 그 목소리를 흉내 냈다―나는 그때 지택이 그 말을 해준 덕분에 아직까지도 나란 사람에 대한 양극단의 평을 아무렇지 않게 넘기는 척, 쿨한 척 남 앞에서 가장할 수 있는 사람이 되었다. 일곱 시간의 시간차를 두고 서로 다른 두 디제이가 칭찬하거나 내리까는 빌보드 랭커 밴드도 있는데, 무명 영화인의 단편이나 시나리오 혹은 그의 인성에 대한 평이야, 너무나 실낱같이 무효한 것 아니겠나―. 그래서 지택은 동네 음반 가게에 그들의 CD를 주문했다고 했다. 싱글만 들어봐서 어떻게 알겠어, 앨범을 들어봐야지. 지택이 말했다. 그걸 들으면 대강 사이즈가 나오겠지―'사이즈가 나온다'는 지택의 윗집 아저씨의 말버릇이었다. 지택은 왠지 어른이 되었다는 이유만으로 남을 평가할 수 있는 권위를 얻게 된 듯 구는 그 아저씨의 어휘를 자주 흉내 냈다―. 좋아도 좋고, 싫어도 좋지. 이미 한 명씩 편이 있잖아.

그러더니 갑자기 나를 불렀다.

"야, 지나."

"어?"

"너는 배신 때리지 않을 거지?"

나는 무슨 소리인지 몰라 지택을 빤히 바라보았다. 지택이 다시 말을 시작했다. 훨씬 더 작아진 목소리였다. 버스의 엔진 소리에 반쯤 묻혀 들리지 않아서, 몸을 그쪽으로 한참 기울여야 했다.

"아저씨가 그러더라고. 지금은 나나 너처럼 다른 애들이랑 달라 보이는 애들, 좋은 음악이 뭔지 알고 밴드도 듣고 책도 열심히 찾아 읽고 그런 애들이, 나이가 들수록 점점 평범해진대. 열두 살 때는 화도 많고 생각도 많고 나중에 커서 무조건 예술하고 있겠다 생각되는 애들이, 서른 살쯤 되면 어디서 공무원 하면서 돈 버는 얘기, 집 사는 얘기, 사람 후려치는 얘기만 한다고. 아저씨도 같이 음악 공부했던 친구들 중에 그렇게 변절한 사람들이 많대. 그래서 나는 그랬어. 나도 친구들을 사귀면 얘가 나랑 얼마나 같이 갈지, 나도 모르게 예상을 하게 된다고. 그러니까 아저씨가 묻더라. 지나는? 걔는 얼마나 갈 것 같아?"

나는 거의 지택을 안으려 달려드는 듯한 자세로 몸을 완전히 틀어 앉아 있었다. 그리고 뒤통수로, 목덜미로, 등으로 느꼈다. 은청은 자고 있지 않았다.

"그래서 뭐라고 했는데?"

그때만큼은 신경 쓰지 않는 척 하며 쿨하게 물을 수가

없었다.

"내가 언제까지 특별할 거라고 했는데?"

지택은 대답했다.

"내가 평범해진 후 딱 1년 더 버틸 것 같다고 그랬어."

"뭐야. 왜 너랑 내 미래를 엮어."

"그냥 그렇게 대답했어. 별 뜻은 없었어."

왜 별 뜻이 없어? 나는 묻고 싶었다. 대신 다른 질문을 했다.

"너랑 엄청 친하다는 친구는? 우리처럼 가운데 지 자가 들어간다는."

지택은 대답했다. 그 친구는 우리가 스무 번을 환생해도 그 모양대로 있을 거야.

나는 깜짝 놀랐다. 환생이란 개념을 또래에게서 들은 것이 처음이라서.

[9]

　내가 일곱 살까지 살던 한란광역시는 광역시란 이름이
붙어 있으나 딱히 번쩍거리는 동네는 아니었다. 오히려 주민
평균 소득으로만 따지면 꽤나 하위권일 것이었다. 건물의 높
이는 확실히 해원시보다 월등했다. 터미널을 나오자마자 느
껴지는 가장 큰 이질감이었다. 그러나 그렇게 높은 건물들의
외벽이 죄다 더럽고 누추하며 남루해서, 그 사이로 간신히 보
이는 하늘의 빛깔을 슬금슬금 오염시켰다. 날이 맑은데 하늘
은 이상하게 멋대로 먼지 낀 회색빛이었다.

　은청은 아직도 잠이 덜 깬 사람처럼 눈을 비비고 있었
다. 안 잔 걸 빤히 아는데. 나의 가족과 은청의 가족은 4학년
때까지 방학 때마다 함께 펜션을 잡고 놀았다. 다른 가족들
도 두어 무리 정도 함께였는데 구성은 매해 바뀌었지만 '지나
네랑 은청이네는 개근상을 줘야' 했다. 그런 펜션에서 성별도

상관없이 큰 방 하나를 잡고는 한데 엉켜 잤다. 5학년쯤 되자 우리가 많이 컸으니 '조심'해야 한다고 몇몇 어른이 걱정하긴 했지만, 그들에겐 술 마실 공간을 확보하는 게 더 중요했다. 그리고 내가 은청의 잠버릇을 알기엔 이미 충분한 시간이 지난 후였다.

개는 잘 때 들숨날숨 열 번에 한 번씩 윗니와 아랫니를 딱, 하고 부딪쳤다. 어디서든 이를 부딪는 소리가 들리지 않으면 절대 자는 게 아니었다.

지택이 한란중앙도서관까지 가는 경로를 적어 프린트한 A4용지를 펼쳐 들었다.

배차 간격이 각각 32분과 25분이던 버스를 두 번 갈아타고 한란중앙도서관 앞에 도착했을 땐 딱 정오, 해가 정수리로 후두둑 쏟아지는 시간이었다.

"계란프라이 자판기가 여기 있네. 탁 까놓으면 반숙 되겠다."

은청이 제 손을 내 정수리에 턱 올려놓더니 말했다. "김지나 얘는 숱이 많아서 머리가 더 뜨끈뜨끈한가봐. 머리가 온통 새까마니까."

그러더니 지택에게 물었다. 야, 너도 손 올려볼래?

"아니."

"왜."

"기분 나쁠 수도 있잖아."

"얘 그런 거 신경 안 써." 은청이 말했다. "그리고 얘 정수리가 손 올려놓기 딱 좋은 위치에 있다고. 너도 키 나만큼 크면 알게 될 걸."

1층의 어린이 열람실 옆은 너무 소란스러워 일단 확인 없이 건너뛰었다.

우리는 2, 3, 4, 5 그리고 6층 테라스를 오가면서, 어디서나 볼 수 있는 음료자판기들을 캠코더에 담았다. 캔음료 자판기, 커다란 종이컵에 미린다나 마운틴듀가 쏟아져 나오는 탄산음료 자판기―이것도 20년 가까이 지난 지금은 거의 찾아볼 수 없는 모양이다―, 믹스커피 자판기. 그러나 계란프라이 자판기는 없었다. 결국 막판에는 1층까지 샅샅이 뒤졌다. 어디에도 자판기가 없는 걸 보고 나는 티 나게 안심했다. 초면인 자판기를 마주하고 당황하고 싶지 않았다. 그러나 곧 안심한 표정을 캠코더가 찍었을지도 모른다는 생각에, 애써 미간을 찌푸렸다.

의외의 결과는 지하에서 나왔다. 위생모를 쓴 여자들 중 하나가 박수를 짝짝 쳤기 때문이었다.

"어머, 그거! 그거 내가 알지."

"정말요? 여기 있었던 거 기억하세요?"

"그럼. 여기선 적자가 너무 나서 없어진 지 좀 되긴 했는데."

"아, 적자가… 적자가 났구나."

"응. 사실 맛있었는데. 나는 진짜 많이 사먹었거든. 아주 옛날에 내가, 우리 언니 만나러 독일에 한 번 간 적이 있는데. 그때 언니가 아침에 반숙 계란을 해줬어, 그걸 빵에 올려 먹으라고. 그런데 그게 그렇게 맛있었다. 별 거 없었는데, 진짜. 근데 거기가, 빵이 싸. 빵도 우리나라에서 먹는 그런 게 아니야, 뭔가 좀 거친데 꼬숩고 그런 게 있어. 거기에 버터 바른 다음 반숙 계란 올려서 먹으면 노른자가 싸악 스며들면서 빵이 촉촉해지지. 난 그때 딸기잼이나 마가린 말고 진짜 버터도 처음 빵에 발라 먹어봤다? 그리고 마지막 날에는 언니가 햄을 올려줬는데 그게 또 기가 막히데. 마지막 날 되어서야 올려줬다고 내가 엄청 뭐라고 하긴 했는데…. 그런데 우리 언니도 사실 뭐 거기서 거의 허리띠 힘껏 졸라매고 살았으니까 내가 뭐라 할 처지가 아니기도 했고… 그렇게 살면서 집에 송금도 엄청 해주고 했으니…. 동양인이라고 인종차별 당하면서…."

은청이 뭐라고 나서려 했으나 지택이 손을 들어 저지했다.

"내가 무슨 말을 하고 있었지? 아휴 이 나이쯤 되면 그냥 다 까먹게 된다니까. 내가 말을 주절주절 하다가 무슨 이야기 끝에 이게 나왔는지 생각이 안 나는 거야… 요새는 우리 애들 이름도 헷갈린다니까. 내가 그 애들 이름을 얼마나 열심히 지었는데 온갖 점집이며 다 다니면서…."

"계란프라이 자판기요." 은청이 말했다.

"이름 지은 건 만족하셨어요?" 동시에 지택이 물었다.

아 맞다, 맞다. 그게 주제였지. 여자는 손뼉을 쳤다.

"내가 왜 샛길로 빠졌냐면 그 자판기에서 반숙 뽑아 먹으면 독일 생각이 나서. 그래서 그랬네. 어쨌든 사람들이 안 먹어서 없어졌어. 지금은 어디 갔는지 모르겠네. 정말 신기한 자판기였는데. 매일같이 어쩌나 똑같은 모양으로 계란이 톡 나오는지 나도 매일매일 놀랐네. 어디서 찾으면 나한테도 얘기 좀 해줘, 언제 완전히 없어질지 모르니 한 번은 다시 먹어보고 싶은데."

그렇게 말하고는 우리에게 집 전화번호를 적어주었다. 은청이 든 캠코더가 여자의 쪽지를 들고 있는 내 손을 찍었다. 나는 은청에게서 캠코더를 뺏었다. 그리고는 돌아선 여자의 뒷모습을 캠코더에 담았다. 흰색 유니폼에 땀이 밴 등판을 클로즈업했다.

오늘 반찬 구성이 좋아, 꼭 먹고 가. 우리는 그렇게 말하는 여자를 모른 척 할 정도로 얼굴이 두껍지 못했기에 백반을 결제했다. 식권을 통에 넣으며 내가 말했다. "예산 초과야. 나는 육개장 컵라면 먹으려고 했단 말이야." 그러자 은청이 말했다. "내가 빌려주면 되지 뭐. 그리고 너네 엄마한테 받으면 되는 거니까."

지택은 별말 없이 골똘히 식판을 바라보고 있었다. 그날의 메뉴는 고추장감자조림, 꽈리고추멸치볶음, 시금치무침, 깍두기, 그리고 닭개장과 차조밥이었다. 초등학생이 좋아할 만한 메뉴 구성이 전혀 아니었다. 슬리퍼를 신고 헝클어진 머리를 한 사람들 사이에서 백반을 먹으며, 우리는 결국 육개장 컵라면도 하나 주문해 나누어 먹었다. 단무지는 세 번 리필했다. 맛있지? 여자가 지나가며 물었다.

밥을 먹는 동안 패널을 매점 옆에 세워두었다. 여자가 매점 주인에게 대신 부탁해주었기에 가능한 일이었다. 밥을 먹는 둥 마는 둥 하고 달려가니 이미 스티커가 꽤 많이 붙어 있었다. 그리고 그 앞에서 서로 똑같은 모양의 무테안경을 쓴 여자와 남자가 얼쩡대는 중이었다.

"이거 저희가 조사하는 거예요."

은청이 한 발짝 나서며 말하자 여자가 대답했다.

"뭐야, 어린애들이 하는 거구나? 그런데, 스티커가 없는데."

"네? 엄청 많이 가져다 놓았는데." 나는 깜짝 놀랐다. 스티커 값으로만 만 원 가까이를 썼다. 그리고 스테이플러와 노끈과 기타 등등을 이용하여 패널에 잘 고정시켰었다.

"어딜 봐도 없는걸?" 여자가 웃었다.

노끈이 깨끗하게 뜯겨나가고 없었다.

"너희가 어려서 그랬나봐. 어려서, 어른들 손버릇이 얼마나 나쁜지를 잘 몰랐던 거지."

우리가 등나무 벤치에 앉아서 씩씩거리는 동안 남자는 담배를 피웠고 여자는 그 앞에서 믹스커피를 마셨다. 그러고는 다시 벤치로 걸어와서 그늘의 끝에 걸터앉았다.

"왜 이런 걸 하는 거야? 학교 숙제야?"

"아뇨. 저희는 동아리예요."

"동아리?" 여자가 캠코더를 눈짓했다. "뭐, 방송반 같은 거야?"

"아니…."

"저희는 계란프라이 자판기를 찾는 동아리예요." 잦아드는 내 말을 자르고 끼어든 건 지택이 아니라 은청이었다. "그게 이 동아리의 목표예요."

"어… 왜 그런 일을 해?"

"슬퍼서요. 아무도 생각하지 못한 아이디어를 떠올렸고, 그걸 현실에 옮겼고, 나름 여러 군데에 퍼질 만큼 상용화도 되었고, 실제로 사 먹어본 사람들은 다들 잊지 못하고. 그런데 지금은 없어지고 있고요. 어른들이 좋다고 말하는 건 다 실현했지만 결국에 실패한 거 아니에요? 창의력, 도전, 집중…. 그런 거 다? 그래서 찾아다니는 거예요. 저도 여기서 뭘 알게 될 진 모르지만, 그냥 무언가 알게 되겠지, 하는 마음이 있어요."

말을 술술 뱉는 은청을 바라보던 지택이 잠시 입을 열었다가, 첨언 없이 다시 다물었다. 여자는 한참 은청을 쳐다보았다. 그리고 옆에서 남자가 뜻밖의 말을 했다.

"우린 사실 임용 고사 공부하고 있어. 학교 선생님 되려고."

에에? 나도 모르게 나온 소리를 듣고 여자가 싱긋 웃었다. 내 입가가 삐죽 비틀어졌다. 세상에 학교 선생이 되려고 공부를 하는 사람이 있다니. 정말 모범적이고 꽉 막히고 재미없을 사람들.

"너희 같은 제자를 만나면 정말 재미있겠다."

"자기도 그런 생각을 했구나?"

"그러고 싶지, 당연히."

"잘해줄 텐데."

"정말 물심양면으로, 당연히."

그들이 우리에게 인사를 하고 떠나갈 때 여자의 후드 집업 주머니 밖으로 스티커 뭉치가 비죽 튀어나와 있는 것을 나는 보았다.

어떻게 반응해야 할지 몰라서, 내가 본 것이 진짜인지 아무리 돌이켜봐도 확신할 수가 없어서, 아무에게도 말하지 못했다. 대신 혼자 생각했다. 어쩌면 나는 그 모습을 보고 당황하거나 슬프거나 분노한 게 아니라, 즐거워하고 있는 것일지도 모른다고. 그러면 그렇지, 저 사람들, 이라고.

스티커 한 뭉텅이를 통째로 가져간 그 어른들의 심리는 무엇이었을까? 필요하지도 않았을 거면서. 우리가 청소년이라 칭할 수도 없을 정도로 어린 애들인 것도 빤히 보았으면서. 우리에게 너희 같은 제자를 만났으면 좋겠다고, 덕담이나 칭찬 비스무리한 말까지 했으면서.

그 비슷한 장면을 커가면서 자주 보게 될 거란 사실을 미리 알았더라면, 나는 그들에게 달려가 손을 붙잡고 미리 말해두었을 것이다. 당신들은 아주 괜찮은 선생이 될 거예요. 이 사회에 꼭 맞는 선생이 될 거예요. 아주 잘 생존할 아이들을 키워내면서 동시에 그들을 일종의 경쟁자이자 적으로 생각하고 그 애들의 마지막 한 방울 즙까지 빨아낼 거예요. 그러면서 입으로는 다른 말을 하는 법을 가르칠 거예요. 아이들은 잘 배울 거예요. 공부 열심히 하세요. 정말 열심히 하시길 빌게요.

한 시가 조금 넘자 도서관의 복도는 다시 눈에 띄게 한산해졌다. 우리는 사람들이 스티커를 많이 붙여줄 위치가 어딘지 머리를 맞대고 고민했다. 캠코더가 돌아가고 있으니 사람들의 경계심을 완전히 누그러뜨리긴 힘들었다.

양심냉장고 같은 거냐? 어떤 아저씨는 그렇게 묻기도 했다. 뭐 줄 거 아니면 이런 짓을 왜 하냐?

도서관에 자판기가 없는 건 확실했는데 한란시의 지리를 잘 모르니 다른 곳으로 이동할 엄두는 나지 않았다.

"결국 아동 열람실 앞에 가 있긴 해야 돼."

"그래?"

"1층이라 지상 지하 다니는 사람들 다 지나칠 거고. 그리고 거긴 애기들도 많으니까 어른들도 좀 더 친절하게 대해 주지 않을까."

지택은 1층의 사서에게 조곤조곤 부탁을 했다. 사서는 한참을 고민하다가 출입문에서 조금 떨어진 곳에 자리를 잡아주었다. 소란스러우면 곤란하니까 여기보다 가까이 오진 말고. 여기 있으면 별 말 안 할게. 사서가 스티커를 붙이며 말했다. 이 자판기, 없앨 때도 아주 골치 아팠지.

"왜요?"

"자판기 관리가 안 된 지 꽤 오래였어. 그러니 안팎으로 지저분한데 누가 사 먹어. 적자는 계속 나는데, 있던 자판기가 그냥 없어지고 자리가 텅 비면 보기 싫다고 관장님이 자판기 하나 더 들일 예산 끌어올 때까지 계속 방치되어 있었거든. 민원은 민원대로 들어왔지. 지저분하다고, 보기 싫다고. 있어도 보기 싫고 없어도 보기 싫으면 어쩌란 건지. 계란 썩은 내 난다고 하는 사람도 많았어. 그 안에 계란이 안 들어간 지 한 달이 넘었는데도 썩는 내가 난다고, 그렇게 말도 안 되는 불평을 하더라."

"그러면 한란에는, 더는 이 자판기가 없을까요?"

"글쎄, 모르지. 관리가 안 되었으니 자판기 돌리던 사람들도 지금쯤은 다 처분하지 않았으려나. 나도 여기에서 말고는 본 적이 없네."

사서는 '우왝'에 스티커를 붙였다. 내 의견이 아니라 도서관 사람들의 의견이야, 나 미워하지 마. 나와 지택의 표정을 보고 사서는 그렇게 변명했다. 그러고는 빽빽 우는 이용객을 잠재우기 위해 서둘러 다시 열람실로 돌아갔다.

제보가 들어온 것은 남자 쌍둥이를 데리고 다니던 어느 여자에게서였다.

"우리 동네에 있어."

층계에 쪼그려 앉아 있던 지택이 벌떡 일어났다. 정말요?

"응. 동네 학교 앞에 문방구 있는데, 거기에."

"아직 작동해요?"

"응. 며칠 전에도 사 먹었는데."

"됐어!" 은청이 소리치는 지택과 여자를 번갈아 찍었다. 여자는 캠코더 앞에서 얼굴을 가렸다. 지택이 물었다. "그 동네엔 어떻게 가는데요?"

"좀 먼데. 너희끼리 가기엔 힘들 건데."

"그래요?"

"다섯 시에 퇴근하니까 그때 같이 가든지."

"퇴근이요?" 나는 그 여자가 쌍둥이의 엄마라고 생각하고 있었다.

"응. 얘들 할머니 오면 넘겨주고 나는 집에 갈 거거든. 그때 같이 가려면 가고."

◎◎◎

쌍둥이는 악마에 가까웠고 여자는 땀을 뻘뻘 흘렸다. 봄에도 이런데 여름엔 얼마나 심할까. 여자를 걱정하지 않을 수가 없었다.

쌍둥이의 조모는 손주들을 전혀 제어하지 못했는데, 그래도 꾸역꾸역 그 애들을 혼자 짊어지고 집으로 향했다.

"나한테 애들 맡긴 게 애들 엄마한텐 비밀이거든."

"왜요?"

여자는 노인에게서 받은 돈을 지갑에 넣지도 않고 손에 그대로 들고 있었다. 종점에서 출발을 기다리고 있는 버스에 앉은 그의 머리카락 위로 햇빛이 떨어졌다. 땀은 이제 말라 있었고 그에게선 조금 퀴퀴한 냄새가 나는 것도 같았다. 그러나 우리 역시 상황이 그다지 다르진 않았다. 점심 먹고 이도 안 닦았으니 입을 열 때마다 약한 구취가 풍겼다. 은청의 이에는 작은 고춧가루가 아직도 끼어 있었다.

"첫 번째는, 나한테 애들을 맡겨놓고 그 할머니는 연애를 하러 가기 때문에."

여자가 쿡쿡 웃었다.

"진짜요?"

"어. 아까 못 봤니? 완전 휘황찬란하게 꾸민 거?"

그랬긴 했다. 그렇게 굵은 진주목걸이는 처음 보았다.

"애들 봐준다고 딸이랑 사위한테 용돈 받거든, 저 할머니가. 그 용돈 가지고 나한테 일당 주고. 월급으로 달라고 했더니 절대 안 된다네. 내가 외국인이라 떼먹고 도망갈 거라고."

"네?"

기사가 버스에 타더니 시동을 걸었다. 우리는 슬쩍 자세를 바로잡았다. 여자는 이 버스를 타고 종점까지 가야 한다고 말했다. 택시로는 15분, 버스로는 온갖 동네를 빙빙 돌아 한 시간이 걸리는 거리라고.

"그렇게 소중한 아들들을 외국인한테 맡겼다고 딸내미한테 욕먹을까봐 절대 비밀인 거야."

"외국인이세요? 진짜예요?"

2003년이었다. 지금의 열두 살짜리들에게 이런 말을 하면 절대 믿지 않을 테고, 나와 같은 반에서 초등학교 5학년 시절을 났던 아이들에게 말해도 다들 자긴 아니었다며 모르는 척하겠지만, 2003년은, 해원의 길에서 금발 머리 외국인을 보면 사인을 해달라며 아이들이 쫓아다니던 시절이었다. 인근 민속촌 따위에 소풍을 가면 외국인—정확히 말하자면 백인—을 간혹 볼 수 있었는데, 소풍 온 초등학생 스무 명가량이 그의 옆에 붙어서 수첩을 내밀었다. 그러면 그 외국인들은 상기된 표정으로 방금 만들어낸 사인을 쓱쓱 긋곤 했다. 초등학교 2학년 즈음에 껍질 벗긴 바나나 색깔의 머리칼을 한 여자에게서 받은 나비 모양의 사인을 나는 아빠에게 압수

당한 적이 있었다. 아빠는 그걸 쫙쫙 찢어버렸다. 찢으면서 자존심도 없느냐고 내게 소리를 질렀다. 나는 당황해서 울지도 못했다. 어떤 자존심을 의미하는지 몰랐기 때문이었다. 어른들은 과학실 샬레 위에 곰팡이 배양하듯 각자만이 아는 자존심을 최대한 못생긴 방향으로 키워냈다.

그러나 이 여자에게서는 사인을 받고 싶지 않다는 걸, 나는 인정해야 했다. 금발이 아니었으니까. 피부도 하얗지 않았으니까. 완전히 한국 사람처럼 생겼으니까.

"그런데 우리말을 어떻게 이렇게 잘하세요?"

종점에서 내렸을 땐 일곱 시가 다 된 시각이었다. 이미 해는 졌다. 은청이 캠코더를 끄곤 지택에게 아무렇지 않은 척 물었다. 너 여기서 시외버스터미널 어떻게 가는지 알아? 막차 시간도 알아?

"시외버스는 열두 시 넘어서도 있어. 터미널에선 택시 타고 집에 가면 되고."

"나는 여기 온다고 집에 말 안 했는데."

"그냥 농구하다 늦었다고 말해, 너 저번에 애들이랑 농구하다가 새벽에 들어간 적도 있다며. 학교에서 그랬잖아."

이상하게 퉁명스럽게 들리는 지택의 말에 은청이 입을 딱 다물고는 나를 쳐다보았다. 그리고 다시 물었다. "김지나 너도 늦게 들어가면 안 되지 않아?"

나는 대답 대신 은청을 보고 딴말을 했다.

"너 이건 왜 안 찍어? 겁먹은 게 쪽팔려서?"

모퉁이를 살짝 돌자마자 우리는 모두 놀랐다. 간판에 한글이 하나도 없었기 때문이었다. 조금 이상하게 생긴 한자와, 더 이상한 부속물을 주렁주렁 매달고 있는 알파벳과, 눈사람, 엉덩이, 혹은 파마한 낙타의 머리처럼 생긴 문자들이 뒤엉켜 빛났다. 골목 어귀에서 효자손으로 등을 긁던 남자가 우리를 바라보았다. 남자는 턱수염을 곱게 땋아놓고 있었다.

"화교라고 아니? 내가 화교거든." 여자는 버스에서 내리기 전 우리에게 그렇게 설명했다. "집에 가서 너희들 엄마한테 한란시에서 사는 화교랑 놀다 왔다고 해봐. 집안 뒤집어질걸. 그 할머니도, 그 푼돈으로 애들 맡길 수 있는 사람이 나밖에 없어서 맡기는 거지. 한국인들은 절대 그 돈 받고 애 못 봐주지."

화교가 뭐야? 여자가 턱수염을 땋은 남자와 잠시 이야기를 하고 있는 사이 내가 지택에게 뒤늦게 속삭이며 물었다. 그러자 은청이 질문을 낚아채 대신 답했다. 나보다 더 작은 목소리로.

짱깨야 짱깨.

[10]

턱수염을 땋은 남자가 자기 손으로 허벅지를 두어 번 철썩철썩 치더니 여자에게 뭐라 말했다.

"저 아저씨는 한국말을 못 해. 나는 한국에서 태어났지만 아저씨는 아니거든. 온지 3년도 안 됐어." 여자가 설명했다. "저 아저씨 친구가 그 자판기를 관리하니까 만나게 해달라고 했는데, 아직 퇴근을 안 했다네. 조금 기다리래."

"다른 회사를 다니시는 거예요? 자판기 말고?"

"자판기로 어떻게 먹고사니? 일단은 저녁을 먹어야 하나. 아니면 그 자판기 먼저 보러 갈래?"

"아니요." 지택이 나섰다. "관리하시는 분이랑 꼭 같이 보고 싶어요."

"그럼 밥 먼저 먹어야지." 여자가 말하며 앞장서서 걷기 시작했다. "너희 돈은 있니?"

"네, 얼추요." 지택이 대답하며 뒤따랐다.

분명 도서관에서 방광을 비우고 왔는데 오줌이 다시 마려운 듯 밑이 조이기 시작했다. 내겐 시계가 없었다. 핸드폰도 없었다. 초등학생에게 핸드폰을 사주는 건, 적어도 해원에선 아직 사치로 여겨졌다. 시간을 볼 수단이라곤 지택과 은청의 손목에 각각 채워진 손목시계뿐이었다. 여자를 따라가 밥도 먹고, 자판기 관리인이라는 남자도 기다리고, 그러다 보면 끔찍하게 무서운 어둠이 찾아올 터였다. 집에 못 가면 어떡하지. 나는 처음으로 그런 생각을 했다. 이렇게까지 오래 한란에 머무르게 될 줄은 몰랐다. 갈 때 한 시간, 올 때 한 시간, 도서관에서 서너 시간 정도. 나는 그 정도를 예상했었다.

그러나 지택에게 약한 꼴을 보이기 싫어 움직이려다, 힐끗 은청을 보았다. 은청은 캠코더를 든 채 그냥 가만히 서 있었다.

"왜 그래?"

내가 물었지만 은청은 내가 아니라 앞으로 이미 향하고 있는 지택을 불렀다.

"한지택."

지택이 돌아보자 은청이 다시 말했다.

"이렇게 늦으면 김지나 얘, 엄마 아빠한테 죽는다고."

"야, 왜 내 핑계를 대냐?" 아, 살았다. 안도하는 마음으로 어이없는 척 연기하며 물었다. 세게 조인 사타구니 사이가 풀릴 것만 같아 다시 꾹 단전에 힘을 주었다. 남자애들 앞에서, 우리 동네도 아닌 곳에서 질질 오줌을 쌀 수는 없었다.

은청은 내게 대답하지 않고 지택에게만 시비를 걸었다.

"더 오래 남는 건 네 욕심이야. 나중에 다시 와도 되잖아."

"다시 오기 힘들어. 그리고 간신히 딱 하나 찾았는데, 일주일 있다 없어지면? 그러면 다시 어디 가서 찾을 건데? 서울까지 갈 거야? 내가 살던 동네까지?"

"아니면 아줌마 통해서 전화번호 교환해, 그러면 되잖아. 그 아저씨랑 전화로 약속 잡은 다음에 다시 오면 어디가 덧나?"

은청이 말하는 동안 캠코더가 위아래로 흔들렸다.

"그렇게 다시 오면 무슨 극적인 재미가 있어?"

"그러니까 네 욕심이라는 거지. 너는 김지나 사정은 생각하지도 않고 이 다큐만 생각하는 거잖아. 뭐, 솔직히 다큐야 이게? 그냥 홈비디오 같은 거 아니고?"

"왜 지나 핑계를 대?"

"핑계가 아니라 생각해주는 거지."

"네가 무서운 거잖아." 지택이 말했다.

"뭐?"

"아까 네가 하는 말 다 들었어. 짱깨라고. 누가 어떻게 해코지라도 할까봐 내내 두리번거리고 움찔움찔 놀라는 것도 다 봤어."

야, 한지택, 목소리가 너무 커. 나는 속으로 생각했다. 은청이 뻣뻣하게 굳었다. 여자는 끼어들지 않은 채 우두커니 서 있었고, 턱수염을 땋은 남자는 아직도 우리의 목소리가 충분히 들릴만한 거리에서 기우뚱거리는 중이었다.

저 사람들이 칼을 꺼낼 거야. 나는 생각했다. 그리고 우리의 배를 차례로 쑤실 거야.

"캠코더 이리 내."

지택이 말했다.

"나 혼자 보고 올 테니까. 너희 둘은 가라고. 집에."

그러더니 주머니를 뒤져서 만 원짜리 두 장을 꺼내는 것이었다.

"이거로 택시 타고 시외버스터미널 가달라고 해. 터미널 갈 버스 찾아볼 용기도 없잖아. 양은청 너는."

씨발 새끼가. 은청이 뱉었다.

그러고는 손에 든 캠코더를 던졌다.

아이였을 때도, 어른이 된 후에도 하루만 더 나이가 먹으면 스스로 부끄러워하고 이해하지 못할 이유들로 타인에게 성을 내곤 하는데, 그때의 은청도 후회할 짓을 그렇게 저질렀지만, 후회할 수 있게 되기까지도 오랜 시간이 걸렸고, 곧 그런 일을 후회하지 않을 인간이 마침내 되었는지도 모른다, 고 나는 '어른'이 된 후 종종 생각했다.

바닥에 떨어져 꽉삭 깨지기 전 캠코더를 받아낸 것은 나였다. 대신 패널이 저 멀리 날아가서 부서졌다. 두 손을 늘어뜨린 여자가 나지막이 소리를 내며 탄식했다.

나는 오른손에 캠코더를 들고, 왼손바닥으로 아스팔트를 짚으며 고꾸라졌다. 그리고는 왼쪽 팔꿈치와 양쪽 무릎을 한꺼번에 바닥에 세차게 부딪혔다.

"어….'

아픈 티를 내서는 안 됐다. 쪽팔리니까, 참아야 했다.

"야. 한지택. 캠코더.'

아무렇지도 않은 것처럼 일어나려 했는데 몸이 맘을 안 들어서 일단은 캠코더를 든 손을 앞으로 내밀며 지택을 불렀다.

부서진 폼 보드가 바람에 실려 바닥을 구르는 소리가 났다.

내가 얼마나 피를 흘리고 있는지는 나중에야 살펴볼 용기가 났다. 그때 생긴 팔꿈치와 무릎의 상처가 아직도 흉터로 남아 있다.

◎ ◎ ◎

은청과 나는 지택의 2만 원을 받아 들고 택시를 탔다. 하루종일 내가 신줏단지처럼 모시고 다니던 패널은 그 동네 바닥에 버려두고, 은청이 담당하던 캠코더는 지택에게 넘긴 채로. 지택만 남겨두고 시외버스터미널로 향해서, 안전한 우리 해원시로 돌아가는 표를 끊고, 20분을 기다려 버스에 올랐다.

"그 자판기가 왜 아직도 거기 남아 있을 수 있는지 알아? 왜 아직도 잘 되는지 알아?"

은청이 묻더니 스스로 다시 대답했다.

"거기 다 후진국 사람들밖에 없어서 그래. 더러워도 상관없이 먹을 거라면 다 먹을 줄 아는 사람들이라 그래. 그런 사람들은 배탈도 안 나. 세균을 많이 먹으면 면역력이 생기거든."

나는 대답하지 않았다.

손바닥과 팔꿈치가 쓰라리고 청바지가 무릎에 고인 피에 눌어붙어 함께 말라가고 있었지만 은청은 관심도 주지 않은 채 계속 제 이야기만 하는 중이었다.

"두고 봐, 한지택 그 새끼 실종 신고 해야 할 수도 있어. 너 그 여자 어떻게 생겼는지 기억하지?"

나는 가만히 있었다.

"괜찮아, 뭐 내가 기억하니까. 이름이야 물어봤자 가명 알려줬겠지. 정 안 되면 도서관 가서 그 쌍둥이랑 할머니 다시 찾으면 돼."

은청은 지택에게 무슨 일이 생기기를 바라는 걸까? 정말로 그래 보였다. 지택에게 무슨 일이 생겨서, 아주 안 좋은 상황이 되어서, 이렇게 꽁무니를 빼고 집에 돌아가는 자신의 선택이 옳은 것이었음을 완벽히 증명하고 싶어하는 사람처럼 보였다.

토요일이 저물고 있었다. 학교에 가지 않는 일요일에는 지택의 안녕을 의도적이지 않은 방법으로는 확인할 길이 없을 터였다. 은청이 좌석에 몸을 묻은 채 잘 들리지 않는 목소리로 투덜거렸다.

우리는 아홉 시 삼십 분이 다 되어 동네에 도착했다. 집에 도착했더니 아무도 없었다. 그날 나의 엄마와 아빠는 함께 뒷산에 올라 나물을 캔다며 등산로가 아닌 곳에 진입했다가 멧돼지를 만나 공격을 받고 응급실에 실려 갔다. 빨리 도망간 아빠는 가벼운 찰과상을 입었으나 엄마는 뼈 두 군데가 부러졌다. 나는 밤 열한 시에 우리 집에 들른 은청의 엄마가 모는 다마스에 실려 병원에 들러야 했다. 이럴 거라면, 지택과 계속 있었어도 괜찮았을 텐데. 나는 깁스를 한 엄마 옆에서 조금 후회했다. 엄마는 내내 아빠에게 욕설을 퍼부었다. 지나야 그거 아니, 저 인간이 나를 버려두고 꽁무니 빠지게 도망갈 때 뒷모습이 어땠는지, 얼마나 꼴사납고 치졸하고 멍청해 보였는지, 지나야 네 아빠 같은 새끼는 죽어도 만나면 안 된다, 저 후레자식 같은 놈, 내가 저런 놈을 남편이랍시고 두고… 지나야 너는 절대…. 폭포처럼 쏟아지는 저주를 피해 내 어깨를 감싸안고 응급실 밖으로 도망친 아빠는 자판기 커피를 뽑아 마시고 담배를 피우며 딱 잘라 말했다.

"네 엄마란 인간은 응급실 병원비가 누구 주머니에서 나왔는지도 모르는 배은망덕한 인간이다."

그러더니 덧붙였다.

"혼자 잘 수 있지?"

그날 밤 한 시에 라디오에서 흘러나오는 익숙한 시그널 음악을 듣다가 나는 슬리퍼를 꿰어 신고 밖으로 걸어 나갔다. 나가서, 무서움도 없이 지택의 집 앞까지 걸었다. 커다란 양철 대문 때문에 1층의 창문을 볼 수 없었으므로 주변을 두리번거리고는 담을 조금 기어올랐다. 다 오르지는 못했다. 그 높이를 더듬어 오를 만한 용기도 운동 신경도 없었다. 그냥, 창문에서 빛이 새어 나오는지, 그러지 않는지 확인할 정도로만 올랐다.

1층의 모든 창문은 뻔뻔스럽게 시커멨다.

대신 2층에서 피시, 혹은 프쉬와 비슷한 소리가 들렸다. 잇새로 누군가를 부르는 소리.

아저씨였다.

그날 내가 놓친 라디오에서 무슨 내용이 나왔을까.

나는 내려온 아저씨를 따라 골목길을 걸어가는 내내 이상하게도 그것이 궁금했다.

◎◎◎

"애가 완전 파김치가 되어서 왔던데. 졸려 죽겠다면서 캠코더만 반납하고 바로 자러 내려가더라고. 나도 내용이 궁금하긴 했는데, 동호 재우고 하다보니까 아직 못 봤네."

아저씨와 나는 동네의 작고 낡은 아파트단지 놀이터의 벤치에 나란히 앉았다. 아저씨는 캠코더와 이어폰을 들고 있었고 나는 역시나 오줌을 참는 중이었다. 엄마의 병실에서 옆 병상 할머니에게 주스를 얻어 마신 게 잘못이었을까. 아니면 하루가 너무 길어서, 그래서 물을 너무 많이 마셨나.

너희 싸웠지? 아저씨는 별 거 아니라는 듯 물었다. 지택이 개는 얼굴에 티가 다 나. 게다가 개 성격상 절대로, 아무리 늦었어도, 영상을 안 보여주고 너를 보냈을 리가 없거든.

아저씨가 캠코더를 켰다. 가로 길이가 겨우 내 엄지손가락만한 LCD 창을 통해 파일 몇 개를 확인할 수 있었다. 은청이 여러 번 끊어 촬영했기 때문에 초반의 파일은 꽤 여러 개였다. 그러나 지택이 촬영한 파일은 단 하나였다. 지택은 한번도 순간을 놓치지 않았다.

나는 지택이 찍은 파일을 열어달라고 아저씨에게 말했다.

그날 우리가 떠난 이후 지택을 데리고 여자는 만두집에 갔다. 둘은 창문에 얼어붙은 성에처럼 바삭바삭하고 쉽게 부서지는 꽃이 피어나는 모양으로 튀긴 만두들을 반절씩 나누어 먹었다. 만두 안에 고기가 하나도 없어요. 온통 부추뿐이에요. 그런데 이렇게 맛있어요? 지택이 묻자 여자가 티나게 기뻐했다. 테이블에 비스듬히 올려놓은 카메라를 통해 여자의 표정이 드러났다. 무슨 맛인지 진짜 상상도 안 간다, 저거라도 먹고 올걸. 내가 실없는 혼잣말을 하자 아저씨가 옆에서 이상한 소리를 내며 웃었다. 영상 속 지택은 육즙에 혀를 조금 데었다.

그리고 지택은 만두를 호호 불어 먹으며, 자판기를 관리한다는 남자를 기다리면서, 나나 아저씨에게 한 번도 하지 않은 이야기를 여자에게 하기 시작했다. 여자가 이런 일을 '도대체 왜' 하냐고 물었기 때문이었다. 그러고 보니 나도 은청도 묻지 않은 질문이었다. 아마도 그런 질문을 하면, 지택이 안경알을 번뜩이며 물을 것 같아서였겠지. 반드시 이유가 있어야만 뭘 해? 목적이 있어야만?

어쩌면, 하던 도중 찾을 수도 있지 않겠어?

그러나 지택은 여자에게 우리가 전혀 알지 못했던 이야기들을 털어놓기 시작했다. 여자의 질문에 대한 답은 아니었지만.

[11]

저는 사실 열다섯 살이에요. 원래대로 학교를 무사히 다녔으면 중학교 2학년이어야 하는 거죠. 3년이나 늦었어요. 일단은 1년 늦게 들어갔고… 그리고 중간에 2년을 더 쉬었어요. 애들은 아무도 몰라요. 선생들은 알겠죠. 아직 소문은 안 났는데, 선생들도 워낙에 입이 싸니까 언제 퍼질지 모르죠. 그럴 만한 일이 있었어요. 제가 많이 아팠거든요.

서울에서 전학을 왔다고 소개했지만 사실 서울에는 병원 다니느라 내내 오락가락 하던 거지, 살아본 적은 없어요. 의료 보험도 안 되어서, 엄청 비싼 돈을 내고…. 원래 살던 데는 다른 곳이에요. 서해 쪽에 있는 아주 작은, 시 말고 군, 있죠. 아버지는 엄마랑 원래 서울에 계시다가, 일이 잘 안 되어 가지고, 그곳에 일자리가 있단 말에 떠나오신 거였어요. 그때까지 단 한 번도 대도시를 떠나 살아본 적이 없으면서 말이에요. 아직 제가 태어나기 전이었어요. 엄마가 임신 5개월 차였다고 했나. 이사하는 내내 너무 덥고 메스껍고 힘들어서 거의 기절하셨다는 이야길 들었는데.

어쨌든 저는 거기서 태어나 열두 살이 될 때까지 자란 거예요.

동네에 이상한 형이 있었어요. 아무 데서나 바지를 그대로 쭉 내려버리곤 하는. 항상 여름옷을 입고 다니고, 아이들이 지나다니면 마구 손짓했죠. 학교 선생님들도 알았어요. 워낙 좁은 동네였으니까. 분명 그 학교를 다녔거나, 다니려고 시도는 했겠죠. 아마. 저랑은 다르게 실패했을 거고.

그 형네 엄마가 우리 엄마를 왜 그렇게 미워했는지 모르겠어요.

우리 엄마가 외국인이어서였을까요?

아니면 자기처럼 자격 없는 자식을 마침내 학교에 집어넣는 것에 우리 엄마는 성공해서?

마을 어른들이 우리 엄마를 왜 그렇게 대했는지는 그때도 알았지만요.

그걸 10년 넘게 버티면 사람의 얼굴이 얼마나 슬퍼지는지, 아줌마는 이해하실 거라 생각해요.

마을 사람들은 사이가 좋았어요. 염소나 개를 자주 잡았고, 그러면 항상 그 형네 집에 마을 어른들이 모였어요. 마당에 솥을 걸어놓고 전골을 팔팔 끓였어요. 반드시 함께 둘러 앉아서 그걸 나눠 먹었어요. 할아버지, 할머니, 아저씨, 아줌 마 할 것 없이 다들 마당에 철푸덕 앉아서 소주를 마시고 고 기를 삼켰어요. 고기에는 가끔 검고 두꺼운 눈썹 같은 털이 붙어 있었죠. 어쩔 수 없이 데리고 온 기저귀 찬 아이들은 그 사이를 뛰어다니고, 술에 취한 어른들은 헤드라이트와 카스 테레오를 켠 후에 그 앞에서 춤을 출 때도 있었어요. 아, 형네 집엔 노래방 기계도 있었구나.

그 형네 엄마는 마을 어른들에게 정말 예쁨을 많이 받았 어요. 모든 집을 다 쏘다니며 일손을 거들었기 때문이었죠. 아무 보수도 받지 않고요. 그냥 머리만 쓰다듬어주면 좋다고 웃는 거예요. 그 형 밑에는 연년생으로 남자애 셋이 더 있었 는데 걔들은 거의 그 마을의 왕자님들이었고요. 학교 다니는 열 명 중에서 셋이 형제였으니 그 위세가 얼마나 거창했겠어 요. 게다가 다들 한 덩치 하는 애들이었죠. 목소리도 괄괄하 고. 성격도.

성격도…. 그러니 저 집의 유일한 단점은 첫째뿐이라고, 첫째가 모든 불운을 다 가져가 복밖엔 남지 않은 거라고 어 른들은 자주 평했어요.

우리 엄마는 엄마가 대학원 나왔단 이야길 하지 말라고 저한테 그랬어요. 엄마는 이미 경험으로 충분히 안 거죠. 이 나라 사람들이 쌓아왔던 선입견을 엄마가 엄마의 능력으로 무너뜨릴 때, 그럴 때 치부를 들킨 사람들이 얼마나 거세게 반발하고 찍어 누르려 하는지를 숱하게 경험했던 거예요. 엄마는 그 동네에서 내내 뜨개질만 했어요. 사람 살을 꿰매던 엄마가.

◎ ◎ ◎

실제로 지택이 이토록 길게, 이렇게 정돈된 문장으로 자신의 이야길 여자에게 털어놓진 않았을 것이다. 그러나 몇 번이고 기억 속 영상을 돌려보면서 영상은 점점 팽창되고 무게는 늘어났으며 지택의 말투는 어른의 것처럼 다듬어졌다. 내 안에서.

그리고 그렇게 새로이 머릿속의 영상을 다시 틀고, 다시 틀고, 또 틀면서 나는 생각했다. 그래, 열두 살이 어떻게 이런 생각을 하고 말을 해. 열다섯이 맞지. 열다섯의 지택이니까 저렇게 말을 하지.

그렇게 생각하자 그가 멋있어 보였다.

◎ ◎ ◎

엄마가 강아지 한 마리를 데려온 것과 아버지가 마침내 개를 먹는 모임에 참여하기 시작한 것은 거의 비슷한 시기였어요. 제가 여덟 살이었고, 학교에서 받아주지 않아 집에서 놀던 때였죠. 아버지는 그때 마을에서 동물들과 사람들을 함께 돌보는 일을 했어요. 아주 작은 병원에라도 가려면 기본 두 시간이 걸리는 깡촌이었으니 다들 수의대를 나온 아버지에게 슬금슬금 진단도 함께 받기 시작한 거예요. 어쩌면 아버지는 5년간 그 둘 중 갈팡질팡하다 마침내 사람과 어울리는 길을 택했던 건지도 몰라요.

사람들이 왜 의대 나온 저희 엄마에겐 도움을 요청하지 않았을까요.

엄마는 개를 먹는 모임을 질색했죠. 하지만 아버지는 엄마에게 말했어요. 너희 나라에선 벌레도 튀겨 먹지 않느냐고. 그다음엔 제 핑계를 댔어요. 그 모임에 학교 선생들도 몇 있었거든요. 그들을 잘 구워삶으면 다음 해엔 학교에 보낼 수 있을 거라고 아버지는 말했어요. 그리고 마을 어른들은 아주 좋은 사람들이라고 했어요. 서울 사람들과는 전혀 다르다고, 아주 순박하고 자연스럽고 착한 사람들이라고. 저 너른 앞바다를 보며 자랐는데 어떻게 감히 악할 수가 있겠느냐고요.

아버지는 오만했어요. 낮춰 본 거죠, 그 사람들을. 마치 우리가 만화 캐릭터를 보듯 본 거잖아요. 그 사람들이 무슨 생각을 하는지 다 파악 가능한 것처럼, 그 사람들에겐 주체적인 굴곡도 욕망도 없고 누군가 그려준 대로 움직이는 것처럼. 그리고 무엇보다, 아버지가 그린 이미지대로만 움직여야 하는 사람처럼. 내가 그 사람들 장기가 어떻게 생겼는지도 훤히 다 알고 있다고, 그러니 혹시 꿍꿍이를 세운다 해도 몇 수를 먼저 내다볼 수 있다고 아버지는 엄마에게 웃으며 말하곤 했죠.

하지만 아니요, 전혀요. 그 사람들은 전혀 그렇지 않았고 아버지에겐 본인이 장담한 능력은 전혀 없었어요.

저는 결국엔 잘못을 했어요.

그 형이 결혼을 하기 전에 제가 어리고 한국말을 못 하는 신부를 도망가게 만들었거든요.

저도 알아요, 제가 그 동생들에게는 하지 못하고 만만한 형에게 돌을 던졌다는 걸.

그리고 발 여섯 개가 한꺼번에 내 배와 얼굴을 찰 때 얼마나 아픈지 알게 되었어요.

눈두덩이 너무 부어서, 죽은 개와 술을 들고 그 집에 사과를 하러 가던 아버지의 뒷모습을 보지 못했어요.

◎◎◎

지택의 이야기는 거기서 끊겼다. 턱수염을 땋은 남자가 대머리 남자 하나를 데리고 만둣집으로 들어왔기 때문이었다. 그들은 자연스레 지택과 여자의 옆자리에 앉았고, 내가 알아들을 수 없는 외국어를 이용해 쩌렁쩌렁 주문을 넣었다. 그러자 여자가 뭐라고 면박을 주었고 그들은 다시 주문을 수정했다.

"맥주를 주문하길래 내가 뭐라고 했어." 여자가 말했다. "어린애가 옆에 있는데 무슨 맥주냐고."

"제가 아는 어른들은 제 옆에서도 술 잘만 마시는데요."

"그게." 여자는 멋쩍게 웃었다. "너는 이 동네 아이가 아니니까. 문제라도 되면 골치 아파지지 않니."

"저도 마시면 되죠." 지택이 말했다. "그러면, 저도 같이 잘못을 하는 건데."

"너희 엄마도 외국인이라며. 너도 등록 없다며. 조심해야지. 조심해야 하는 거 가장 잘 알 애가."

지택은 입을 다물었다. 남자들의 앞에는 멀건 만둣국과 이름 모를 붉은 비빔면이 배달되어 나왔다. 지택과 여자가 만두를 다 먹는 속도보다도 빠르게 두 사람이 접시를 비웠다. 말도 없이 계속 씹고 삼키고 마시기만 했다. 나는 그걸 보며 이상한 기분을 견뎌야 했다. 나만 속이 타나. 무슨 일이 있었는지, 지택의 엄마는 어디서 온 외국인인지, 2년간 어디가 아팠던 건지, 왜 불쑥 해원시로 전학을 온 건지, 나만 궁금해 미치겠나….

"이제 살 것 같다. 그럼 이제 슬슬 가볼까."

드디어 숟가락에서 입을 뗀 대머리 남자가 지택을 바라

보며 불쑥 말했다. 지금껏 통성명은커녕 인사 한 번도 없더니 갑자기, 아무렇지 않다는 듯이. "자판기 봐야지."

"네." 지택이 일어섰다. 남자들은 카운터에서 여자와 지택의 테이블 것까지 함께 계산한 후 카운터에 놓인 박하사탕을 까먹었다. 그리고 손에 카메라를 드는 바람에 얼굴이 나오지 않는 지택에게도 하나 먹여주었다.

나와 은청이 도망치듯 떠나온 한글 없는 거리의 막다른 끝자락에 학교가 하나 있었다. 그 학교까지 가는 내내, 흔들리는 카메라는 가게 앞에 늘어선 좌판이나 외국어로 말하는 각국의 사람들을 스치며 비추었다. 여긴 원래 차이나타운이지만 요샌 다른 나라 사람들도 많이 와서 살아. 여자가 설명했다. 집값이 싸거든, 내 목소리 잘 들어가니?

"네." 카메라 화면이 아래위로 끄덕거렸다.

학교 앞의 문구점에 바로 그 자판기가 있었다. 원래는 하얀색이었을 것이나 누레진 외양. 하나도 먹음직스럽게 생기지 않은 노란색 계란노른자가 약간은 괴기스럽게 네 개의 태양처럼 둥둥 떠 있는 사진 위에는 큰 글씨로 '순간에 반숙·완숙 OK!'라 적혀 있었다. 카메라가 버튼을 클로즈업했다. 반숙 300원, 완숙 300원.

"하나 뽑아줄까?"

대머리가 묻자 턱수염이 알아들을 수 없지만 분명히 핀잔을 놓는 듯한 투로 뭐라 말하며 동전을 집어넣었다. 여자의 목소리가 지택에게 그 말을 해석해주었다. "그냥 뽑아주지 뭘 물어보냐고 그러네."

"감사합니다."

지택이 들었을 카메라가 음식 나오는 곳을 가까이 클로즈업했다. 누군가의 손이 플라스틱 문을 열어주었다. 1초, 2초, 3초. 카메라에서도 아무 소리가 나오지 않았고, 나도 덩달아 숨을 죽이게 되었다.

그러나 아무 일도 일어나지 않았다. 그러고는 대머리 남자가 외국어로 뭐라 소리쳤다. 욕이다. 나는 느꼈다. 저건 분명 욕이야. 어조만 들어도 파악할 수 있어.

대머리가 지택에게서 캠코더를 뺏었다. 놀란 지택이 캠코더를 바닥에 떨어뜨리려는 듯 보였지만 대머리의 손이 잽싸게 낚아챘다. 그러더니 캠코더를 빙글 돌려 렌즈가 자신을 바라보게 만든 후 얼굴을 일그러뜨리며 외국어로 뭐라 외쳤다.

그러더니 웃음을 터뜨리며 또 캠코더를 움직여―보는 나는 멀미가 나는 줄 알았다―자판기의 숫자 창에 뜬 빨간색 '컵 없음' 메시지에 렌즈를 갖다 댔다. 너무 가까워 초점이 하나도 맞지 않아서, '컵 없음'이란 글씨는 물에 번진 것처럼 흐릿했고 그 옆의 빨간색 점만 반짝, 반짝거리며 점멸했다.

◎◎◎

그 점만 반짝거리는 줄 알았는데 내가 들고 있는 캠코더의 램프 표시등도 열심히 점멸하는 중이었다. 아저씨가 손에서 캠코더를 낚아챘다. "배터리가 없다네." 아저씨가 말했다. "아직 한참 남았는데. 지금 어디서 건전지를 사 올 수도 없고. 여기서 끊어야겠네."

영상은 40분 정도가 남아 있었다. 처음 영상을 재생할 때 오른쪽 하단에 뜨던 타임라인이 기억났다. 3:00:58. 그러니 퍽 오랜 시간 동안 그 조그만 LCD 화면을 들여다보며 흘린 것이었다.

그제야 정신이 들었다. 큰일이구나.

집에 가야 하는데.

엄마나 아빠가 혹시 마음을 달리 먹고 빠르게 퇴원해 집에 돌아오지는 않았을까?

"집에 갈 거니? 가야겠지?"

아저씨가 말했다. 나는 주위를 휘 둘러보았다. 이 시간에 밖에 나와 있는 적은 처음이었다. 이 놀이터에 있는 것도 처음이었다. 해가 지면 중·고등학생 일진들이 몰려드는 걸로 유명한 놀이터였는데 그들도 모두 집에서 잘 시간이었는지 이상하게 조용했고, 두 개 있는 가로등은 모두 꺼져 있었다.

"나머지는 다음에 보여줄게."

아저씨가 말하더니 내 어깨에 손을 얹었다.

"지금 가면 무섭잖아? 집에 데려다줄게."

나는 고개를 저었지만 아저씨는 다시 말했다.

"내가 설마 너를 어떻게 하겠니? 나 이 동네에서 애들 장사 하면서 오래 살아야 돼, 괜한 소문에 휩쓸릴 생각 없다고. 너 착각하는구나. 그렇게 쉽게 착각하면서 살면 나중에 얼마나 상처 받으려고 그래, 어?"

아저씨가 내 손을 잡더니 벌떡 일어났다. 나도 엉겁결에 서서는 쿵, 하고 코를 먹었다. 아저씨는 손을 꼭 붙들고, 나더러 앞장서라고 말했다.

그래서 나는 집까지 걸었다. 새벽 네 시였다. 아저씨는 내가 엘리베이터를 타는 것까지 지켜보았다. 같이 타진 않았다.

나는 집에 올라가 열쇠를 열쇠 구멍에 꽂고 아주 천천히, 천천히, 소리가 나지 않도록 개미만큼씩 돌렸다. 너무 힘을 많이 주는 바람에 손이 부들부들 떨렸다.

집은 여전히 조용하고 어두컴컴했다.

[12]

그다음 주 월요일 지택은 또 학교에 나오지 않았다. 은청은 남자애들과 복도에서 농구공을 팅기고 여자애들에게 연신 농을 걸었다. 그러나 그 농이 불안한 마음을 가리기 위한 연막이라는 사실을 나는 짐작할 수 있었다. 캠코더가 아저씨의 손에 들어갔다는 사실 자체가 지택이 무사히 집에 돌아왔다는 증거였으니 난 걱정하지 않았지만, 이를 알 턱이 없는 은청은 지택에게 무슨 일이 생겼을까봐, 그리고 불똥이 자신에게 튈까봐 전전긍긍했다. 내 눈엔 그게 다 보였다. 나무 바닥에 함부로 농구공을 팅기는 횟수와 속도로 알 수 있었다.

은청은 무언가를 몹시 두려워하는 중이었다. 그리고 내게 말 한마디 못 했다. 나는 일부러 평온한 표정을 지어내면서 앉아 있었다. 4교시 때까지 내내. 마지막 4교시는 음악이었고, 담임에게 몇 번을 혼나면서도 제대로 된 박자를 치던 지택이 없으니 우리는 모두 엉망인 자진모리를 따라 책상을 두드려야 했다. 담임은 은청이 상쇠인 것을 알면서도 절대 시범을 보이도록 시키는 일이 없었다.

내 고막을 파내어 잘근잘근 씹어버리고 싶었다.

"왜 따라와?"

점심을 먹고 이를 닦은 후 가방을 메고 지택의 집에 가려는데 뒤에서 은청이 쫄래쫄래 따라왔다. 나는 은청에게 다시 말했다. "나 한지택 집 가는 거야. 사과하러."

"왜 사과를 해?"

"그렇게 물을 줄 알았다. 됐어, 넌 분위기 파투 내지 말고 가, 그냥."

"아니, 나는 그렇게 못 해." 은청이 성큼 다가와서 옆에 섰다. "담임이 나보고 지택이네 집 들러서 숙제랑 준비물 알려주라고 했으니까."

"네가 담임한테 먼저 가서 빌었겠지, 갖다주겠다고. 걔네 집이 전화가 없냐, 뭐가 없냐. 담임이 알아서 어련히 안 할까."

"미친년이 진짜."

귀를 의심했다. 나는 우뚝 멈춰 서서 은청을 향해 돌아보았다.

"욕했냐?"

"빌었다고? 내가?"

"뭐, 아니냐? 너 한지택한테 잘 보이고 싶어서 환장했잖아."

"그건 네 얘기고."

"어, 맞아." 나는 한 발짝 앞으로 나섰다. "맞아. 그리고 우리끼리 잘 통하기도 하고. 그래서 네가 자꾸 끼어드는 게 우리 둘 다 짜증나. 너는 한지택에 대해 알지도 못하면서. 내가 아는 것의 반의반도 몰라, 너는. 그러면서 왜 자꾸 끼어들고 싶어서 지랄이야? 너 없었으면 한란에서 우리 둘이 알아서 잘 찍고 돌아왔어, 너 없었으면. 걔가 착해서 참아주는 게 안 보여? 걔가 너 불편해하는데 억지로 웃는 게 안 보이냐고."

"야 씨발, 너는 네가 뭐 대단히 걔랑 친한 줄 아는데 존나 착각인 거 알지? 너는 항상 그렇게 착각을 하고 다른 사람들한테 과시를 하더라? 네가 나랑 친하다고 2학년 때부터 나대고 다닌 걸 내가 모를 줄 알아? 친하긴 뭐가 친해? 그냥 엄마 아빠끼리 아는 걸 가지고. 네가 하도 나에 대해서 입 털고 다녀서 나도 피곤해. 야, 너랑 친하다는 게 좋은 일일 것 같으냐? 양심에 손을 얹고 말해, 어? 좋은 일일 것 같으냐고."

은청은 나를 잘 알았다. 나를 어떻게 하면 가장 크게 터뜨릴 수 있을지를 너무나 잘 알았다.

어떻게 하면 뇌관에 불을 붙일 수 있는지.

"너는 한지택에 대해 아무것도 모르면서. 걔가 몇 살인지

조차 모르면서. 한지택이 열두 살 같아?"

아무도 모르는 정보를 홀로 쥐고 있다는 고양감에 차서 자신을 특별하다고 생각하는 멍청이를 폭탄처럼 터뜨리는 방법을.

"네가 한란에서 그딴 식으로 행동을 했지. 한지택이 그걸 어떻게 생각했을 것 같아? 그냥 넘길 것 같아? 아니, 절대 안 그래. 걔는 널 이제 거의 증오할 걸? 사람 취급도 안 할 거야."

은청이 뭐라 입을 열려 할 때 나는 다시 말을 자르며 빠 졌다.

"양은청, 넌 혼혈 친구 있냐고. 한지택? 너한테 혼혈이라 고 직접 이야기해준 적 없잖아. 이제 어쩌냐? 그 앞에서 짱깨, 짱깨 거렸는데. 걔가 앞으로 너를 인간 취급해주면 그나마 다 행인 거라고 나는 생각하네. 미안하지만 그래. 너도 별 특별 함 없어. 착각하지 마. 여기서 특별한 사람은 너도 나도 아니 야." 나는 침을 삼켰다. "지택이지."

그러자 은청은 물었다.

"걔가 몇 살인데? 걔 혼혈이냐? 뭔 소리야? 그 얼굴이 혼 혈 얼굴이냐? 그 색깔이?"

◎◎◎

"그냥 가고 싶지 않아서, 아프다고 뻥친 거였어."

부엌의 식탁은 여전히 깔끔했다. 나는 테이블보가 지난 번과 달라진 것을 눈치챘다. 후추나 소금 따위가 들어간 양념통은 그대로였다. 지택은 모닝빵에 잼을 발랐다. 나는 처음써 보는 버터나이프를 들고 우왕좌왕하다가 그걸 잼이 들어간 병에 손잡이를 아래로 하여 거꾸로 빠뜨리고 말았다. 그러면서 생각했다. 밥숟가락으로 잼을 퍼서 바른 후 자연스럽게 입에 가져가고, 그걸 다시 커다란 잼 병에 집어넣는 우리 집 사람들에 대하여.

"난 네가 한란에서 무슨 일이라도 생긴 걸까봐 조마조마했어." 나는 말했다. "미안했거든. 의리도 없이 너를 거기다 버리고 와서."

"아냐, 나도 다시 생각해보니 시간이 늦긴 했었어. 아무래도 내 욕심이 심했던 거." 지택이 천천히 고개를 저었다. "그리고 무엇보다 너희 둘이 나만큼 여기에 열심이 아니라는 것도 인정했어야 하는데."

"양은청은 그럴지 몰라도 나는 아니야." 나는 급하게 말했다. "그렇게 말하면 서운해. 나 오조르뒤 앞에서 서 있던 거 가지고도 얼마나 학교에서…." 그러고는 말을 뚝 끊었다. 아이들의 냉대나 협박이 힘들었다고 시인하지 않겠다고 처음부터 스스로에게 몇 번이나 주문을 걸었는데.

"그래, 뭐." 지택은 모닝빵을 천천히 삼켰다. "어쨌든, 한란에 다시 한 번 더 가긴 해야 해. 결국 계란프라이를 못 먹어

봤거든."

"진짜?" 나는 반문하면서, 아저씨가 나를 만났던 사실을 지택에게 말하지 않았다는 사실을 깨달았다.

"어. 자판기에 '컵 없음'이라고 나와서. 어이없지. 그 컵도 어디서 주문해 받아 오는 것일 텐데, 그 사이즈 컵 만드는 업체가 있으려나. 자판기가 다 없어지고 있는데."

열다섯 살이 할 법한 걱정이었다. 나는 지택을 한참 보다가 물었다.

"나는 영상 안 보여줘?"

"지금 나한테 없어. 아저씨가 편집해준다고 가져갔어."

"우리 가고 나서 별 일은 없었고?"

"만두 사주셔서 먹고. 같이 자판기 있는 데까지 갔다가 허탕 치고, 아까 말했던 것처럼. 그래서 내가 실망한 것 같으니까 아저씨들이 맥주를 사주더라."

"뭐?"

"그래서 한 캔 마시고, 그랬지. 그걸 아저씨가 편집할 때 잘라낼지 아닐지 모르겠네." 지택이 턱을 괴었다. "어쨌든 미성년자한테 술을 주는 건 범죄일 테니까…."

"그걸 먹었어?"

"별 거 없던데." 지택이 심드렁하게 말했다. "탄산 들어간 보리차 같아. 아저씨들이 중국 맥주가 더 맛있다고, 나중에 오면 그걸로 한 캔 주겠다고 그러긴 했는데."

울고 싶었다. 양은청만 아니었다면. 개가 가운데서 훼방을 놓지만 않았다면. 그랬다면 나도 영상에서 봤던 그 희한한 눈꽃 모양의 부추 만두를 먹고, 본 척만 해왔던 자판기를 실제로 보고, 그 외국인들에게 맥주를 얻어 마시고, 그리고 무엇보다 지택의 솔직한 이야기를 다 들을 수 있었을 텐데. 어쩌면 지택은 내가 함께여서 더 많은 이야기를 했을지도 모르는데. 어쩌면 지택은 우리 동네로 돌아오는 시외버스 안에서 더 내밀한 모습을 보여줬을지도 모르는데. 열다섯 살의 지택은, 나보다 세 살 오빠인 지택은, 외국인 엄마를 둔 지택은 그런 식으로 나를 특별한 사람으로 만들어줬을지도 모르는데.

엄마에게 절대 말하지 못할 경험을 하며 어른이 될 수 있었는데.

"그러면 오늘은 그냥 학교 가기 싫어서 집에서 혼자 있었던 거야?"

"응…. 음악 듣고. 책 좀 읽고. 그러니까 하루가 후딱 가던데…."

지택은 빵을 다 먹고 나서야 내 알림장을 베껴 적었다. 창밖에서 생선 굽는 냄새가 흘러들어 왔다. 아무것도 안 했는데, 아니 아무것도 안 한 건 아니다, 양은청이랑 좀 싸우고 끝내 개를 떼어버리고 혼자 씩씩거리며 동네를 몇 바퀴 돌다가 지택의 집에 와서는 모닝빵을 먹고 아무 영상도 보지 못한 척 지택의 말에 고개를 주억거려주기만 했는데 벌써 저녁 식사

시간이었다.

"밥 먹으러 안 가?"

너네 집에서 먹을래. 은청의 집에서였더라면 아주 편하게 그런 말을 할 수 있었을 텐데. 아줌마! 오늘 메뉴 뭐예요? 목청을 틔워 그렇게도 물을 수 있었을 텐데.

응, 가야지. 알림장을 들고 일어서는데 뭐가 그 안에서 툭 떨어졌다. 두 번 접은 가정통신문이었다.

"아, 맞아. 가정통신문도 있었네. 뭐 어차피 내일 학교 오면 네 책상 서랍에 있을 거긴 한데, 그래도."

"뭔데?"

"학부모 총회였나. 상담이랬나. 몰라, 기억도 안 나네. 관심 없어서, 난." 나는 고개를 저었다. "여기. 읽어봐."

그러면서 안 그런 척 슬쩍 지택의 표정을 살폈지만 아무것도 읽어낼 수가 없었다.

결국 저녁 같이 먹잔 이야길 못 하고 배웅을 받으면서, 나는 지택의 집 어디에도 사진 같은 게 없다는 사실을 알아챘다. 의식적으로 두 눈 똑바로 뜨고 찾자니 그랬다. 지금껏 내가 놀러가봤던, 그래봤자 다섯도 안 되긴 할 테지만, 어쨌든 그 애들의 집에는 항상 가족사진이 있었는데, 벽에, TV 위에, 거실장에, 부엌에, 식탁 옆에.

아무것도 없었다.

등 뒤에서 대문이 철커덩 닫히는 소리가 잠잠해지고 나서도 나는 한참을 근처에서 맴돌았다. 숨어서 훔쳐보다 보면 지택의 엄마를 볼 수 있지 않을까. 그가 어떻게 생겼는지가 못내 궁금해 견딜 수가 없었다. 어떤 식으로 생긴 외국인일까. 열두 살이라고 거짓말을 할 필요가 없는 지택은 과연 어떤 식으로 더 어른스럽게 말할까. 집에 가야지, 가야지, 하고 생각해도 발이 떨어지지 않았다. 지택의 엄마 얼굴만 보고 가자. 나는 생각했다. 딱 얼굴까지만 보고 가자. 뭐, 우리 엄마가 밥이랑 국 정도는 남겨놓겠지.

"프쉬."

예의 그 잇새로 뱉는 소리가 들려온 것은 그때였다. 이번 엔 위층이 아니라 등 뒤에서였다는 차이가 있었지만.

"너는 어째 여기서 계속 보이냐? 왜 이렇게 얼쩡거려. 좋 아하면 말로 해, 인마."

"아니에요, 뭘 좋아해요. 알림장이랑 가정통신문 가져다 주러 온 거예요."

그걸 가져다주러 왔는데 왜 전봇대에서 숨어 있어. 아저 씨가 웃었다. 나는 지택의 엄마가 진짜로 외국인인지 확인하 고 싶었다는 말을 차마 할 수 없어서 대신 다른 말을 했다. "그 영상 뒷부분 못 봤잖아요. 보고 싶어서요."

"아, 그거." 아저씨가 목을 긁었다. "글쎄, 보여줘도 되려나."

"무슨 일 있었는지 대충 지택이한텐 들었으니까 걱정 안 하셔도 돼요."

"어디까지?"

"맥주 마셨다고요."

아저씨는 나를 잠시 쳐다보다가, 무언가 생각났다는 듯
두 손가락을 튕겨 딱 소리를 냈다.

"부러웠냐?"

"네?"

"그게 부러웠어, 아니면 무서웠어?"

나는 솔직하게 대답했다.

"부러워요."

그러자 아저씨는 말했다.

"더 재밌게 만들 수는 있겠다, 그렇다면. 내가 하자는 대
로 할래? 지택이한텐 비밀로 하고."

[13]

　동호는 어린이집 종일반에 다니기 시작한 지 겨우 2주되
었다. 그리고 아줌마가 어린이집에 들러 동호를 데리고 와야
했기에, 아줌마의 퇴근 역시 이전보다 늦어졌다. 왜 그날 아
저씨가 학원에 출근하지 않았는지는 모르겠다. 아저씨는 누
가 집에 들어오기 전에 나를 내보냈다. 나는 천천히 발소리를
죽이며 층계를 내려갔다. 지택의 엄마가 들어오는 소리는 이
미 한 시간 전에 났지만, 나는 아저씨네 집에 있느라 그 얼굴
이 어떻게 생겼는지, 가장 궁금했던 점을 확인하지 못했다.

　숨을 들이마시고, 내쉬었다.

　입에서 뿜는 바람에서 소독약 냄새가 났다. 얼굴이 화끈
거리고 눈이 자꾸 감겼다.

　집에 가야 하는데. 나는 생각했다. 가야 하는데.

이게 뭐 별거라고, 그치? 아저씨는 말하면서 맥주와 소주를 섞어주었다. 지택이가 분명히 너한테 은근히 자랑하는 투로 말했겠지. 걔가 알면 알수록 이상해. 친구들보다 우월하게 보이려고 노력을 아주 많이 하는 애라서, 걔가. 맥주 마셨다는 것도 별 일 없었다는 듯 말했을 거야. 너 거기서 놀란 티냈니?

"…네."

"저런. 한지택이 아주 의기양양했겠네, 속으로. 그런데 영상 보면 참 웃길 거다. 진짜 병아리 눈물만큼 마셨거든."

"그래요?"

"엉. 겁난 거지, 저도. 게다가 우리나라 사람들도 아니고 짱깨들한테. 어디 가서 칼빵 맞으면 어쩌려고."

나는 말을 고르다가 물었다.

"지택이는 근데 엄마가 외국인이시니까 오히려 덜 무섭지 않았을까요?"

"나도 그거 듣고 좀 놀라긴 했다. 전혀 그렇게 안 생겼는데, 아랫집 아줌마. 얼굴도 하얗고, 코도 높은데."

"그래요?"

"본 적 없어?"

나는 고개를 저었다.

아저씨는 내게 소주와 맥주를 섞은 노란 액체를 두 잔 마시도록 한 후 너도 한 번 섞어볼래? 라고 권유했다. 그러고는 캠코더를 켰다.

나는 아저씨가 하던 대로 소주잔에 소주를 넣고, 투명한 글라스에 붓고, 맥주병을 들고는, 그 안에 콸콸 쏟아부었다. 거품이 마구 올라왔다. 아저씨가 할 땐 이러지 않았는데. 당황하는 새에 거품이 잔 밖으로 마구 흘러넘쳐 식탁 위를 덮었다. 나는 당황하며 아저씨 쪽을 보았다. 아저씨는 흘러내리는 맥주를 피해 캠코더를 든 채 이미 멀찍이 떨어져 있었다. 그러나 그 입술은 웃고 있었다.

좋아.

내 무릎 위로 맥주 거품이 뚝뚝 떨어질 때 아저씨가 소리 내지 않고 입모양으로 말했다.

집에 가야 하는데.

나는 길 위에 세 번 정도 주저앉았다. 속으로는 아저씨가 말해준 걸 계속 되새겼다. 야, 너 술 잘 마신다. 어른들 쌈 싸 먹는 수준인데? 야, 지택이랑 다음에 한란 같이 가서 그 아저씨들한테 술 사달라고 해봐. 네가 한지택 정말 간단하게 이길 수 있겠어. 별 것도 아닌 게 설치고 너희들 앞에서 있는 척 하는 거, 꼴 보기 싫지 않았니?

꼴 보기 싫은 게 아니고 어떻게든 뒤따라가고, 닮고, 그 애를 뛰어넘을 정도로 튀고 싶었던 건데. 나는 피식피식 웃었다. 아저씨가 또 그렇게 말했던 것을 떠올리면서. 야, 지나야.

넌 인마, 남다르다니까. 지난번에 봤던 개 누구냐, 키 멀대 같이 큰 애. 그런 애나 지택이 같은 애들이랑 너를 비교하지 마. 아저씨가 다큐 주인공 너로 만들어줄게. 지택이가 주인공을 하냐? 걔가 뭘 가지고? 네가 해야지, 네가. 주인공 감이지.

나는 예의 그 놀이터가 있던 아파트 단지를 가로지르다가, 가장 어둑한 구석의 벤치에 쪼그려 앉았다. 그러다 그대로, 옆을 향해 슬슬 허물어졌다. 여기서 딱 10분만 눈 붙이고 가자. 생각했다. 딱 10분만. 어차피 아무도 지나다니지 않는 아주 외진 벤치잖아.

◎◎◎

"그날 내가 어떻게 집에서 눈을 떴는지가 나는 아직도 미스터리야."

내가 그날의 이야길 할 때마다 애인은 고개를 저었다. 너, 그때부터 폭음 폭주의 경향이 뚜렷했던 거지. 술은 어른들에게 제대로 배워야 나쁜 술버릇이 안 생긴다는데. 첫 단추부터 잘못 끼운 거야, 너는. 진짜 어쩔 뻔했어? 거기서 무슨 일이라도 생겼으면… 그랬으면….

"운이 좋았던 거지. 진짜로." 나는 눈을 꼭 감았다 뜨고는 말을 이었다. "필름이 끊겼던 걸까? 두 발로 집에 잘 돌아갔는데 그냥 기억을 못 한 걸까?"

"그게 베스트겠지."

"아니면 어떤 일이 있을 수가 있지?"

"누가 업어서 데려다줬거나."

"말도 안 돼!" 나는 웃으면서 애인의 등을 쳤다. "그런 것도 알아채지 못할 정도로 인사불성이지는 않았다고."

"그러면 다행이고."

내 오랜 알콜성 투정을 받아주는 데 익숙해져버린 사람 특유의 조금 시큰둥하나 서운하지 않을 정도의 따뜻한 어투로, 애인은 그렇게 말했다. 내가 언제 어떻게 토하는지, 몇 밀리리터의 알콜을 집어넣으면 얼마만큼의 눈물로 다시 배출할 건지 가랑비에 옷 젖듯 알게 된 사람의 대답이었다.

"다행이라고, 그렇게 쉽게 이야기해도 되는 걸까?"

그러나 애인은 가끔 그렇게도 물었다.

"무슨 일이 있었을지 정말로는 알 수 없잖아. 기억에 없으면 없는 일이 되는 걸까? 어쩌면 누군가…."

나는 그럴 때마다 셔츠 깃에서 썩썩 소리가 나도록 세차게 고개를 저으며 애인에게 무언의 경고를 주었다. 말이 씨가 된다는 말의 선후가 뒤집힌 채로 현실이 될 것 같았다. 섣불리 말한 장면이 곧, 잊힌 과거가 된다. 그 말이 어린 나, 이미 오래 전 절대 변하지 않도록 석고를 부어 군힌 후 아무도 알아보지 못하게 다시 산산조각 나게끔 깨버린, 벤치 위에서 만취한 채 누워 있던 나를 덮어 버릴 것 같았다. 말은 톱과 같아서, 내 허리를 설겅설겅 썬 후 보이지 않도록 잘 숨겨둔 그 옛날, 20년 가까운 시간 전의 나이테를 적나라하게 드러낼 것이었다. 그 나이테에는 병의 흔적이 남았기에, 다른 해 생긴 굵은 원형의 나이테와는 모양이 아주 다르다. 실과 같이 얇아 잘 보이지도 않는 나이테가 여러 겹 뱅뱅 둘러져 있다. 그 나이테 위를 걷는 어린 나는 계속 끊어지고, 봤던 곳이 다시 나타나고, 끝이 보이지 않는, 그 길에서 벗어날 방법을 알지 못해 내내 헤매며 돈다. 뱅글뱅글 돈다.

◎◎◎

벤치에서 잠을 깬 후 나는 벗겨진 옷을 주섬주섬 꿰어 입고 천천히 집을 향해 걸음을 옮겼다.

[14]

지택은 아무 일도 없었다는 듯 멀쩡하게 다시 등교했다. 은청은 지택을 본 척도 하지 않고 농구하는 무리들과 함께 몰려다녔다. 기온이 점점 올라가고 있었기에 남자애들의 땀 냄새가 진해졌다. 은청은 몇 번 더 고백을 받았으며 그중 한 아이와 일주일 정도를 사귀다가 바로 깨졌다. 공을 들고 다니는 남자애들은 지택을 본체만체했고, 얼짱들의 사진을 하루종일 검색하는 여자애들은 내가 지나갈 때마다 입을 가린 채 저들끼리 수군거리더니 조금씩 웃음소리를 냈다. 욕을 잘하고 내가 가장 부러워하는 그 아이가 가장 심하게 나를 조롱했다.

괴로웠다.

지택과 다시 한란에 가기로 한 날은 초여름의 토요일이

었다. 지택은 한란에서 만났던 여자와 연락을 주고받았다고
했다. "그날은 아예 일찍부터 그 동네에 가기로 했어." 지택이
말했다. "아줌마가 그날은 일 안 하고 집에 계신대. 맛있는 거
해줄 테니까 먹고 자판기 같이 가자고 하더라고. 자판기 관리
하는 아저씨가 있는데, 그 아저씨네 가족도 초대한대."

나는 은청네 가족과 우리 가족이 참여하는 모임 외엔 그
렇게 대규모로 함께 뭔가를 먹는 자리에 간 적이 없었다.

"이번엔 컵이 있겠지?"

"아저씨가 엄청 사놓았으니까 걱정 말라고 하시던데." 지
택이 웃으며 말했다. "아, 그리고 그거 끝나면 같이 클럽도 가
자."

"헐. 웬 클럽?"

"글루미백이 그날 공연한대, 한란에서."

"헐."

"클럽이 그 동네에서 별로 안 멀더라. 아줌마한테 물어보
니까."

후에 몹시도 넌더리나는 시간을 관통해 살면서, '그런 일
을 당했으면서 어떻게 멀쩡히 집에서 잠을 자고 밥을 먹고
사람들과 낄낄대며 놀러 다닐 수 있어? 말도 안 되잖아. 그러
고 나서 이제 와 그때 그런 일이 있었다고 억지를 부리면, 진
짜가 돼? 퍽도 믿겠다'의 식으로 슬픈 일을 당한 자들을 까

내리는 사람들을 보고 나는 몇 번이고 그때의 지택과 나를 생각했다. 불붙은 담배에서 피어오르는 연기처럼 매캐하고 몸에 썩 좋지도 않을 시간들을 헤치면서, 둘의 이름을 부르려 했다. 그러면 두 아이가 나를 향해 돌아볼 것 같아서. 그 안광을 눈으로 직접 발견해낼 수 있을 것 같아서. 그러나 목은 쉽게 막히고, 말 대신 기침과 눈물이 나오고, 그러면서도 매일을 견디긴 해야 하니 코를 훔치고 얼굴을 씻은 후 다시 미소를 짓고, 그렇게 어영부영 살아남기 위한 노력을 하다 보니 다시는 그때의 일들에 대해 말할 수 없는, 무엇을 말하든 거짓이 될 사람으로 남게 되었다.

지택 역시 아마 그 즈음부터 얇실한 나이테를 갖기 시작했을 거라고 나는 확신한다. 그곳에서 나처럼 계속 빙빙 돌고 있었을 거라고. 단 한 뼘의 간격이라도 거기서 벌어져 나아갈 수 있었을까?

그러나 어쩌면 실은 우리 둘 다 그곳에서 계속해 서로를 부르고 싶었던 것은 아닐까? 부르고 확인하고, 다시 확인하고 부르면서.

우리가 함께 한란으로 가기 사흘 전, 담임이 방과후에 나를 남겼다.

"이제 1학기도 꽤 많이 흘렀는데 기분이 어때?"

왜 갑자기, 새삼스레? 나는 담임을 멀뚱멀뚱 바라보았다.

"지나가 어떤 앤지 4학년 때 담임 선생님에게 참 많이 들었는데. 엄청 칭찬하셨지. 똘똘하고 글도 잘 쓴다고, 컴퓨터도 잘하고, 말귀도 잘 알아듣고, 또 다른 애들이랑은 다르게, 조금 조숙하다고도…."

나는 내 신발 코만 바라보고 있었다. 4학년 때 담임이라. 타이핑이 빠르단 이유로 매일 같이 방과후에 남겨 책 몇 개를 던져주고 워드프로세서로 짜깁기하게 만들었던 인간. 매일 같이 작은 햄버거나 던킨 도넛을 하나씩 사주곤 문서 작업을 시키고, 본인은 교사 휴게실에 가서 잠을 처 자던 인간이었지. 그때 나는 석사나 논문, 따위의 단어가 뭔지 몰랐다. 자신이 무얼 하고 있는지 표현할 단어를 모르면 부당한 착취를 자각하지 못한다.

"그래서 네가 지택이랑 친한가보지, 지나야."

나는 고개를 들었다. 네?

"네가 지택이랑 잘 지내줘서 선생님이 참 고맙게 생각한다, 원래 전학생이 오면 겉돌기 마련이잖니, 게다가 서울에서 왔고…."

"다른 애들이랑도 잘 지내요."

"지택이가? 글쎄." 담임은 웃었다. "그랬으면 나한테 이런 얘기가 안 흘러들어 왔겠지."

가슴이 뻣뻣해지고, 피는 식는데, 사타구니에서는 땀이 흘러내렸다.

"지나야, 선생님이 하는 말 오해하지 말고 들어라." 담임의 입이 이상하게 움직였다. 나는 살면서 단 한 번도 그때 그의 입보다 징그럽고 기괴한 모양의 무언가를 본 적이 없었다.

'문제를 일으킬 만한' 아이를 내쫓는 가장 편한 방법은 그 아이가 일으키리라고 '예상되는' 문제를 많은 사람들 앞에서 기정사실화하는 것이고, 그 '예상'은 서류상에 활자로 표시된 과거들의 '조합'으로 이루어지며, 그 '조합'의 방식은 아이를 '내쫓'고 싶어하는 당사자의 편의에 맞춰 어떻게든 선택될 수 있다.

그런 세상.

담임은 말했다. 거 왜, 한지택이가 지난번 학교에서 문제를 좀 많이 일으켰어. 동아리 한다고 밤에 학교에 들어가고, 애들을 데리고 야산을 돌아다니고, 선생이랑은 주먹질을 하고 싸웠다고 하는데. 게다가 그 지택이가, 정신적 문제도 있어서 입원했고 그렇단다. 지나 너 그런 게 뭔지 아냐? …그래서 사실 우리 학교에서도 지택이를 받아들이는 데 어려움이 많았어. 게다가 음, 사실은 지택이가 다른 애들이랑은 다르게, 문제를 일으켜도…. 아, 아니다. 어쨌든 아직까진 가만히 있지만 이게 애가 언제 터질지 모르는 거야, 그래서 실은 선생님도 지택이를 계속 주목하고 있느라 신경이 완전 곤두서서… 그런데 네가 한지택이를 잘 챙겨줘서, 음, 고맙긴 한데, 나쁜 영향을 끼칠까 그게 조금 걱정이 되는 어른들도 계시더구나.

"나쁜 영향이요?"

"그러니까, 지택이가 너에게 나쁜 영향을 미칠까 걱정된다는 거지."

"그런 영향은 하나도 안 주는데요. 저 개한테 영향 안 받아요."

"그래, 너야 그렇게 말할 수 있지만… 그렇지만 사람들보기엔 다르니까. 오죽하면 너희 엄마가 걱정되어서 전화를…."

"네?"

"엄마가 학부모회에서 들으시고 놀라서 전화를 하셨단다."

"뭘 들어요? 뭘 놀라요?"

"한지택이가 어떤 애였는지에 대해서 말이야. 그런데 너한텐 말 못 하신 거야. 너랑 친한 걸 아니까, 어머니가 딸 앞에서 친구 험담을 할 순 없지 않니. 그래도 얼마나 걱정되었으면 나한테 전화를 다 하셨을까. 엄마 생각 좀 해봐라."

"어떤 애였는데요. 저도 다 알아요, 알 건. 나이 많고 엄마 외국인인 거. 병원 다녀야 했던 거, 그런 거 다 아는데요."

'어떤 애'였다, 라는 게 다 무슨 뜻이고 무슨 소용일까. 뇌리에 개인 정보 보호에 대한 개념이 전혀 없고—담임 책상의 유리 아래 학급 학생 전부의 주민등록번호가 적힌 종이가 끼워져 있고, 졸업 앨범의 맨 뒤에는 전교생의 주소와 전화번호가 적힌 목록이 부록으로 실리던 시대였으니—그만큼이나 나는 담임 같은 인간에게 아무런 기대도 신뢰도 없었는데 왜 그런 걸 물었을까.

"그게 뭐가 어떤데요."

이상했다. 내가 그런 말을 하게 될 수 있을 줄은 몰랐는데, 그래도 겁이 많은 아이였는데, 뒤에서만 헐뜯지 한 번도 어른의 앞에서 진짜로 턱주가리를 쳐들 용기가 있다곤 생각지 않았는데. 나는 그냥 그 상황이 너무 싫어서, 왜 엄마들이 모여서 왜 지택의 이야길 하고 왜 우리 엄마는 거기 있었으며 왜 그런 얘길 주워듣고선 나도 아니고 담임에게 전달하여 왜 나로 하여금 이런 말을 듣게 하는 건지, 왜 잘못한 것은 내가 아닌데 내가 지택에게 미안함을 느끼고 동시에 어른인 누군가에 대한 수치심을 느껴야 하는지 이해할 수 없어서, 그래서 담임에게 물어버렸다.

"선생님이면서 어떻게 그런 말을 해요?"

나는 수염 자국이 시퍼런 담임의 턱을 바라보았다. 눈을 보면 왠지 울 것 같았다.

"당신은 선생도 아니야."

교무실이 조용해졌다.

◎◎◎

집에 돌아왔을 때 아빠는 이르게 퇴근해 앉아 있었다. 엄마가 내 팔을 끌더니 몸을 거실 소파에 밀어 구겨 넣었다. 꼼짝도 하지 마. 그렇게 말하고는 내 방으로 들어갔다. 서랍을 마구 열고 무언가를 집어던지는 소리가 났다. 플라스틱이 깨지는 소리들. 아마 지택에게 빌린 CD들과 낡은 CD플레이어일 터였다. 아빠가 뒤따라 방에 들어갔다.

나는 일어서서 현관문을 열었다. 그리고 뛰었다.

[15]

절대로 자식을 낳지 않을 거야.

자식 하나 낳았단 이유만으로 그렇게 나쁜 사람이 될 거라면.

[16]

여자는 당연히 당황한 표정이었다. 오늘은 남자애들이랑 같이 오지 않았네? 여자의 두 손을 하나씩 차지한 쌍둥이가 꼬물거렸다.

"카메라도 없고…."

"네. 오늘은 그냥 저 혼자 답사하러 온 거예요."

"답사?"

"네." 이제 입만 열면 거짓말이 술술 나왔다. "혼자 와서 먼저 보고, 어떻게 찍을지 계획을 잘해서 지택이한테 얘기해주기로 했어요."

"뭘 또 힘들게…. 어차피 며칠 있다 오기로 했는데."

"오늘은 바쁘대요." 그 거짓말의 이면이 빤히 보인다 해도 상관없었다. 아무 말이나 하지 않고는 참을 수 없을 것 같았기 때문에.

여자는 두 아이의 손을 잡고 걸었다. 나는 여자의 발뒤 꿈치를 간절하게 쳐다보면서 뒤를 밟았다. 처음 보는 지택에게 만두를 사줬던 여자였다. 그 무서운 동네에서 아무 일에도 빠뜨리지 않고 온전히 돌려보낸 여자였다.

집에서 뛰쳐나왔을 때, 머물 지붕 아래 바닥이나 엉덩이대고 앉을 마른자리가 없다는 사실을 깨닫고 느낀 감정은, 아득한 사막에서 느끼는 속박 비슷한 것이었다. 너무 넓고 너무 아무것도 없어서 어디로도 가지 못할 것 같은 기분. 그저 또래 친구들과 같이 놀고, 웃고 떠들고, 뛰어다니며 맛있는 걸 먹는 행위에서 만족하던 세계, 그 세계에서 처음으로 추악하고 지저분한 지점을 맞닥뜨렸을 때, 그리하여 모든 신뢰가 무너졌을 때. 그때의 나는 그 세계에서 벗어날 아주 작은 개구멍을 발견하고, 그 개구멍 사이로 몸을 있는 힘껏 어떻게든 비집어 넣으려 하고 있었다.

남자 쌍둥이의 할머니는 나를 보고 눈썹을 조금 치켜올렸다가 내렸다. 그러더니 여자에게 고개를 돌려, 턱을 들어 나를 가리켰다. 손가락이 아니라 턱 끝으로. 누구냐는 무언의 물음이었다.

"친척이에요. 부모님이 오늘만 잠시 맡겨두셔서."

여자가 바로 말을 지어냈다. 그러자 할머니는 말했다. 친척이면 얘도 너네 나라 사람?

여자는 고개를 아주 작게 끄덕였다.

"몇 시에 왔다고?"

"방금 왔어요. 학교 끝나고."

"자기 동네 살아?"

"네."

"그런데 왜 여기까지 와서?"

"오늘만이에요."

"사람들 안 보이게."

"예, 알아요."

"다음엔 이런 일 없게 해."

"네, 알겠어요."

여자는 나를 자기 동네에 데려가기 전 잠시 공중전화에
들렀다가, 50원을 남겨놓고는 수화기를 전화기 위에 올려놓
고 나왔다. 나는 여자가 통화를 마칠 때까지 발끝으로 바닥
을 툭툭 치며 숨을 조금씩 토막토막 끊어 쉬었다. 왜 한란에
왔을까, 라고 스스로에게 궁금해하며.

아니, 실은 답을 알았다. 갈 곳이 없는 상황을 모른 척하
기 위해 나는 일부러 내가 갈 수 있는 가장 먼 곳으로 떠나온
것이었다.

"…부추만두."

"뭐?"

여자가 나오자마자 나는 말했다.

"저도 먹고 싶었어요, 부추만두."

"그거 먹고 자판기 본 다음 터미널로 보내주면 되는 거지?"

내가 여기 온 이유가 그럴듯한 '사전 조사'가 아니란 걸 명백히 아는 사람의 물음이었다.

"네."

"이게 다 뭔 일이람." 여자는 고개를 절레절레 저었다.

◎◎◎

나중에 애인과 함께 침대 속에서 어느 영화를 본 적이 있었다. 세 자매가 나오는 영화였는데 알코올중독자인 셋째가 둘째 언니에게 전화해 이런 말을 했다. 있지, 언니, 그때 언니 초보 운전인데 나 맛있는 거 사준다고 어디 바닷가 끝까지 들어가서 길 헤매고, 왜 그때 무슨 되게 허름한 건물에 겨우겨우 식당 하나 찾았는데 난 들어가자 그러고 언닌 무섭다고 안 들어간다고 한 집 기억나?

마지막 장면에서 그들은 그 식당이 있는 해변을 찾아갔다. 이미 누더기가 된 건물을 바라보며 깔깔대고 웃었다. 그 웃음소리를 듣다가 나는 애인에게 물었다. 그 만둣집 어떻게 되었는지 궁금하지 않아?

"없어졌어."

애인은 얼굴도 안 보고 말했다.

"진짜?"

"어."

"어떻게 알아?"

"로드뷰로 봤거든."

나는 아연실색했다.

"무드도 없다. 난 직접 가보고 싶었는데."

"한란까지 어느 세월에, 무슨 수로 가."

"부추만두 안 먹고 싶어?"

"나 이제 그런 거 못 먹는 거 알잖아. 어느 도시든 차이나 타운에만 가면 먹을 수 있는 거니까, 나중에 다른 사람이랑 먹어. 차 타고 갈 수 있는 사람이랑."

나는 입을 다물고 울었다. 영화의 엔딩크레딧이 올라가고 있었다.

◎ ◎ ◎

여자는 부추만두 말고도 버섯이 들어간 만두를 더 시켰다. 나는 얇고 바삭바삭한 눈꽃 모양의 반죽 튀김을 젓가락으로 깼고, 여자는 깊은 숟가락을 챙겨주었다. 이건 이렇게 먹는 거야. 말하면서 여자는 버섯이 들어간 작은 만두의 머리 꼭지를 젓가락으로 조심스레 집어 올려 수저에 올려놓곤 피를 찢었다. 먼저 국물을 호로록 마셔. 호록. 그리고는 만두를 먹는 거야. 이렇게 안 먹으면 혀를 다 데어.

만두 안엔 고기가 없는 것 같았다. 버섯, 부추. 나는 지택과의 약속을 깨지 않았음에 조금 안도했다.

"지택이한텐 이거 안 사주셨죠."

"응. 그냥 오늘 내가 먹고 싶어서 시킨 건데."

"아저씨들은요?"

"누구?"

"그날 지택이랑 있었던 아저씨들….."

여자는 아주 잠시 멈칫했다가, 일이 바쁜가봐, 라고 고개를 저었다.

"지택이가 여기서 별 얘기 다 했죠? 사실 저, 영상 다 봤어요."

"근데도 오빠라고 안 하고 지택이라고 하네."

"오빠는 무슨." 진실을 말하자면 몰래 본 영상으로 알게 된 것이기 때문에 지택에게 이실직고할 수가 없던 거지만. "그런데 그것 때문에 우리 담임이 지택이 엄청 싫어해요. 엄마가 외국인이고, 몇 년 꿇었고, 아마도 제 생각에는, 자기보다 똑똑한데 그걸 안 숨기고 드러낸다는 이유로. 한마디로, 잘난 척하면서 개긴다 이거죠."

"그래?"

"네. 진짜 짜증나죠. 자기는 뭐가 그렇게 잘났다고…. 우리 담임 같은 어른이 되느니 죽는 게 나아요."

나는 그런 말도 했다.

"한란도서관에 처음 갔을 때 선생님 되려고 공부한다는 커플을 만났어요. 그런데 그 사람들이 우리 설문 패널에 붙어 있던 스티커를 다 훔쳐갔어요. 이건 아무도 몰라요. 본 사람이 저밖에 없을 거예요. 그렇게 훔쳐갔으면서 저희더러 저희 같이 특별한 애들을 가르쳐보고 싶다고 했어요. 아마 그런 사람들이 우리 담임 같은 놈이 되는 거겠지요? 우리 아빠는 집에서 자주 그런 말을 해요. 옛날엔 사범대 아무나 갔다고, 제일 공부 못 하는 놈들이 갔다고, 그런데 IMF 이후에 녹 먹는 직업으로 확 뜨다보니까 자기 분수를 모른다고."

"녹이란 단어도 아는구나."

"아빠가 진짜 많이 쓰거든요. 아줌마는 어떻게 알아요? 외국인이면서." 나는 답을 기다리지 않고 급하게 계속 떠벌였다. "그런데 그런 담임 욕하는 우리 엄마 아빠도 똑같은 사람이에요. 지택이랑 놀지 말라고 하는 거. 나한테 그 말 하면 화낼 거 뻔하니까 우리 담임한테 돌려 말한 거. 그래도 안 들으니까 집에 가둬버리려고 한 거. 그러면서도 이게 나를 위한 거라고 말하는 거. 그 사람들은 자기네가 나한테 엄청 대단한 존재인 줄 알아요. 절대 아닌데. 라디오 디제이만큼도 못한 사람들인데."

"라디오 디제이?"

"저랑 지택이가 둘 다 좋아하는 라디오프로가 있거든요."
물론 그 프로그램에 대해선 은청과 훨씬 많이 이야기하곤 했
지만 이제 은청을 친구란 존재라 확언할 수 없었다. "그 디제
이가 되게 멋있어요. 밴드 프론트맨인데 음악도 잘하고, 말도
재미있게 하고, 생각도 깨어 있고, 간지 나고, 아빠가 그러는
데 대학도 A대 나왔다고. A대 나와서 딴따라 한다고 아빠가
쯧쯧 거렸지만 A대 나와서 가수 하는 게 더 간지 아니에요?"

여자가 물었다.

"A대 나오면 좋은 거니?"

"당연하죠. 똑똑하단 거니까요?"

"너도 가고 싶어?"

"에이, 제가 어떻게 가요. 전 멍청해서 안 돼요. 가면 좋
죠, 가면." 그렇게 말했지만 실은 매일같이 아빠에게 A대라는
이름을 못이 박히도록 듣고 있던 차였다.

"별로 가르치는 것도 없으면서 돈만 받아내고 자격 없는
애들한테 대학 졸업장 퍼주는 대학도 많다고 아빠가 그랬거
든요." 후에 떠올리니 그때의 나는, 부모에게 분노하여 한 시
간 거리의 한란시까지 냅다 달려왔단 사실을 거의 망각한 채
로, 밥상머리에서 주입된 이야기들을 여자에게 털어놓고 있
었다. 내 말들에 전혀 관심을 가지지 않을 사람에게. "그런 대
학 안 가려면 그래도 공부를 해야 한다고. 그래서 공부하는
거예요."

"나는 대학 안 나왔는데."

여자의 말에 나는 아주 잠시 멈칫했다가 지껄였다. 에이, 아줌마는, 아줌마는 다르게 봐야죠. 외국인이잖아요? 저도 중국 가서 대학 가라고 하면 못 가요, 어떻게 가! 중국어도 모르고, 돈도 없는데. 저는 마흔 되어서도 못 갈 걸요?

"내가 올해 마흔이야, 한란에서 태어나 자랐고, 다른 나라에도 다른 도시에도 가본 적도 없어." 여자는 잠시 주저하는 듯 보였으나, 곧 고개를 가로젓고 허리를 펴며 말을 이었다. "고등학교도 안 나왔는데."

"어쩌다가요?"

"그게 말이야, 우리는 좀 사정이 복잡해."

나는 곰곰이 생각하다 말했다.

"그때 왔던 걔요, 은청이. 키 큰 애. 걔네 엄마 아빠도 대학 안 나왔어요. 그러니까 괜찮아요."

"그걸 어떻게 아니?"

"학년 초마다 손 들어서 조사하거든요."

여자는 뭐라 말하려다 멈추더니 웃기만 했다. "그러네, 괜찮네." 그리고는 또 물었다. "이제 조금 있으면 방학 하지 않아?"

"네. 아, 그런데 그전에 수련회 가요. 방학 하기 직전에."

"더울 텐데."

"우리 학교에서 뭉그적대다가 예약을 늦게 했대요. 그래서 그때밖에 남아 있는 시간이 없었다고. 엄마가 학부모회에서 들었댔어요."

"재밌겠네."

"저는 싫어요." 가봤자 여자 방에서는 외톨이일 게 분명했다. "다 바보 같아서. 조교들이 기합 엄청 준대요. 그리고 마지막날 밤에 캠프파이어 하면서 착한 척 하고 억지로 울린다고. 차라리 그 시간에 음악 듣고 책 읽고 수다 떠는 게 낫겠어요."

"지택이랑?"

"뭐, 누구든 간에요."

여자는 마지막 만두의 꼭지를 집어 내 숟가락 위에 놓아주었다. 그걸 먹고 일어나려는데 바깥이 이상하게 소란스러웠다. 여자가 눈가를 살짝 찌푸렸다.

"조금 이따가 나가자." 그러고는 다시 자리에 앉았다. 가방을 열더니 책을 몇 권 꺼냈다. "그리고 보니 지택이랑 너랑 공통점이 많구나. 넌 무슨 책 좋아하니?"

◎◎◎

그날도 결국에는 계란프라이를 뽑아 먹지 못했다. 여자가 만두 가게 밖으로 나가려 하지 않았기 때문이었다. 경찰셋 정도가 길거리에서 여자 둘과 몸싸움을 하고 있었다. 여자

하나는 각목을 들고 있었고 나머지 하나는 맨손이었다. 맨손인 여자가 몸을 뒤집자 펑퍼짐한 치마가 훌러덩 열렸다. 나는 자꾸만 불투명한 회색빛 유리에 비치는 밖을 쳐다보게 되었다. 적나라하게 드러난 여자의 속옷에서 이상하게 눈을 떼기가 힘들었다.

"나가봤자 좋을 게 없으니까." 여자는 내가 책장을 넘길 때마다 계속 되풀이했다. "조금만 기다리자. 조금만⋯."

벌써 세 시간째 만두 가게에서 벗어나지 못하고 있었다. 주인이 뭐라 하지 않았는데도 나는 자꾸 눈치를 봤다. 내가 하도 눈치를 보자 주인이 갑자기 슬쩍 문을 열더니―여자는 깜짝 놀랐다가 곧 안도했다―'재료 소진'이라는 팻말을 걸고는 셔터를 반쯤 내렸다.

여자가 가방에서 꺼낸 책 중 가장 재미있는 것은 《클레오파트라 1》이라는 제목의 아주 두꺼운 소설이었다. 하필 어떤 책인지 보기 위해 아무렇게나 펼쳤을 때 섹스신이 나오고 있었다. 여자는 내가 그걸 읽는 걸 내버려두었다. 나는 마음이 급했다. 여자와 헤어지기 전에 이걸 다 읽어야 했다.

"뭐가 그렇게 재밌어. 나도 안 읽어봐서 모르겠네. 빌려줄까?" 여자가 물었다. 밖은 계속 시끄러웠다. "어차피 지택이랑 다시 같이 오잖아. 그때 가져오면 되니까."

"완전 좋죠."

"이집트 역사가 확실히 사람 심금을 울리는 면이 있는

건지. 아니면 너도 쎈 여자 좋아하는 건지." 여자가 누구에게 랄 것도 없이 중얼거렸다. "야물딱지게 커야지. 열심히 읽으면서."

나는 계속 눈으로 카이사르와 클레오파트라의 섹스신을 더듬어 읽었다. 그러느라 밖에서 무슨 일이 일어나는지를 놓고 놓치고 결국에는 잊었다. 그러나 나중에 그 책을 다시 떠올렸을 때 내 기억엔, 그토록 정신을 빼앗겼던 섹스신이 아니라, 한 나라의 왕인 여자가 아주 얇아서 살이 비칠 정도의 비단 옷을 걸친 채 먼지투성이 카페트에 둘둘 말려 침입자의 방에 도착하는 장면, 카페트를 펼치는 힘에 매끄러운 바닥으로 타고 죽 미끄러지는 장면, 손바닥으로 간신히 몸을 고정시키고 고개를 천천히 드는 모습, 그런 것들이 개수대에 들러붙은 진득한 찌꺼기처럼 남았다.

【17】

"무릎 꿇고 앉아."

엄마가 말했다. 나는 훌쩍이며 무릎을 꿇었다. 무릎이 아주 안 좋은 걸 엄마도 아빠도 알았는데 저렇게 말한다는 건, 정말로 화났다는 뜻이었다. 머리꼭지가 돌아버렸다는 뜻이었고, 무슨 말을 하든 절대복종해야만 무사히 잠자리에 들 수 있을 거란 뜻이기도 했다.

"엄마랑 아빠는 지나한테 아주 실망했어. 엄마랑 아빠는 지나를 그렇게 키우지 않았어. 지나를 위해서 좋은 말 해주는 어른들에게 예의 없이 함부로 하고, 집을 뛰쳐나가고, 가서는 안 될 곳에 멋대로 가서 위험한 사람들이랑 어울리라고 가르치지 않았어."

아빠가 베란다에서 피우는 담배 냄새가 안방으로 들어오고 있었다. 한 대를 피우기엔 오랜 시간을 아빠는 밖에 있었다. 두 대, 세 대쯤 피웠을까. 나중에 어른이 되어서야 나는 아빠가 얼마나 빈번하게 엄마에게 악역을 떠넘겼는가를 파악해낼 수 있었다. 그런 방식으로 아빠는 외동딸의 적이 되는 일을 평생 피해 다니려 무진 애를 썼다.

"거기, 전학생이랑 간 적 있다며."

"그냥 동네일뿐이에요. 우리도 한란에 살았잖아요. 그런데 왜 그 동네는 가면 안 되는데요?"

회초리를 맞으면 존댓말이 나왔다.

"말했잖아. 위험한 동네라고. 어른들이 가지 말라는 데엔 이유가 있는 거야."

"지택이는 저번에 혼자서도 있었는데 아무 일 안 생겼어요. 저도 그랬고요."

"말대꾸하지 마."

나는 입을 다물었다.

"전학생한테는 당연히 위험한 동네가 아니겠지. 그 인간들끼리는 서로를 알아본다고."

엄마가 베란다와 안방을 잇는 창문을 열었다. 당신도 들어야지. 할 말은 하고. 나만 나쁜 년 만들려고 작정했어? 엄마가 창밖을 향해 소리쳤다. 담배 연기가 몇 배로 진하게 쏟아졌다.

"엄마가 이런 말은 안 하려고 했는데 안 되겠어. 너 전학생이랑 놀지 마. 거리 둬. 다른 친구 많은데, 왜 걔랑 놀아야 돼."

"다른 친구 없어요. 여자애들은 다 나 싫어해요. 언니들이 괴롭혀서 나랑도 안 놀아요. 그리고 지택이랑 제일 말 잘 통해요. 좋아하는 것도 똑같고."

"은청이 있잖아."

"걔는 남자애들이랑 놀잖아요. 남자애들이 저 싫어해요. 그리고 엄마가 남자애들 조심하라면서요."

"너는 어떻게 된 애가 그렇게 사회성이…." 엄마는 고개를 저었다. 나는 억울했다. 어떻게 나를 대놓고 미워하는 아이들에게 굽혀 들어가 '사회성'을 키우라는 이야길 할 수 있나? 그 애들은 내가 아무 행동 하지 않아도 미워하는 애들인데. 그저 내가 나라는 이유만으로 헐뜯는 애들인데.

"어차피 전학생은 학교 졸업하면 끝이야."

"중학교도 같이 가면 되죠."

엄마는 회초리로 바닥을 내리쳤다. 다시 대. 나는 훌쩍이며 일어났다.

"너 같이 어린 애가 세상 모든 걸 다 안다고 생각하는 게 얼마나 싸가지 없고 우스운 일인지 알아야지." 종아리가 화끈거렸다. "멀리는 생각 못 하고 눈앞에 있는 것만 보면서 제멋대로 사람 재단하고. 어린애면 어린애답게 살 수 없니?"

언제는 내가 어리지 않아서, 똑똑하고 조숙해서 좋다며. 그 말은 꾹 삼켰다.

"네가 잘 모르는데 너는 걔랑 달라. 걔랑은 인생 자체가 달라진다고. 너, 지금은 그냥 다 똑같은 학교 다니고 같이 몰려다니니까 그런 생각을 못 하지. 친구 따라 가는 거야, 너. 그리고 그 친구는 애초에 따라갈 수도 없는 친구야. 아니, 그 친구가 너를 못 따라간다고 해야지."

아빠가 담배를 비벼 끄고 가래를 뱉는 소리가 들렸다. 엄마는 말했다. 당신도 모르는 척 할 생각하지 말고 얼른 안방으로 들어와. 들어오라고, 좀!

나를 원하는 만치 때리고 나서 엄마와 아빠는 온갖 잡동사니가 널린 식탁에 팔을 괴고 비스듬하게 앉아 신문을 펴놓고 상의했다. 나는 방에서 카세트 플레이어에 연결된 이어폰을 끼고 있었다. 그러나 아무것도 틀어놓지 않았다. 나지막이 줄인 두 사람의 목소리를 놓치지 않도록.

"…한란을 간신히 벗어났더니 이게 무슨 일이야…"

"옮긴 지 몇 년 되지도 않았는데 바로 옮기기가…."

"옮기려면 애 6학년 올라가기 전에 옮겨야 돼, 그래야 애도 적응한 다음 중학교 가지. 안 그러면 역효과야. 가서 어영부영하면. 그게 처음부터 당신 계획 맘에 안 들었어. 서울로 가면 서울로 갔지 해원은 또 무슨 일이야…."

"빌라 말고 넓은 아파트 살아야 애가 기 안 죽고 학교 다니면서 공부한다고 말한 게 누군데."

"또 내 탓하는 거지? 해원이 새로 올라간 도시라서 깨끗하고 사람 걱정 없을 거라고 장담한 건 또 누군데?"

양쪽 귀에 두 사람의 대화가 들리는 동안 양쪽 뇌에서는 계속해서 한 시간 전 들었던 이야기가 소용돌이쳤다. 그 두 내용이 엉켜 새까맣게 변했다.

"너 걔가 주민등록번호도 없는 애인 건 아니? 지난 번 학교도 들어가선 안 되는 거 1년간 교장에게 간신히 빌어 입학했다더라. 그런데 그따위로 사고를 치고 쫓겨났지. 너희 학교로 전학 온 것도, 교장이 젊은 교육감 눈에 어지간히 들고 싶었나보지, 아마? 얼마나 켕겼으면 엄마들한테 알리지도 않고 한국 애인 것처럼 그렇게 뻔뻔스럽게 이름까지 지어가면서…. 김지나, 너 걔랑만 놀면 중학교 가서 아무것도 못해. 걔 어차피 중학교 못 가. 고등학교도 못 가고 대학교도 못 가. 걘 없는 애야, 남의 나라에서 돈만 벌고 세금도 안 내고 튈 애라고."

"걔네 아빠는 한국인이라고 했어."

"누가 그러니? 걔가 그러니? 어쩜 그렇게 입에 침도 안 바르고 거짓말을 할까?"

친구를 가려 사귀라는 말은 아니야. 두루 친해야지, 물론. 아빠는 말했다. 하지만 착하고 좋은 친구를 사귀어야지. 범법자를 사귀라는 뜻은 아니잖니. 그 나이에 이미 범죄자가 된 애를 사귀라는 뜻은, 아니었지. 꼬박꼬박 법 지키고 세금

내면서 양심적으로 사는 사람들이, 그런 인간들이랑 동급으로 취급받으면, 얼마나 힘 빠지는지 아직 너는 어려서 모르겠지만, 딸. 물론 그 애는 잘못이 없을 수도 있지, 엄마 잘못일 수도 있지. 하지만 자기도 자기가 불법 체류자인 걸 모르진 않을 텐데 일언반구 없이 뻔뻔하게 학교 다니고 친구 사귀고 멀쩡한 너까지 데리고 다니며 사고칠 준비하는 게, 아빠는 썩 안심되진 않는구나.

엄마 아빠가 거짓말을 하는 것 같니?

◎ ◎ ◎

토요일에 하교한 후 바로 한란에 가기로 약속했으니 사흘이 남아 있었다. 나는 엄마가 시키는 대로 목요일에 학교에 가지 않았고, 아이들이 학교에서 얼추 다 빠졌을 시간에 맞추어 엄마 아빠의 손—엄마의 경우, 정확히 하자면 깁스—을 잡고 교문에 들어섰다. 아빠는 갑자기 사용한 연차 탓에 부장에게 얼마나 깨졌는지 몇 번을 내게 강조했다.

담임은 우리 부모님 앞에서 팔짱을 끼었다. 운동장에서 선생들이 배구공을 때리고 서로에게 지시를 내리는 소리가 들렸다.

남을 가르치는 직업병을 지닌 사람들은 그만큼이나 지

시를 내리는 데도 익숙했다.

모두가 서로에게 지시만을 내렸다. 다 우두머리였다. 다 최고였다. 다 옳았다.

다 훌륭했다. 자기들이 주장하는 만큼.

아빠가 말하는 소리를 나는 의식적으로 흘려보내려 생각의 수문을 열었다. 눈의 초점을 맞출 다른 곳이 없나 봤더니 아빠가 들고 온 쇼핑백이 있었다. 안에는 선물 포장을 한 종이 상자가 들어 있었다. 롤케이크. 그러나 그 안에 있는 게 뭔지 난 알았다. 아빠는 그런 걸 숨기지 않았으니까. 내가 너를 위해 이 정도까지 한다고 과시했으니까. 지택을 범법자라 불렀지만 이런 건 범법이 아니다. 그냥, 정이다. 관행이다. 내 딸을 위한 거니까.

"이번 일로 저희도 반성 많이 했습니다. 아무래도 아이 교육에 소홀했던 것 같아서요." 아빠가 주절주절 늘어놓았다. 담임은 귀찮은 표정이었다. "선생님께서도 여기 계실 분이 아니시라고 알고 있는데… 이번 일로 저희도 생각이 많아졌습니다. 중학교도 중학교지만, 장기적으로 고등학교 준비를 지금부터 시키려고 합니다. 그런데 선생님께서 또, 듣자하니 삼남매를 다 잘…."

"아버님, 그거야 아이가 잘해서 그런 거죠, 제가 뭘 했겠습니까?"

"맞죠, 맞습니다 선생님. 그래도 그게 정보란 게, 부모들이 아는 것도 중요하니까요⋯ 저희가 그런 정보를 어디서⋯."

너는 금요일 밤에 집에 들어가지 않아.

나는 그 자리에서 롤케이크의 포장을 보며 내게 주문을 걸었다.

너는 모든 걸 지택에게 말해. 그리고 집에 돌아가지 않아. 토요일에도 학교에 가지 않아. 지택과 한란에 가서 여자를 만나고 마침내 자판기를 작동시키고 클럽에 가서 밴드를 봐. 그리고 돌아가지 않아. 모르는 곳에서 잠을 자. 어떻게든 살아. 무섭지는 않아. 지금 이 세상은 너와 맞지 않아. 네 개의 변과 네 개의 꼭짓점 중 한구석과도 맞지 않는 뚜껑과 용기처럼. 전혀 맞지 않아. 억지를 부렸다가는 네 안에 있는 모든 소중함을 잃어. 바닥에 주르륵 흘려. 텅 빈 사람이 돼. 그럴 수는 없어.

그러니 집에 돌아가지 않아.

◎◎◎

은청은 슬그머니 바닥에 드러누웠다. 이거 깨야 내려가지. 해원까지 대리를 부를 순 없잖아. 그 애가 말했다. 나는 엄지로 스크롤을 내리며 오르락내리락거리는 은청의 배를 바라보았다. 한때 늘씬했던 그 애의 배는 이제 제법 둥글었다. 저

배에 낀 게 모두, 어린아이에서 어른이 되며 버려야 했던 헛된 상상이나 누군가를 향한 마음, 그리고 잊은 음악이나 끝내지 못한 모험들이겠지. 한때는 단단하고 곧았던 생각들이 다 촛농 녹아 흐르듯 사라져 허리와 배 주위에 굳어버리고, 비어버린 머리에는 그 옛날의 어른들을 닮은 것들을 담고, 온갖 장단에 통달한 상쇠였던 쟤는 신나게 누군가의 앞에서 정박의 탬버린을 흔들고, 집이 필요 없는 것 같아 울며 집밖으로 도망가던 나는 이제 집이 없이 게스트하우스에서 사는 어른이 된 것을 수치스러워하고. 나는 옷 스치는 소리가 들리지 않도록 천천히 일어나서, 뒤꿈치를 들고 아주 조용히 걸어서, 다시 지택의 영정을 마주하러 갔다. 지택은 웃고 있지 않았다.

[18]

담임은 내내 교실에서 나와 지택이 서로 대화를 나누지 않도록 감시했다. 그리고 금요일, 엄마는 은청의 엄마에게 내 하굣길을 부탁했다. 애가 어디로 샐까봐 무서워. 은청이 엄마가 책임지고 애 아빠 퇴근할 때까지만 맡아줘. 나는 교문을 나오다가, 슈퍼의 셔터를 잠시 내려놓고 나온 은청의 엄마에게 팔을 붙들리고 나서야 그 사실을 알았다. 엄마가 얘기 안 했니? 은청의 엄마가 조금 놀라며 물었다. 왜 안 했지, 아줌마가 올 거라는 걸?

스스로 쪽팔려서 그랬겠지요. 나는 속으로 대답했다. 이러는 게 절대로 정상적인 어른이 할 짓이 아니라는 걸 엄마도 실은 알고 있으니까.

그렇게 은청의 방에서 머물렀다. 은청과는 한란의 일이 있던 후 내내 냉전 상태였다. 그러니 방에서 우두커니 둘이 앉아 있어도 나눌 말이 없었다. 나는 날아간 뚜껑을 청테이프로 붙인 CD플레이어를 켜서 지택이 빌려준 CD를 넣었고, 이어폰 양쪽을 모두 귀에 꽂았다. 한란에서의 일이 없었다면 은청과 한쪽씩을 나눠 끼었을 터였다.

은청은 농구공을 다리에 끼워 놓고 게임기를 두 손에 든 채 시끄러운 소리를 내고 있었다. 볼륨을 아무리 올려도 곡과 곡 사이의 빈 부분, 혹은 앨범 네 번째 트랙 정도에 꼭 등장하는 슬로우 템포의 곡에 은청의 게임기에서 나오는 소리가 섞여 들렸다.

나는 가방을 열어 줄 없는 스프링 노트와 필통을 꺼냈다. 펼쳐 놓고, 곰곰이 생각하다가, 지택이 가사를 해석해준 노래가 나오길래 기억에 남는 내용을 더듬어 적기 시작했다. 청자에게 감동을 주고 심금을 울리는 시적인 가사의 명곡, 은 아니었고, 오히려 약간은 솔직하고 그만큼 명료하며 보는 이에 따라 너저분하다고 느낄 수도 있을 정도의 분노가 담긴 내용이었다.

개소리
헛소리
손가락으로 구멍 후비는 소리
무슨 구멍이라고

은청이 고개를 빼고 내가 무얼 쓰는지 빤히 보았다.

그 손가락을 분지르고
대신 총구를 밀어넣어 방아쇠를 당기고
총알이 빙글빙글 돌며 살을 뚫는 걸 지켜보고
점점 더 넓게
그게 맞고 그게 좋다면
그렇다면 방아쇠를 당기지 않을 이유가 무엇이지?

은청이 뭐라 말하는 게 음악 소리에 묻혀 작게 들렸지만 나는 이어폰을 빼지 않았다. 그러자 은청이 내 어깨를 두드렸다. 모른 척 할 수 없게. 결국 고개를 들었다. 왜? 이어폰을 빼지 않은 채로 묻자 내 귀에서 직접 이어폰을 양쪽 모두 빼더니 은청은 말했다.

"너는 진짜."

"뭐?"

"너 왜 이렇게 됐어?"

"뭐가?"

"왜 이렇게 멍청해졌냐고. 왜 대놓고 깝치려드냐고. 인생 꼬이게."

"뭐?"

"걔는 어차피 중학교도 못 갈 건데 어떻게 인생 망치든 상관없잖아. 그런데 너는? 그 짱깨가 혼자 인생 망치고 싶지 않아서 너를 끌어들이는 거라는 생각은 안 해?"

그 순간 밀려들었던 일종의 절망을 뭐라고 표현해야 할까. 그날 이후 서른을 넘긴 지금까지 살아오면서, 이 사람만은 세상을 나와 같은 구도에서 평생 바라볼 수 있을 거라고, 모두에게 생채기를 내려 안달 난 사람들 사이에서 손톱을 바짝 깎은 채 자신의 양 주먹 안쪽으로 손을 쥐어 그 손톱마저 가리고 있을 거라고, 어이, 이봐, 저기, 야, 아줌마, 라고 음식점의 누군가를 부르지 않을 거라고, 누군가의 피로와 환멸을 파악해주기 위해 한 박자 쉬어 생각하고 행동할 거라고, 굳게 가졌던 그런 확신이 흐르는 물에 얼음 녹듯 깨끗하고 흔적 없이 사라지는 그런 순간들을 숱하게 겪었는데, 아마도 그첫 번째가 양은청이었을지도 몰랐다. 한때는 내가 정말 닮고 싶어했고 그 마음을 계속해서 부인했던 그 대상.

"집에 가게 해줘."

나는 말했다. 은청이 고개를 저었다. 나는 손을 들었다. CD플레이어를 다시 두 동강 냈다. CD도 부러뜨렸다. 단면이 몹시 날카로웠다.

"집에 보내줘. 들키면 아줌마한테 그렇게 말해. 지나가 아파서 집에 가야 할 것 같았다고. 안 그러면 손목을 그어버릴 거야."

내가 다시 말했다.

"그리고 너, 걔가 어디서 온 애인 줄도 모르면서 짱깨라고 말하지 마. 아는 척 하지 말라고. 아무것도 모르면서."

◎◎◎

결국 퍽 견고해 보이던 두 중년 여자의 우정을 박살 낸것 또한 그때의 나였던 셈이다. 모임은 느슨하게 이어졌으나 단짝과도 같던 둘의 사이는 이상하게 몹시 위태로워졌다. 그들의 우정은 나와 은청이 나란히 대입에 실패하고 나서야 재건되었다. 그 모임 구성원의 자식들 중에서 어쩌다 보니 재수를 하게 된 사람이 나와 은청, 딱 둘밖에 없었기 때문이었다. 나머지가 모두 상향지원했던 대학에 철썩 붙으면서 두 사람은 다시 끈끈해졌다. 둘 모두 남의 성공에 진심으로 박수쳐 줄 그릇은 되지 못했으니까. 둘은 서로가 있었기에 안도하고 우리를 밀어주었다.

물론 그것은 한참 뒤, 이미 한지택이라는 이름 석 글자가 억지로가 아니고 자연스레 잊힌 후의 이야기다.

◎◎◎

나는 쪼개진 CD의 날카로운 절단면이 손바닥으로 파고드는 걸 느끼지도 못한 채 은청의 뒤를 따라 걸었다. 우리집

으로 가는 은청의 등을 바라보면서. 덥지도 않은데 땀이 줄
줄 흐르고 있는 그 애의 목덜미를 응시하면서. 은청은 내가
도망칠까 두려운 것처럼 연신 뒤를 돌아보더니 아예 내 옷자
락을 잡았다. 그러더니 뱉었다. 엄마한테 말해야 돼. 이르는
게 아니라 말해야 돼. 너네 엄마가 오해할 테니까. 우리 엄마
보고, 약속 안 지켰다고.

　"맘대로 해." 그때의 나는 어떤 기분이었나 가끔 돌이킨
다. 이미 일은 저질렀고, 없었던 것으로 무마할 수는 없었으
며, 분노와 두려움이 동시에 게이지를 가득 채워놓고 있었
고, 감정은 담을 수 없을 정도로 철철 넘쳐흘렀다. 그때의 나
는 이 세계가 자전하는 방향이나 속도를 내가 따라가지 못해
멀미를 하고 있었다고 생각한다라고, 고등학교 1학년 여름
의 국어 시간에 쓴 적이 있었다. 국어 선생은 그걸 보고 말했
다. 너무 뻔한 비유인데. 다른 친구에겐 내 문장을 들어 이렇
게 말했다고 했다. 중2병 환자들 중에서 가장 불행한 부류가
뭔지 아니? 바로 특별하지 않고 재능 없는 환자들이지. 그 이
야길 듣고도 나는 고개를 그냥 끄덕였다. 그렇군요. 하긴 제
가 제 소원만큼 정말로 특별한 아이였다면 지택을 그딴 식으
로 잃지도 않았겠지요. 우리 모두가 그 당시의 일들을 우습
고 유치하며 오글거리는 해프닝으로 오해하기 위해 최선을
다하게 되는 일도 없었겠지요.

◎◎◎

　우리 집에 도착할 때까지 은청은 내 옷자락을 잡고 걸으면서도 연신 길을 두리번거리며 살폈다. 혹시 아는 아이들을 만날까 두려운 모습이었다. 김지나랑 양은청이랑 저녁에 둘이 걸어가더라―그런 말을 듣고 싶지 않았던 거였다. 우리는 이제 각자의 취향이 서로의 전부이며 신나게 떠들어댈 대상이던 간편하고 영롱한 시절을 지나, 더럽고 흔하고 혼잡한 역의 플랫폼을 닮은 시기로 접어들고 있었다. 천천히 그 시기로 들어가는 문턱을 넘던 중이었다. 나는 그 문턱을 넘지 않기 위해 두 발굽을 딱 붙여놓고 팽팽하게 당겨진 고삐에 맞서 몸부림치는, 몹시 가련한 당나귀와도 같았다.

　"너, 나가면 뒈진다." 나를 우리 집에 밀어 넣으면서 은청은 말했다. 지택이었다면, 나가지 않겠다고 약속해, 라고 말했을 텐데. "너, 나가면, 내일 학교에서, 진짜, 뒈질 줄 알아."

　나는 그 말엔 일언반구의 대답도 없이 은청의 얼굴을 똑바로 바라보았다. 그렇게 그 애의 두 눈을 똑바로 쳐다본 것이 사실은, 아마도, 처음이지 않았을까 싶다. 그 몇 년의 세월 동안 치고받고 하면서도 나는 그 남자애의 눈을 바로 보지 못했던 아이였다. 그때까지.

　"너는 어른 같구나." 그렇게 말했다. "어른 같아. 그렇게 계속 커. 어른들이 좋아할 거야. 아주 잘 컸다고."

그러고는 현관문을 닫았다. 그리고 귀를 댔다. 그 애가 몸을 돌려 걷는 기척이 아스라이 사라질 때까지 기다렸다.

아무도 없는 게 확실해졌을 때 다시 문을 열었다. 아직 엄마나 아빠가 퇴근할 때까지는 두 시간이 남아 있었다. 어른들이 아주 오래오래, 하루 열두 시간 넘게 일을 하던 시대였다.

지택의 집으로 뛰어가는데 머리 뒤쪽이 뜨거워졌다. 무슨 일이 생겼는지도 나는 몰랐다. 문을 연 지택이 말하고서야 알았다.

너 뒤통수가 온통 젖었는데.

피로.

[19]

지택의 엄마는 구급함을 가져와서는 붕대로 머리를 감아주었다. 머리가 아플 정도로 세게 감았다. 엄마가 고향에서 의대를 다니셨어가지고. 지택이 설명했다. 지택의 엄마가 옆에서 거들었다. 집에 있는 사람들이 모두 의사였지. 근데 다들 건강은 안 좋았어.

"의대면 공부 엄청 잘하셨던 것 아니에요? 돈도 많고." 깜짝 놀란 걸 숨겨야 한다고 생각은 했는데 그대로 행하기엔 내가 너무 덜 살았거나, 혹은 너무 오래, 집안 어른이나 동네 사람들의 걸러지지 않은 말을 결국 내재할 정도로 오래 살았거나, 그 둘 중 하나였을 것이다. "우리 집안 큰아빠랑 고모부들은 다 저 의대 아니면 법대 보내야 된다고… 그러는데요. 엄마 아빠한테."

"쿠데타가 났어." 지택이 짤막하게 말했다. "그래서 돌아갈 수가 없대." 잠시 멈췄다가 아무렇지 않다는 듯 덧붙였다. "군인들이 팬 사람들을 집안 어른들이 데려다가 치료했는데, 군인들이 나중에 치료해준 사람들을 다 잡아서 감옥에 가두었대."

감옥에 가둔 게 아니라 그대로 총살했다는 사실, 지택이 모든 걸 똑바로 말하지는 않았다는 사실을 나는 아주 뒤에야 알게 되었다. 얼굴 한 번 본 적 없는 친척들에 대해 말하는 지택의 말투는 마치 라디오에서 뉴스를 전하는 앵커처럼 무미건조했다. 슬퍼하지도, 슬픔을 요구하지도 않았다. 나는 눈을 질끈 감았다가, 다시 떴다.

지택의 엄마는 내게 붕대를 감아준 손으로 이번엔 털실을 더듬어 찾았다. 매끈한 비닐 줄로 연결된 두 개의 나무 막대가 아주 빠르게 움직이는 모습을, 나는 멍한 눈으로 바라봤다. 길이는 길고 손톱은 짧은 손가락엔 다시 보니 굳은살이 여기저기 불쑥 나와 있었다. 거기 정신을 뺏기다보니 아주 졸린 사람처럼 시야가 흐릿해졌다. 아마 머리를 다쳐서 이토록 모든 게 뿌옇게 보이나보다고 나는 생각했다.

"지금부터 짜야 가을에 스웨터 두 벌은 만들지. 막상 때 닥쳐서 하면 겨울 다 간다." 그 말에 지택은 실없이 말했다. 엄마는 무슨, 오빠들 위해 쐐기풀로 옷 만드는 여동생처럼 쓸데없이 열심이야. 그 왜, 저주에 걸려서 새가 된 오빠들 있잖아… 무슨 새더라.

내가 대답했다.

"백조."

"맞아. 백조."

"그렇지만 엄마네 고향에서는 스웨터 같은 걸 입을 필요가 없지. 이걸 뜰 필요도 없고." 지택의 엄마는 말하면서도 손을 계속 바쁘게 움직였다. "두 벌 만들어서 하나는 아들 주고, 하나는 아들 친구 선물해줘야지."

"따가운 실 말고 부드러운 실로 만들어줘. 선물용은."

"당연하지."

"남색 말고 이번엔 좀 밝은 색으로. 그런데 목 무늬는 살려. 예뻤어, 솔직히."

뜨개질을 하느라 바쁘게 움직이는 지택 엄마의 팔꿈치가 시야에서 맴돌았다.

"오늘 할 만큼은 다 했다." 그녀가 말하며 몸을 뒤로 물렸다. 거실의 시계는 밤 열한 시를 가리키고 있었다. 집에는 모자 두 사람뿐이었다. 여자의 옅은 갈색 눈동자가 내 옆모습을 물끄러미 바라보는 게 느껴졌다.

"언제 집에 다시 돌아갈 수 있을지 모르겠다. 아들, 너희 나라에." 여자가 말하자 지택이 꿍얼댔다. 가면 뭐 해, 말도 할 줄 모르는데. 그러자 여자는 털실 뭉치를 챙겨 일어서며 대답했다. 그렇게 이것저것 다 배우고 싶어 안달하면서 어떻게 엄마가 쓰는 언어는 한 번을 배울 생각을 안 하나 몰라.

"내일 학교 안 갈 거지?" 여자가 물었고, 나보다 지택이 먼저 고개를 끄덕였다.

그날 밤을 생각하면, 내내 눈알을 도록도록 굴리며 어떻게든 그녀의 사정을 알아내려 안간힘을 쓰던 내 어리고 서투르고 잘못된 노력들이 떠오른다. 어쩌다 한국에 온 걸까? 지택은 한국에서 나고 자랐다고 하는데 그럼 지택의 아빠는 어디서 만난 걸까? 지택의 말대로 한국 사람일까? 그런데 그게 거짓말이라는 투로 엄마가 말하지 않았던가? 게다가 지택에겐 주민등록번호도 없다고 엄마가 그랬는데, 한국에 있는 것도 불법이라고, 학교 교장이 봐줘서 간신히 초등학교나 다니는 거라고, 범법자나 마찬가지라고 그랬는데, 그렇다면 왜 의대까지 갔을 정도로 똑똑한 지택의 엄마는 아들을 한국인으로 만들 생각을 하지 않는 걸까? 언젠간 돌아갈 거라서? 지택의 아빠는 왜 집에 오지 않을까? 그런데 지택의 엄마는, 의대를 다녔으면 여기서도 의사를 할 수 있지 않나? 아닌가?

실체와 방향이 모호한 어린애 특유의 분노만 있을 뿐 아직 세상이 얼마나 참담한 방식으로 작동하는지 알지 못하는 나이라서 나는 자꾸만 '왜 지택의 엄마는'으로 시작하는 의문들을 혼자 품었다. 우리 집 어른들이 그토록 부르짖는 의대까지 나온 지택의 엄마라면, 그런 천재라면, 이 모든 상황을 단번에 해결할 수 있을 거라고 착각해서.

"이거야." 엄마의 심부름으로 식빵과 시리얼, 우유를 사온 지택의 손에 작고 둥글지만 단단한 자갈 하나가 들려 있었다. "누가 이걸 던진 게 분명해." 자갈의 표면에는 피가 묻어 있었다. "이 돌멩이 떨어져 있던 곳부터 우리 집 앞까지 핏방울이 점점이 떨어져 있어."

"누가 날 죽이고 싶었나봐."

내가 말하자 대번에 지택의 엄마가 말을 가로막았다. 그런 말, 함부로 하는 거 아니야, 라면서.

애도를 전할 대상의 얼굴을 알지 못하는 아이와, 슬픔과 안도 사이를 갈팡질팡 오가야만 하는 여자의 사이에 내가 누웠다. 열어둔 창문을 통해 바람이 들어왔다. 풀 냄새와 배기가스 냄새가 이상하게 뒤섞인 바람. 담배 냄새도 났다. "이 집은 벌써부터 더워서, 어쩔 수 없어." 여자가 말했다. "그리고, 원랜 너희 가운데 내가 끼어들어 자야 옳은 것 같지만, 드라마에 나오는 못된 시어머니 되고 싶지는 않으니까. 내가 잠귀도 밝고 밤눈도 좋으니까 허튼 짓할 생각은 말고."

무슨 소리야, 안 해. 지택이 퉁명스레 대답했다. 불을 꺼서 아득히 어두워진, 그래서 끝을 모를 것 같이 보이는 천장을 응시하다 나는 눈을 감았다. 곧 지택이 고른 숨소리를 냈다. 자기가 치는 고집스레 장단을 고른 힘으로 주욱 늘인 것처럼 규칙적이었다.

그날 여자와 나는 잠을 이루지 못했다. 여자가 나지막하게 들썩이는 어깨의 움직임—어둠 속에서 더 잘 느껴지는 종류의 파동이 누군가의 생엔 반드시 찾아오기 마련이다—이나 축축한 숨소리, 그리고 잇새로 가끔씩 나오는 무슨 뜻인지 모를 중얼거림을 그 덕에 들었다. 건조한 지택과 눅눅한 여자 사이에서 누워 있으려니 이상하게 아랫배가 살살 아팠다. 심장이 벌렁벌렁 뛰고 반대로 팔다리는 축 늘어졌다. 잠이 안 오네. 나는 필사적으로 생각했다. 잠을 자야 하는데. 눕기 전 두 사람과 함께 새벽 세 시까지 들은 라디오 프로그램의 내용을 떠올렸다. 예티의 목소리를. 그는 불면증을 고백했다. 가끔 쟤가 생방을 하잖아? 집에 가서도 서너 시간을 더 못 자. 그러니 해가 뜰 때까지 뜬눈으로 기다리는 거지. 그는 말했다. 그때 나랑 지구 사이가 가장 헐거워졌다고 느껴. 왜 날 이렇게 미워하는 거냐고 하늘에 대고 물어봐.

곱씹을수록 이상하게, 비커 속의 일출을 닮았던 계란프라이 자판기의 노른자 그림이 떠올랐다. 그리고 엉덩이 사이가 젖었단 걸 깨달은 것은 동이 틀 무렵이었다. 나는 울면서 여자를 깨웠다.

여자는 나를 화장실로 보내고 새 팬티와 오버나이트 생리대를 문틈으로 넣어주었다. 검은색 팬티에는 아무런 장식이 없었고, 나는 지택의 엄마가 우리 엄마나 엄마에게 배운 나처럼 중형 생리대 두 개를 겹쳐 쓰는 게 아니라 오버나이트를 따로 사서 쓰는구나, 라고 알게 되었다. 그렇지만 우리 엄마는 그의 국적만 보고 업신여기겠지. 화장실에서 나오자 우리 둘의 자리가 바뀌어 있었다. 여자는 내가 흘린 피가 둥그렇게 묻은 요에 아무렇지 않게 자기 엉덩이를 댄 채 누워 웃었다. 나는 그때 그의 표정을 아마 영영 잊을 수가 없을 것이다. 그런 어른이 되겠다고 생각했는데 결국엔 집도 없이 게스트하우스에서 자는 신세가 되었고, 장례식장에서 만났음에도 유의미한 위로 한 번 해주지 못한 채 나를 알아보는지 아닌지에만 신경 쓰는 멍청이가 되고야 말았다.

느지막이 일어나 이른 점심으로 고기가 들어가지 않은 맑은 미역국을 먹었다. 터미널로 가는 시내버스에도 한란으로 향하는 시외버스에도 사람은 드물었다. 나는 지택의 엄마가 생리대를 가득 넣어 챙겨준 파우치를 시외버스터미널의 화장실에 두고 온 걸 출발한 지 20분 된 버스 안에서야 깨달았다. 둘이 한 짝씩 낀 이어폰에서 글루미백의 곡들이 연신 흘러나왔다. 우리는 가사지를 보며 입모양으로 노래를 따라 불렀다. 지택은 밴드 멤버들의 사인을 받을 티셔츠를 가지고 왔다. 글루미백은 거물이 될 거거든. 지택이 말했다. 너무 유명해지기 전에 얼른 사인받아야 돼.

나는 붕대가 칭칭 감긴 내 모습이 카메라에 담기지 않도록 몸을 이리저리 틀었다. 꽁꽁 묶은 붕대는 못생긴 두상을 너무 적나라하게 드러냈다. 사자처럼 부풀린 머리가 유행하던 시기에는 그런 두상을 하고 버스를 탄다는 것 자체가 어마어마한 용기를 필요로 했다. 지택이 옆에 있지 않았다면 절대 하지 않았을 일이었다.

"도착."

지택은 버스가 터미널 플랫폼에 완전히 정차하기도 전에 벌떡 일어섰다. 이어폰을 빼고, 내 손을 잡더니, 오늘 진짜 재밌겠다, 혹시 재미가 없어도 재밌게끔 만들자, 라고 말했다. 나는 고개를 끄덕였다. 그리고 지택과 하이파이브를 했다. 첫 번째 것은 타이밍이 어긋나서, 두 번째에 손바닥이 얼얼하도록 세게 부딪쳤다. 불안한 행복, 이라고 표현될만한 감정을 나는 느꼈고, 그 감정을 잊지 못해서, 자꾸만 술을 마시고 더는 없는 걸 찾아다니며 나를 파괴하고 있는지도 모른다.

◎◎◎

"그러면, 게스트하우스에서 지내면서 일하는 거야?"

"엄마가 그런 얘긴 어디서도 절대 안 하지? 뭐, 그러겠지. 맞아. 청소하고, 투숙객 받고, 관리하고, 매일 아침에 씨리얼 채워 넣고, 뭐 그런 일 하는 거야. 돈 안 내고 사는 대신."

"외국엔 그런 사람들 많다는데. 특히 일본에."

"내가 엄마한테 그랬다가 귀싸대기 맞았잖냐. 자유로운

영혼들은 그렇게 사는 거라고, 엄마 같은 소시민은 나 같은 예술가를 이해 못 한다고 빡빡 소리지르다가."

"좋은 방법인데."

좋겠냐. 나는 웃었다. 팔 수 있을지도 짐작할 수 없는 영화 시나리오 쓰겠다고 6인실의 침대 하나가 내 공간의 전부인 삶을 사는 게, 좋겠냐.

"그런데, 이상하지."

"뭐가."

"아파트에서 사는 내 모습을 당연히 상상해볼 때가 있어. 맞바람이 치도록 양쪽의 창문을 열어놓을 수 있는 집에 사는 내 모습을. 그런데 모습이 안 그려져. 내가 붕붕 떠다녀. 그 공간들이 무엇으로도 안 채워져. 무섭고 나쁜 것들만 그 넓은 곳에 가득할 것 같더라."

"그런 데 안 살아봐서 그래." 은청은 말했다. "사람은 적응의 동물이잖냐."

"그런가."

"돈을 벌어보면." 우리는 이제 과일을 먹고 있었다. "주식이든 코인이든 해서. 난 이 일 그만두고 싶어서 조지고 있는 중인데."

"어."

"공부해야 돼. 정신 바짝 차리고 파고들어야 돼. 그냥 가만히 있으면 뒤처지더라. 손해 봐. 남들은 다 돈 굴리는데 안

하고 있으면…." 은청은 수박씨를 뱉었다. "특히 너나 나처럼 가정 안 꾸리고 혼자 살 궁리하고 있는 사람들이면 더 그렇고, 더욱더 특히 너처럼 창작을 하는 사람들은, 더 그렇겠지. 돈이 곧 퀄리티로 직결되는 세계 아니야?"

"네가 혼 안 내도 이미 충분히 여러 군데에서 혼나고 있어." 나는 말했다. "그만해."

같은 대상에 열광하고 똑같은 주장에 고개를 주억거린다 해도 절대 생각까지 같아질 수 없다는 사실이 10여 년째 얼마나 아프게 다가오고 있는지 은청이 알았으면 좋겠다고 나는 생각했다. 같은 사실에 대해 정해진 만큼 분노하는 이들의 결과물을 함께 향유했던 과거가 시퍼렇게 두 눈을 뜨고 있는데—정확히 말하자면 지택의 얼굴이 박힌 영정 사진의 형태로 바로 옆방에 남아 있는데—, 그리고 분명 은청은 아직도 그들의 이야기에 귀를 기울일 수 있을 텐데, 그런데 왜 저 애의 마음은 그대로를 말하지 않고, 너무나 많이 거리에 굴러다녀 더 얹을 필요도 없는 주장들을 재생산하고, 거기 따르지 않는 나를 바보 취급하고.

"그때 그 영화가 이상하게 주목을 받지만 않았어도."

은청이 갑자기 말했다.

"그러지만 않았어도 네가 지금껏 이렇게 힘들게 살고 있진 않았을 텐데, 그치."

동조를 구하는 듯 나를 건너보았다.

"주목만 받았지 사실상 얻게 된 건 아무것도 없었잖아?"

나는 트위터를 껐다. 가방을 챙기기 시작했다. 술을 마시며 나도 모르게 소지품을 하나씩 에코백에서 꺼내 바닥에 늘어놓던 차였다. 별 건 아니었고, 작은 수첩이나 립밤, 핸드크림, 모서리가 해진 카드 지갑 같은 것들. 널브러져 있는 조각들을 하나씩 다시 주워서 컴컴한 구멍 안으로 넣었다.

던져서 넣었다.

"네가 누구보다도 그 애를 닮고 싶어서 안달하던 걸 나는 아직도 기억하는데."

내가 말하자 은청이 대답했다.

"능력이 안 되어서 결국엔 무사통과했잖아. 다행히."

"나는 능력이 됐니?"

"너의 능력은." 은청이 말했다. "존경해. 존경해 마지않고, 한때는 너무 미웠는데, 거짓말쟁이라고 생각했는데, 지금 생각해보니 부러워해야 마땅한 거였어. 네가 제일 똑똑했어."

나는 에코백을 어깨에 멨다.

[20]

　여자는 한글이 없는 동네의 버스정류장에서 우리를 기다리고 있었다. 여자와 나는, 서로 아무런 공모를 하지 않았음에도, 겨우 이틀 전 만났다는 이야길 지택에게 흘리지 않기로 합의한 것처럼 입을 딱 다물고는 서먹하게 인사했다. 지택의 카메라가 조금씩 춤을 추었다. 차가 밀리는 바람에 우리는 약속 시간보다 20여 분 늦게 도착한 상태였다.

　"일단 얼른 집에 가자." 여자가 말했다. "다들 배고파서 난리라고. 국물이 졸아붙기 직전이야."

　여자의 집은 3층짜리 주택의 꼭대기에 있었고, 헐거운 문을 열고 나와 철제 계단을 올라가면 바로 옥상이었다. 은청의 집에서처럼 평상이 놓였다. 거기 버너 두 개와 냄비 두 개가 올라가 있었다. 턱수염 남자는 어디 갔는지 보이지 않으며 대머리 남자가 아이 셋의 성화에 못 이겨 한 명씩 번쩍

196

번쩍 들어 거꾸로 뒤집었다 놓아주기를 반복하는 중이었다. 아이들이 까르륵 웃으며 한국어와 한국어가 아닌 언어를 섞어 말했다.

"턱수염 아저씨는요?"

지택이 묻자 여자가 고개를 저었다.

알고 보니 여자는 이 동네에서 아주 발 넓은 해결사였다. 한란시에서 나고 자랐으나 생모가 불법체류자였기에 어디에도 등록될 수 없었던 존재. 그 상태로 마흔의 나이까지 살아온 사람이었다. 모두가 맞닥뜨릴 난관을 일찌감치 먼저 헤쳐 나왔던 셈이다. 주민들에게 신뢰를 받지 않을 수 없었다.

"솔직히 40년 전에 우리 엄마는 나를 한국인으로 키우고 싶단 생각을 안 했을 거야." 여자가 말했다. "한국보다 엄마네 나라가 더 잘 살았으니까. 남자만 찾으면 떠날 생각이었겠지. 양육비든 뭐든 받아낸 다음에."

여자는 아버지를 몰랐다. 잘못된 전화번호와, 찾아가보니 망한 해운 회사 사무실이었던 주소밖에는.

"사람 인생이란 게, 발이 묶이려면 그렇게 어이없이 조그만 일로도 묶일 수 있는 거야."

열려 있는 냄비에서는 매콤하고 짠 냄새가 올라왔다. 여자는 칼을 아무렇게나 휘둘러 야채를 턱, 턱 썰어냈다. 그러고는 닫혀 있던 첫 번째 냄비를 열었다. 조각난 닭이 흰 국물

안에 담겨 있었다.

"오늘은 닭도 먹고, 양도 먹자." 여자가 말했다. 아이들이 박수를 짤짤 쳤다. 여자가 닭을 국물에 담근 요리의 이름을 가르쳐주었으나 우리는 따라서 발음하자마자 까먹었다.

"닭 요리를 다 먹으면 그다음에 매운 양."

그날 마침내 나와 지택의 채식이 끝이 났다. 끝이 났다, 라고 말하기 부끄럽게도 우리는 엄청나게 먹었다. 고소한 국물을 머금은 닭은 쉽게 뼈가 발렸다. 수저는 아주 깊어서 국물을 떠먹기 좋았고, 내가 젓가락을 서툴게 놀리며 뼈에 붙은 살을 모두 빨고 물렁뼈를 씹어 삼키려 하자 여자가 말했다.

"억지로 안 먹어도 돼. 남겨도 돼."

"살 남기면 엄마 아빠한테 혼나는데."

"엄마 아빠도 초대할 걸 그랬나?"

"아뇨. 절대."

나는 빨던 뼈를 통 안에 집어넣었다. 지택은 옆에서 아이들에게 살을 발라주고 있었다. 대머리는 지택에게 아이들을 맡겨놓고는 잠시 집으로 들어갔다가, 카세트 플레이어를 가져와 테이프를 넣고 틀었다. 놀랍게도 우리가 아는 곡들이었다. 1990년대부터 2000년대를 관통하던 종류의, 매끈히 가공된 분노들이 들어찬 트랙들. 너무 매끈해서, 거센 감정의 표출이라기보다는 차라리 스포츠의 일종에 가깝게 들리던 영미권의 곡들. 애들이 그 노래를 듣고 춤을 추었다.

"한국 노래든 중국 노래든 듣자고 해도 말을 안 들어."

여자가 투덜대자 대머리가 말했다. "이왕 애들 들려줄 거면 제일 센 나라 노래를 들려줘야, 그래야 애들이 거기에 익숙해져서 세지지. 그래야 나중에 잘 살지."

나는 남자가 무슨 말을 하는지도 모른 채 고개를 끄덕였고 지택은 잘 산다, 잘 산다, 맞아요, 잘 살아야죠, 하고 읊조렸다.

그날 그 평상에 올라왔던 음식들─나중이 되어서야 나는 그날 먹었던 닭 요리의 이름을 알게 되었다. 예즈지라는 이름의 요리였다. 그러나 벌건 국물에 양고기를 빠뜨린 샤브샤브의 이름은 끝내 몰랐다. 언제부턴가 중국식 마라탕이나 훠궈 집이 유행했지만 그 어느 곳엘 가보아도 그날의 그 맛이 나는 음식은 없었다─에 대해 나는 자주 꿈을 꾸었다. 꼭 감기 기운이 완연히 도는 날에 그 꿈을 꾸었고, 다음날 아침이 되면 여지없이 끙끙 앓았다. 뽀얗고 고소하다 벌겋고 매워지는 꿈에 후각과 미각을 모두 뺏긴 것처럼. 그러니 그 꿈이 시작될라치면 재빨리 빠져나오는 게 맞았다. 나는 꿈에서 빠져나오는 방법을 아이였을 때부터 잘 알았으니까. 겁이 많지만 안간힘을 다해 대담해 보이려 노력하는 소동물 같은 습관 때문에, 그만큼이나 자각이 빨랐으니까. 내 상황에 대한 자각, 내가 가장 하고 싶어하는 모습에 대한 자각. 그러나 나는 꿈에 발바닥을 붙이고 머물렀다. 아파라. 그렇게 생각했다. 냅다 아파버려라. 죽을 만치 아파버려라. 아무것도 생각 못하게 그래 버려라.

그래라.

◎ ◎ ◎

닭을 다 발라먹고, 얇게 썬 양고기와 야채와 구멍이 송송 난 무언가—언두부였을 것이다—를 먹고, 국수를 거기 또 익혀 먹고, 급기야는 대머리가 소고기를 넣은 볶음면과 조개 반찬 한 대접까지 추가로 만들어 오는 바람에 우리는 거의 평상에 엎드려 뒹굴어야 할 법한 상태가 되었다. 아이들 입의 벌건 양념을 닦아주다 소매에 척척한 양념을 묻힌 지택은 웃음 가스를 마신 사람처럼 낄낄대며 누구에게랄 것도 없이 말했다. "여기에 국물이 싹 묻어서 저장되면 좋겠어요. 먹고 싶을 때마다 입술을 대고 쪽쪽 빨아들이면 되게."

더러워! 내가 말하자 지택은 대답했다.

"언제 다시 먹을 수 있을지 모르잖아?"

"와서 또 먹으면 되지." 여자가 말했다. 그러나 지택은 고개를 저었다. 그날 먹으면 오늘의 맛과는 또 다를 거니까요.

"카메라는 거의 버렸구만?"

대머리의 말에, 우리는 평상 위에서 몸을 굴리면서 웃는 소리를 냈다. 캠코더는 평상 구석에서 계속 돌아가는 중이었다.

　"우리처럼 어린 애들이 만들어봤자 뭐 괜찮은 게 나오겠어요?" 지택이 말했다. "그냥 잊지 말자고 기록하는 건데요, 뭐, 사실."

　"어 이상하다, 저한텐 되게 대단한 걸 만드는 것처럼 얘기했거든요!" 내가 소리쳤다. "그런 말로 낚았다고요!"

　"안 그럼 네가 안 할까봐서 그랬지."

　"나중에 결혼하면 내가 사회 봐줄게." 대머리가 말하자 야유가 터졌다. 우리보다 세 아이의 음량이 더 컸다. 결혼, 결혼! 애들이 비명을 지르더니 깔깔과 꺌꺌 사이의 소리를 내며 웃었다.

　피가 엉덩이골 사이를 타고 흐르는 듯한 느낌이 들어 다시 얼른 누운 자세를 고쳐 앉았다. 해와 달이 함께 떠 있는 하늘을 보았다. 이상했다. 갑자기 심장을 쥐어뜯어 형틀에 넣고 레버를 당기는 것처럼 가슴이 조마조마해졌다. 숨을 쉬는 게 점점 힘들어졌다. 집인 줄 알고 문을 열었더니 수족관인 것처럼, 그 안에서 거대한 물이 수영도 못 하는 나를 향해 쏟아지는 것처럼, 그렇게 급작스레 두려움이 밀려왔다.

　나는 지택의 손가락을 건드렸다. 지택이 나를 돌아보았다. 언제 갈 거야? 내가 입모양으로 물었다.

　그때 우릴 데려다놓고 그렇게 밥을 먹인 그 이들은 어

떤 생각이었을까. 나중에 한창 취재란 이름으로 이런저런 사람들을 만나고 질문하며 재기를 몰래 꿈꾸던 때 나는, 주로 남에게 밥을 해 먹이는 이들을 찾아가 그가 질문에 멋쩍게 답을 해주기까지 기다리곤 했다. 왜 그렇게 바보 같은 일들을 해야만 하는지. 왜 고마워할 거란 보장도 없는 사람들에게 그러는지. 여러 가지의 답을 들었지만 가장 좋았던 건 아마 가장 시니컬했을 문장이었을 것이다. 서울 시내에서 손꼽히도록 남루한 동네의 고시촌에 서 있는 버스정류장, 그 앞에 있는 그 동네에서 제일 싼 한식백반집 앞에서 비닐 팩에 넣은 반찬을 한 개씩 더 나누어주는 노인. 그 노인은 무심히 말했다. 누가 고마워하고 기억할 거라고 기대하면 이 일 절대 못 해. 사람 새끼들은 원래 저가 은혜 입은 건 제일 빨리 잊게끔 만들어진 놈들이라서. 개 고양이보다도 못하지. 지난번에는 내가 만든 반찬을 먹고 탈이 났다면서 어떤 놈이 나를 경찰에 신고했더라고. 내가 자기 시험공부를 망치게 하려고 일부러 상한 반찬을 줬다나. 그냥 나는 아무 말 안 했어. 경찰이 할머니, 그런 일 하지 마세요, 하데. 하지 마세요. 그래서 내가 그랬지. 어떻게 내가 이 일을 하지 않을 수 있겠소. 나처럼 기억력이 좋고 속은 좁아 용서하지 못하는 사람은 자칫 잘못해 내가 될 팔자의 사람을 찾아 막아 세워야 돼. 이런 거라도 안 하면 길고 긴 원한 속에서 어떻게 세월을 살라는 얘기요.

마지막 약속을 앞두고 그 노인은 인적이 드문 골목에서

실족해 한나절을 땡볕 아래 있다가 세상을 떠났다. 빈소에 내 또래의 젊은이는, 내가 알기로는 한 명도 오지 않았다.

인정해야 한다. 그 동네, 그 집, 그 평상에서 나는 깍두기였다. 그들은 자신의 어린 시절이나 지금 크고 있는 병아리 같은 자식들을 연상시키는 지택을 걱정했던 것이었고, 나는 지택의 한국인 친구일 뿐이었다. 그들의 경험에 비추자면, 지택을 버리고, 그래서 상처를 줄 수도 있다고 짐작되는 그런 친구. 아마 내가 그 집의 평상에 누워서도 불안에 떨었던 건 그 사실을 내가 잘 알았기 때문이었을 수도 있다. 이들의 선의가 결국엔 슬픔과 분노에서 오는 것일지도 몰라서. 그것은 내가 절대 온전히 상상해낼 수 없는 경험이라서. 그 평상 위의 이들은, 내가 커오며 몸과 마음을 의탁하던 모든 사람들이 배척하는 대상들이라서. 나는 물에서 자라난 지택을 바라보며 발가락만 아주 살짝 적셔놓은 상태로 친구야, 내게 네가 소중하다고, 너를 이해하겠노라고 일갈하던 거였다.

나는 아마 지택이 그러한 내 부족함을 알았을 것이라고 생각한다. 그럼에도 친구인 나를 위해서 나를 데리고 다녔던 거라고.

아니다, 이건 다 내 합리화다.

지택은 진짜로 나를 믿었을 것이라고 나는 다시 생각한다. 뭣도 모르는 열두 살짜리에게 어떻게든 조금이라도 지배력을 행사해 데리고 다니고 싶어하던 열다섯 살짜리의 마음이 얼마나 비참했을지도 생각한다. 그리고 그 비참함이 실제가 될 순간을 지택이 매일 밤 안절부절못하고 상상했을까, 궁금해한다. 대답해줄 사람은 이제 결코 없지만.

【21】

계란프라이 자판기 앞에서 여자와 대머리는 검거되었다.

한순간에 벌어진 일이었다. 밥을 다 먹은 대머리는 더 놀고 싶다며 낑낑대는 아이들을 지척의 자기 집에 다시 넣어두었다. 쟤네 데리고 학교 앞까지 갔다 오려면 한 시간도 더 걸릴 거라고 대머리는 소리를 내며 웃었다. 한 명씩 사라지려 하는 거 잡아야 하니까. 그러더니 아이들에게 말했다. 안녕해, 얘들아. 집에 착하게 들어가서 얌전히 있어야 언니랑 오빠가 또 놀러오지.

아이들은 그 말을 듣고 들어갔다. 골목길에 면한 부엌 창문을 열고서는 나와 지택에게 손을 흔들었다. 안녕, 언니 오빠, 안녕.

매우 축축하고 무거워진 생리대 패드를 느끼면서 나는 엉덩이를 흔들며 걸음을 옮겼다. 하혈이 계속되고 있었다. 여

자의 집에서 여분의 생리대를 물을 정도의 용기가 그때의 내
겐 없었다.

"야."

학교 앞에 거의 다 도착했을 즈음, 나는 결국 참지 못하
고 어른들이 듣지 못할 정도로 작게 지택을 불렀다. 지택이
멈춰 섰다. 어른들은 저들끼리 뭔가 대화를 나누며 저만치 앞
서 가고 있었다.

"나 뒤에 뭐 안 묻었어?"

나는 뒤돌았다. 아니, 아무것도 안 묻었는데. 지택이 대
답했다.

"자세히 봐봐."

"왜. 머리 또 아파? 아까 피 멈췄다고 하지 않았어?"

나는 대답했다.

"어 근데, 방금 피가 흐르는 느낌이 났어."

"멀쩡해. 붕대에 새어나온 자국도 없는데."

"등에 흐르는 기분이었는데."

"아무것도 없어."

"진짜? 바지에도 한 번 봐봐."

"등에 흐른다며 왜 바지를 봐. 그런데 진짜로 없어."

엉덩이라는 단어를 지택 앞에서 말하지 못해 내가 말을
빙빙 우회하고 지택이 그런 나의 뒷모습을 보며 답답해하는
동안 어른들은 계속 걸었다. 그렇게 캠코더를 든 지택과 짧은

실랑이를 벌인 탓에, 우리 둘은 그 두 사람과 일행으로 보이지 않을 정도의 거리로 떨어지게 된 것이다.

나의 비겁함을 담아내자면, 떨어질 수 있게 되었다, 라고 써야 할지도 모른다.

어른들이 향한 방향에서 고함이 터졌다. 나와 지택이 동시에 그쪽을 돌아보았다. 경찰복이 보였다. 경찰들이 있었다. 그들이 두 어른에게 달려들어 팔을 꺾어버리는 중이었다. 대머리가 소리를 질렀는데 분명 한국말이었으나 경찰들은 못들은 척했다. 여자는 말했다. 뭐 하는 거야, 지금. 왜 갑자기! 우리는 아무 짓도 안 했어, 안 했다고, 안 했다고요…. 행인들이 고개를 돌리더니 땅거미 속으로 안개처럼 사라졌다. 나는 우두커니 서서 그 광경을 바라보았다. 당황해서 입이 벌어졌다. 딱딱하게 굳은 지택의 어깨와 팔이 시야의 오른쪽에 있었다. 여자는 계속 말했다. 이러면 안 되지, 당신들, 왜 이러는지 설명을 해야…. 그러다가 누군가 팔을 등 뒤로 거칠게 잡아당겨 어깨를 비트는 바람에 짧은 비명을 지르더니 입을 딱 다물었다. 대머리는 이미 경찰차에 구겨 넣어진 후였다.

그들에게 무슨 일이 있었는지, 왜 그런 식으로 붙잡혀 가야 했는지 나는 몰랐다. 존재 자체가 문제시되었던 건지, 아니면 은청이 저주처럼 퍼붓던 대로 무언가 잘못을 저질렀는지. 앞으로도 모를 것이다. 그러나 나는 그 순간 후자의 경우로 생각하기로 했다. 멋대로. 내 죄책감을 덜어내기 위해서.

그들에게 그 장면의 짐을 온전히 지우기 위해서. 나 편하기 위해서.

벌어진 입에서 끈기가 없는 침이 주르르 흐르는 바람에 정신이 들었다.

얼른 다시 입을 닫고 손등으로 입가를 훔쳐낸 후 지택 쪽을 보았다. 경찰차 문이 닫히고 시동이 걸리는 소리가 들렸다.

지택의 목덜미가 번들거렸다. 지택은 뭐라 말을 하려다가, 입을 다물고는, 눈을 질끈 감았다 뜨고, 캠코더를 내 쪽으로 들이밀었다. 나는 얼떨결에 그 애의 손에서 캠코더를 받아 들었다.

그 애는 곧 두 눈을 빠르게 훔쳐야 했기에 캠코더에 쓸 여분의 손이 없었다. 나는 지택을 찍고, 이어 떠나는 경찰차의 뒤꽁무니를 찍었다. 그리고 다시 지택의 볼에 초점을 맞추었다. 클로즈업을 어떻게 하더라? 더듬거리다가 캠코더를 떨어뜨릴 뻔 하고는 짧고 나지막한 비명을 질렀다. 그리고 다시 지택의 얼굴을 비추었다. 지택이 뭐라 속삭이는 것 같았다.

"뭐?"

내가 묻자 고개를 저었다.

◎◎◎

클럽은 건물 한 동, 간판 하나짜리 대학 옆에 붙어 있었는데 그 동네는 차이나타운이 부촌으로 보일 정도로 너저분했다. 골목길이 너무 복잡해서 우리는 몇 번이고 길을 잃고 약도가 프린트된 종이를 고쳐 잡아야 했다. 그래서 그곳에 도착했을 땐 글루미백이 이미 첫 번째 곡을 끝낸 후였다.

물론 지택이 여자와 대머리를 잡아 싣고 떠난 그 경찰차를 찾으려 애썼기 때문에 늦은 것이기도 했다.

흐느끼는 팔세토 창법으로 씬에선 꽤나 독보적이었던 글루미백의 보컬리스트는, 연기가 피어오르는 담배를 오른손의 검지와 중지 사이에 끼우고 있었다. 그가 노래 사이사이에 계속해서 담배를 들이마셨다, 뿜었다를 반복했다. 그 덕에 지하층에 위치한 클럽의 공기는 제의를 지내는 사당처럼 탁했다. 나는 코를 훌쩍였다. 눈도 따가웠다. 사람들은 아랑곳하지 않고 드문드문 서서 우스꽝스럽게 고개를 주억거리거나 몸을 비트는 중이었다. 글루미백은 분명히 예티의 새벽 라디오나 지택이 모으던 록 전문 잡지, 혹은 은청이 드나들던 익명 커뮤니티에선 한국 음악계의 기둥처럼 평가받고 있었는데 막상 그들을 보러 한란시의 작은 클럽에 모여든 사람은 스무 명 남짓이었다.

보컬리스트가 허리를 가끔씩 툭, 툭 튕길 때마다 누군가 나지막하게 달뜬 소리를 질렀다. 기타리스트와 베이시스트는 쌍둥이 형제였고―나중에 그들은 SNS에서 치열한 공방전을 벌이다 공멸했고 한국의 갤러거 형제로만 극히 적은 사람들의 기억에 남았다―, 밝은 갈색 머리의 미국인 여자였던 드러머는 표정 없는 얼굴을 한 채 스네어를 브러시로 쓰다듬고 있었다. 글루미백은 다른 인디 밴드들과 달리 공연 영상을 찍지 못하게 하는 것으로도 유명했는데, 클럽의 입구를 지키고 서 있던 고스족 여자에게 싹싹 빌어 반입한 캠코더로 나는 대신 지택을 찍었다. 소리가 들어가는 부분을 고스족 여자가 가지고 있던 화장솜으로 막은 후 셀로판테이프로 고정하고, 무대에 오른 멤버들을 절대 찍지 않겠다는 약속을 거듭하고 나서야 캠코더를 들일 수 있었다. 저쪽에서 고스족 여자가 계속 나를 감시하는 눈길이 느껴졌다. 사람이 원체 적었으니 감시도 쉬웠을 것이다.

세 번째 곡이 끝나고 기타리스트가 튜닝을 했다. 사람들이 치던 박수의 음량이 가라앉자 적막이 공간을 채웠다.

"저는… 잠을 잘 못 잡니다." 보컬의 말에 사람들은 귀를 기울였다. 아마 네 번째로 연주할 곡을 여러 무대에서 소개할 때마다 몇 번이고 반복했을 레퍼토리였겠지만. 그래서 정작 자신은 그 어떤 감흥도, 감정도 없이 그 말을 뱉었겠지만. "라디오를 듣다 음악으로 갈아타고 또 음악이 지겨워질 때쯤 라디오로 넘어가고. 귀가 아프면 다시 불을 켜고 책을 읽는데 학교 다닐 때의 저를 생각하면 활자를 보자마자 잠이 와야 하지만 이젠 쉽게 그러지도 않습니다. 그러면 30분 정도 읽다가 접어버리고 또 잠이 안 온다는 생각을 떨쳐버리기 위한 생각을 하는 것이죠."

그가 담배를 쭉 빨았다. 꽁초는 거의 필터까지 타들어가 있었다. 그게 보일 정도로 관객과 그의 사이가 가까웠다.

"아시는 분도 있을지 모르지만 저는 지극히 가난해서, 경기도 서쪽, 한국인보다는 외국 사람의 비율이 더 많은 동네에 셋방을 얻어 살고 있어요." 그가 말했다. 지택도 나도 알고 있는 사실이었다. 그가 음악 웹진의 자유게시판에 꽤나 많은 일기를 올렸으니까. "새벽이 되어 빛이 커튼 없는 창 안으로 들어오면 그 사람들이 일어나 움직이는 소리가 들립니다. 아이며 어른이며 할 것 없이 창밖에서 내가 알아들을 수 없는 말을 씁니다. 성조 때문에 오르락내리락 하는 언어도 있고, 콧소리가 아주 많이 섞여야 하는 언어도 있고요. 아주 상냥하게, 받아들여지지 않을 항의를 하는 듯 들리는 언어도 있어요."

캠코더가 반짝거렸다. 배터리가 부족했다.

"그러면 저는 누워서, 좋은 생각을 하려 애씁니다. 나는 지금 외국에 여행을 온 거다. 어제 늦게까지 시원하게 맥주를 마시고 잠이 들어 방금 깬 것이다. 밖에선 생업에 종사하러 출근하는 사람들이나 숙소를 청소하는 종업원들의 수다가 들린다. 그렇게 여기려 애써요. 그런데 그게 되겠어요? 일단 내 방 벽지 천장까지 올라간 곰팡이가 다 보이는데. 좀벌레도요. 가끔은 그리마가 지나다니고. 그리마 터뜨리면 하얗고 몽글몽글한 대창 속 같은 게 나오는 거 아십니까?"

사람들 사이를 낮은 웃음이 훑고 지나갔다.

"솔직하게 말씀드릴게요, 이런 생각을 하는 겁니다."

안 돼. 나는 침을 삼키며 점멸하는 표시등을 바라보았다. 조금만 더 버텨.

"저 사람들이 사라졌으면 좋겠다는 생각."

배터리 표시가 빨간색으로 바뀌었다.

"알아들을 수도 없는 그 시끄러운 말들 때문에 잠을 설치고 있는 불쌍한 나에 대한 연민과 끔찍한 짜증이 섞여서…."

그때 지택이 무대 위로 돌진했다.

◎◎◎

나는 장례식장을 나오며 에코백에서 핸드폰을 켜고 다시 트위터를 실행했다. 또다시 검색했다. @GloomyBackBaek. 그러고는 엄지를 아래로 굴리며 계속해서 새로고침 했다. 하고, 하고, 또 했다. 더 많은 위선을 보여줘. 나는 중얼거렸다. 잠도 자지 말고 지껄여줘. 나로 하여금 당신을 최대한으로 경멸할 수 있게 해줘. 쉬지 마. 지택이 죽었으니 이제 그날의 일을 기억하는 것은 나뿐이잖아. 그리고 나는 당신에게 한마디 말도 하지 못할 테니까.

"야, 이 시간에 어딜 가려고 그래."

달음질쳐 온 은청이 내 손목을 잡았다. 그러더니 대뜸,

기대하지도 않았던 사과를 했다.

"미안하다 야, 오랜만에 만나서 술 좀 취하고 그랬더니 말이 막 나오나봐. 진짜 미안해."

"택시 타고 가려고."

"한 시간만 더 있으면 첫차 다닌다며. 그냥 조금만 더 있다 가, 야. 아니면 편의점 가서 테이블 펴놓고, 아이스크림이라도 먹고 갈래? 해장으로. 네가 이렇게 가면 내가 마음이 좋겠냐. 응?"

너는 대체 왜 여기 온 거야? 내가 물었다. 쟤를 애도할 만큼 친하지도 않았고 소중하지도 않았고 마지막엔 그따위로 끝난 인연이잖아. 그런데 왜 온 거야?

"그래도 한때 친구였는데 가는 길은 배웅해야지. 죽은 사람인데. 원래 철천지원수여도 조사는 챙기는 거라고 했어. 그게 사람 된 최소한의 도리야. 그렇다고 생각하지 않아?" 은청이 되물었다. 나는 입을 다물었다. 바람이 불었다. 혀가 짜고 목이 말랐다. 머리가 빙빙 돌았다.

"내가 지금 무슨 일을 하고 있는지 알아?"

나는 울며 물었다.

"내가 뭘 찍으려고 준비하고 있는지 아냐고."

[22]

아니 이 좁은 동네에서 무슨 외국인들이 이렇게 하루에 몇 번씩 사고를 터뜨려?

젊고 체구가 작은 경찰관이 툴툴거렸다. 지택의 코에서 줄줄 흐르는 피는 아무도 지혈해주지 않았다. 지택의 코피가 점점이 떨어진 바닥에 내가 주저앉았었기 때문에 내 엉덩이 에는 피가 묻어 있었다. 내 것이 아닌 지택의 피였다. 이제 나는 내 피를 흘리고 묻혀도 상관없었다. 지택의 것이라고 우기면 그만이었다.

"야 인마…. 아까 보내줬으면 얌전히 집에 갈 것이지 너희가 몇 살이라고 벌써 그런 업소에 들어가서 노닥거리다가 패싸움이나 하냐?"

인디 록밴드들이 공연하는 라이브클럽은 '그런 업소'가 아니고 지택은 패싸움을 한 것이 아니라 일방적으로 맞았지만 우리는 대답을 하지 않고 고개를 숙였다. 나는 손톱을 물어뜯었다. '남의 애를 간수 못 한' 죄가 있는 은청의 엄마가 다마스를 끌고 해원시까지 오고 있었다.

"진짜 모르는 애라고요?"

경찰관의 물음에, 익숙한 얼굴의 여자가 대답했다.

"네."

"아줌마, 거짓말 하면 큰일 나."

"정말 모른다니까요."

혀를 차며 우릴 노려보고 있는 경찰관과는 초면이 아니었다. 대머리와 여자가 경찰서에 끌려왔을 때 우리도 택시를 타고 그 뒤를 좇았기 때문이었다. 차마 경찰서 문 안까지 들어갈 순 없어 그 앞을 어슬렁대다가 붙들려 들어왔고, 그 두 사람이 대체 왜 이렇게 갑자기 수갑을 차야 했는지 묻기도 전에, 우리를 처음 본다고 증언한 여자 때문에 다시 쫓겨났다. 그게 겨우 몇 시간 전의 일이었다.

지택의 얼굴은 하얗게 질려 있었다. 경찰관이 중얼거렸다. 어휴 이 동네, 지겨워 죽겠어 이 동네⋯ 정말 지겨워 미치겠네⋯ 구질구질해⋯.

"아니, 그래서." 우리가 몇 시간 전까지만 해도 몹시 열광하던 음색의 목소리가 믿을 수 없는 말들을 뱉었다. "그래서 지금 저는 저를 패려고 달려든 범죄자의 본명도 알 수 없단 거예요? 본명을 모르는데 어떻게 처벌을 해요?"

"선생님, 등록이 안 된 외국인이라니까요. 저도 지금 노력 중이잖습니까. 근데 게다가 청소년이고."

"아니, 그런데 학교는 어떻게 다녀요? 쟤들 둘이서 같은 학교 다닌다잖아요?"

"그게, 교장 재량에 따라 불체자도 받아주는 학교들이 있습니다, 선생님."

"말이 되는 소리를 해요, 아니 그게…."

경찰이 그의 말을 자르고는 지택의 어깨를 붙들었다. 고개 들어봐, 인마.

"계속 아무 말도 안 하면 학교에도 연락할 수밖에 없어. 그래도 되겠냐?"

"아니, 아저씨. 범죄자한테 뭘 의사를 물어봐요?"

"선생님, 진정하시고요. 이게 다 선생님 위해서 이러는 거니까요. 조금만 참아주시면 금방 정리해드릴게요."

다리가 달달 떨렸다. 지택은 한 마디도 안 했는데 지레 겁먹은 내가 울면서 다 불었으니까. 내가 입을 다물고 있었더라면 경찰은 지택이 외국인이란 것도, 열다섯 살이라는 것도, 나와 같은 학교에 다니고 있단 것도 몰랐을 텐데.

유치장 안에 있던 대머리와 여자가 우리를 빤히 보고 있었다.

"엄마가, 싸우지 말고 조용히 살라고 얘기 안 하디?"

경찰이 지택에게 다시 물었다.

"어린놈들은 하여간 성질머리 조절이 안 되어서. 꼭 어린 놈들이 이렇게 사고를 치는 바람에 부모까지 싸그리 쫓겨나지. 능력이 안 되면 애를 낳지를 말아야 돼, 낳지를…. 하여간 미개할수록 아주 예외 없이 문란해요…."

캠코더가 아직도 내 손에 있고 꺼지지도 않았다는 것을 나는 은청의 엄마 옆 조수석에 타고 나서야 알았다. 다들 정신이 없어 그 존재를 몰랐던 모양이었다. 내가 그걸 들고 지택에게서 등을 돌려 먼저 경찰서를 벗어날 때까지, 아무도. 은청의 엄마 역시 우리 집에 캠코더 같은 게 없단 걸 뻔히 알 텐데도 그저, 자신의 얇은 카디건을 벗어 내 엉덩이에 둘러 주면서, 여자애가 칠칠치 못하게 이게 뭐니, 라고 중얼거렸을 뿐이었다.

"친구가 세상의 전부 같지?"

은청의 엄마가 핸들을 꺾으며 물었다. 나는 고개를 저었다. 아직도 울고 있었다.

"내년만 되어도 잊을 거야, 이 일들도 잊고, 전학생이랑도 서먹해질 거야. 지나 너처럼 어린 애들은 잘 잊어버리거든. 어른들보다 더."

"지택이에요. 한지택."

"그러니까, 전학생." 이젠 은청의 엄마도 지택의 이름을 부르지 않았다. "아마 학교를 더 다니긴 힘들겠네. 남의 도시

217

에 가서 주먹질까지 해댔으니. 쟤 엄마가 쟤 학교 보내려고 별 짓을 다 했다던데. 역시 사내새끼들이란." 쯧쯧에 이어 곧 킁 하고 코를 먹는 소리가 들렸다. "제 엄마 고생하는 건 생각도 않고 어디서든 힘자랑하려 든다니까."

"힘자랑한 게 아니에요." 내가 말했다. "그 남자가 먼저 나쁜 말을 했어요. 그래서 지택이가 화가 나서…."

"화난다고 어디서든 주먹질하면, 그게 사람이니?" 은청의 엄마가 말했다. 나는 입을 딱 다물었다. 어느 모임에서든 항상 우스꽝스러운 역할만 맡았던 그 여자가 그토록 날카롭게 이야기하는 걸 처음 들었기 때문이었다. "게다가 들어보니 딱히 나쁜 말도 아니더만. 사람들이 그렇게 편의 봐주고, 혜택 주고, 안 되는 거 되게 해줬으면 자기들도 알아서 감사할 줄 알아야지, 그러질 않으니까 문제가 되지 않겠니. 그 엄마랑 똑 닮았어, 아주."

은청의 엄마는 맥도널드 근처에 차를 세웠다. 해원시에는 없는 24시간 운영 매장이었다. 나를 끌고 들어가더니 카운터의 아르바이트생에게 다짜고짜 물었다. 여기서 뭐가 제일 잘나가요? 뭐요? 뭐라고? 뭐라는 거야. 어쨌든, 언니가 알아서 잘나가는 거 두 개 줘.

"전 배 안 고파요. 안 먹어도 돼요."

"저녁도 안 먹었을 거 아냐. 내내 도서관에 있다가 클럽엔가 뭔가 갔다며."

나온 것은 거대한 빅맥 세트 두 개였다. 믿을 수 없는 두 께의 음식이었고, 풍미 없이 목만 막히게 하는 빵이 무려 세 장, 그리고 이 두 개의 버거를 위해 몇 마리를 죽인 걸까 상상 조차 할 수 없을 만큼 고기가 많았다. 아주 많았다.

"옛날엔 백정이란 게 있었어." 내가 속 재료를 플라스틱 쟁반에 뚝뚝 흘려대며 추저분하게 햄버거를 씹고 있을 때 은 청의 엄마가 뜬금없는 말을 시작했다. "학교에서 배웠는지 모 르겠지만 백정은 동물을 잡아서 고기로 만드는 사람들이지. 최하층 천민이었고."

"안 배웠어요. 저희 국사 중학교 때부터 배워요."

나는 한때, 은청과 아주 친했던 시절에 함께 봤던 사극 덕에 백정이 무엇인지 정확히 알았지만 그렇게 대답했다.

"전학생네가, 말하자면 백정이지. 외국에서 온 백정이라 고 생각하면 될 거야. 요새 우리나라 사람들도 슬슬 좀 의식 이 차고 그랬잖니. 그래서 옛날처럼 미개한 방식으론 잘 살지 않으려고 하는 게 있어. 그리고 외국인들이 아주 교묘하게 그 걸 잘 파고들어 오지…."

"걔네 엄마는 의대 나왔어요. 아빠는 한국인이고요."

"막말로, 그 엄마 말을 어떻게 믿니? 졸업장 쪼가리야 위 조가 버릇일 거고. 당연히 그쪽에서 의대 나왔으면 돈도 많을 텐데 왜 여기서 이 수모라니? 그리고 걔네 아빠가 한국인이 란 것도 아무런 근거가 없거든, 사실. 아무도 본 적이 없으니까…. 주천군 어디에서 소랑 돼지 키우는 농장 한다는 얘기나 들었지. 걔 엄마한테. 그런데 그것도 어떻게 믿느냐고. 서류도 준비시키지 않고 억지로 학교 보내놓고 책임도 지지 않는 외국인 얘기를."

"다른 애들한텐 그러지 않잖아요."

"뭐?"

"다른 애들한텐 너네 아빠 얼굴 보고 한국인인지 아닌지 판단하자는, 그런 얘기 안 하잖아요. 왜 지택이한테만 그래요?"

"지나야."

"네."

"그게 다 그 사람들의 업보고, 어른들의 연륜이라는 거야. 너도 나중에 크면 너희 엄마, 나, 다 이해하게 될 거야."

나는 해원에 도착해 다마스에서 내리자마자, 슈퍼 앞에서 기다리고 있던 엄마 아빠의 발치에 먹은 것을 왈칵 토했다. 멀미했네, 멀미했어. 은청의 엄마가 말했다. 너무 많이 먹어서 토한 거였는데. 토사물에서 형체를 알아볼 수 있는 건 빅맥뿐이었다.

지나 엄마, 그래도 애 너무 잡지 말어라. 은청의 엄마가 한 말 때문에 두 엄마는 내 앞에서 대판 싸웠다. 네가 애만 잘 봐줬어도 이런 일이 없었을 텐데 무슨 뻔뻔함이야? 네가 그딴 식으로 착한 척 해서 내 딸에게 마음 얻으려는 걸 내가 모를 거 같아? 엄마는 쩍쩍 갈라지는 목소리로 소리쳤다.

◎◎◎

사실 게스트하우스에 들어가 자야 하는 게 맞았다. 당장 오후에 미팅이 있었다. 돈 받았으니 메가폰은 잡아야 하는데 자료 조사를 하기가 왜 이렇게 싫니, 너 없으면 안 돼, 네가 팬심으로 좀 판 잘 깔아주고 갬성 좀 싸악 먹여줘, 나는 그냥 아저씨잖아, 라고 선배는 책임감 한 톨 없이 우는 소리를 했다. 선배는 취향도 아닌 그의 디스코그래피를 장당 열다섯 번씩 듣고, 검색할 수 있는 모든 인터뷰를 찾아보고, 인터넷에서는 읽을 수 없는 인터뷰가 수록된 잡지를 구하기 위해 중고 서점을 이 잡듯 뒤졌으며, 그가 몇 년 전에 펴낸 에세이집을 도서관에서 빌리려 했으나 대기가 너무 많이 밀려 있어서 결국 새 책을 샀다고 했다. 선배의 말에 나는 책 마음에 들어요? 대여섯 번 읽을 만해요? 라고 물었다. 대여섯 번씩 읽을 책이 아니면 절대 사려 들지 않는 선배의 성향을 알기 때문이었다. 그러자 선배는 말했다. 잘 썼던데? 생각보다 문장력도 좋고. 통찰도 있고. 에세이인데 전개도 빠르고 에피소드 전환이 확확 되더라, 무슨 시나리오처럼. 음악은 게을렀는데 느낌이 좀 다르데. 대여섯 번 읽을 정도는 아니지만, 그 사람이랑 어쨌든 작업을 해야 하니 그 정도 읽겠지. 그다음엔 라면 받침으로 쓰면 딱 좋겠어. 양장본이라서 단단하고 좋아.

내게서 답이 없자 선배가 물었다. 책, 빌려줄까? 너 책 빨리 읽잖아.

인터넷 서점에서 그 책을 검색하면 '한국 에세이 Top100 20주'라는 문구가 함께 떴다.

대필 의뢰가 들어왔을 땐 하루하루가 버거웠고, 노트북 하나 남았는데 이것도 팔아야만 하나 고민하던 차였다. 자주 몸이 아프던 애인과도 냉전 중이었는데, 절대 서글프지 않았던 이유는 그와 만나 입에 쑤셔 넣을 끼니와 후식들의 액수를 밤에 몰래 셈하지 않아도 되기 때문이었다. 나는 가장 꿈이 컸던 시기에 만났던 그에게 나의 구질구질한 모습을 들키고 싶지 않았다.

"내가 인터뷰한 것 녹취 딴 다음 에세이로 쓰면 되는 거야, 잘 읽히게, 그렇지만 너무 가볍거나 비어 있진 않게." 대학 동기가 출판사 입사 후 처음 기획하여 콘택트한 아이템이라고 했다. 그게 바로 통과되고 계약까지 이어졌다며 세상을 다 가진 표정을 짓던 게 1년 전의 일이었는데, 원고가 단 한 글자도 나와 있지 않다고 이젠 죽는 소리를 했다. "나 좀 도와줘라, 제발. 나 이거 이번 하반기에 못 내면 사장한테 죽어. 아니 이 새끼는 어떻게 줄글 한 줄 쓰지 못하면서 책을 내겠다고 계약을 해?"

나는 은행 어플을 열어놓고 잔액을 더했다. 계속 더했다. 너무 많은 일자리를 전전했기 때문에 거래 은행은 일곱 군데나 되었는데, 그런데 돈이 없었다. 없어도 너무 없었다. 이렇게 없을 수가 있나? 나는 생각했다. 이런 미래가 뻔뻔스럽게 도래할 수 있나? 내가 뭘 잘못했다고?

그리고 친구에게서 메일로 온 대필 작가 계약서를 보며 다시 생각했다.

이런 미래가 아무렇지도 않게 도래할 수가 있나? 내가 뭘 잘못했다고?

저자명에 쓰인 세 글자는 글루미백의 보컬리스트가 쓰는 예명, 그 뒤의 세 글자는 본명이었다. 20년 가까운 세월이 흐르는 사이 사람들 사이에서 나름대로 유명한 파워 스피커가 되어버린 사람.

그럴 때마다 꼭 애인에게서 전화가 왔다.

[23]

지택이 학교에 나오지 않고 엄마는 직장에 더 이상 나가지 않았기 때문에, 나는 캠코더를 돌려줄 타이밍을 자꾸만 놓쳤다.

이런 엄마가 어디 있니, 라고 엄마는 밥을 먹을 때마다 나지막이 말했다. 딸 하나가 친 아주 작은 사고 때문에 멀쩡한 직장을 그만두는 엄마가. 둘도 아니고 오직 딸 하나를 아껴서, 보살펴주기 위해. 이런 엄마가 세상에 어디 있어. 엄마니까 이렇게 해주지. 나니까 이렇게 할 수가 있지. 아주 많이 사랑하니까.

나는 서로 단단히 붙어버린 멸치볶음을 덩어리째 입에 넣으며 엄마의 말과 함께 씹었다. 멸치볶음은 아주 짜고 딱딱했다. 엄마는 깁스한 팔로 고기반찬도 자주 했다. 그러고는 내 몫의 접시에 할당량을 담아주었다. 그걸 다 먹지 않으면 식탁에서 절대 벗어날 수 없었다. 핏물을 전혀 빼지 않은 고기에서는 지독한 냄새가 났다.

"너를 절대로 엄마가 탓하는 게 아니야." 그 언어들은 일종의 주술 같았다. "그럴 수 있지. 그럴 수 있어. 어리니까. 아이가 이 무서운 사회에서 크는 데 얼마나 많은 일들이 생기겠니. 얼마나 많은 사고들이 일어나고, 아무 죄 없는 엄마들은 자식으로부터 얼마나 많은 원망들을 억울하게 들어야 하겠니. 그래도 엄마는 괜찮아. 그것이 바로 엄마의 몫이니까. 엄마가 엄마이기 때문에 일어나야만 하는 일이니까. 그걸 다 견뎌내면 내 딸이 어른이 되고 또다시 엄마가 되겠지. 엄마가 엄마의 엄마에게 그랬던 것처럼, 그렇게. 엄마도 외할머니한테 얼마나 많이 대들었는지 아니? 모르지, 알 리가 없지…. 이제 엄마는 옛날 외할머니의 마음을 이해할 수 있는 거야, 하지만 엄마도 잘 컸으니까, 그러니까 우리 딸도, 우리 지나도 그렇게 싸악 잊고 다, 다…."

아빠가 함께 앉아 밥을 먹는 아침에는 엄마가 아무 말도 하지 않았다. 대신 아빠가 주절거렸다.

"우리 부장네 큰딸은 3년째 말을 안 하고 있다는 거야. 가출도 하나봐. 지난번엔 통화를 엿들은 직원들이 말하더라고. 큰딸이 가출해서 3주째 안 들어오고 있는 모양이라고. 그러면서도 아버지는 하루를 안 빠지고 출근을 해서 밤 아홉 시까지 일하는 거지. 대단한 사람이야, 그런데 부장이, 지난주 회식에서 술에 어지간히 취하더니 그런 말을 하더라고. 여자애는 적당히 패야지 너무 많이 패면 집을 나간다고. 집을 나가면 그 이후로는 절대로 예전의 딸일 수 없다고. 여자애가 집 밖에 나가서 뭘 하며 빌어먹고 살았겠냐고, 뻔하지 않으냐고. 이미 더럽다고. 그러니 기대일랑 접어놓고, 그냥, 털끝하나 건드릴 수 없는 처갓집 친척 하나가 집에 얹혀살며 밥 축내고 있다고 생각해야 맘이 편하다고. 큰딸 교육은 실패했지만 교훈을 얻었으니 작은딸 키우기는 성공할 수 있다고 그러데." 그러더니 나를 보며 말했다. "아빠는 지나가 밖에서 뭘 하고 왔든 전혀 상관이 없어. 아빠는 딸을 사랑하니까. 절대로 아빠는 우리 지나를 아빠의 소유물로 보지 않으니까."

캠코더를 들고 지택이 살던 집의 초록색 대문을 두드렸다. 철로 된 대문이라서 어지간히 큰 소리가 났다. 골목 끝에서 개가 발작적으로 짖었다. 작은 연못이 있는 정원을 가진 맞은편 빌라에서 누군가 소리를 질렀다. 시끄러워 개새끼야! 그가 말하는 개새끼가 저기서 짖는 개인지 아니면 나인지 알 수 없어서 나는 냅다 문을 발로 찼다. 묻는다면 대답해야지, 그 개새끼가 저 진돗개인 줄 알았어요, 라고.
나는 그렇게 문을 두드리면서, 무엇을, 누구를 기다렸던 걸까. 나오지 않을 지택이었을까, 딸을 키우지 않음에도 불구하고 핏자국을 가려주던 그 한순간 내가, 나를 낳아 오래 기른 엄마보다 더 믿게 되었던 그 애의 엄마였을까―이후로도 오랫동안 나는 나의 엄마와 그 애의 엄마를 마음속으로 비교하며 자랐다. 자신이 알지 못하는 경쟁자가 외동딸의 마음속에 존재하고 자신이 내내 져왔으며 자신이 이제 와서 노력을 어떻게 한들 그 아래위가 변하지 않을 거란 사실을 엄마가 알게 된 것은 꽤 늦게, 그러니까 아마도 내가 집에 들어오지 않고 고시원 방 하나를 잡은 채 매일 같이 술을 마시던 스물한 살 때쯤이었다. 그때 엄마는 울면서 말했다. 너는 남보다 못한 년이야. 남들은 내가 노력한 만큼의 보상을 해준단 말이야. 그게 사람 간의 예의라고. 알아?―. 어쩌면 나는 이미 잡혀 들어가 언제 풀려날지 혹은 추방될지 알 수 없는, 외국식 샤브샤브를 잘 끓여 대접하던 그 사람들이 아무렇지 않은 표정으로 빼꼼 고개를 내미는 초현실적인 순간을 상상했는지도 모른다. 마치 엄마가 나를 위해 연예인을 집으로 불러들이는 그 프로그램에 몰래 신청 사연을 넣었을 거라고 매일 집에 들어가기 전 기대했던 것처럼. 혹은 글루미백의 보컬리스트가 무대 앞 바를 잡고 머리를 흔드는 내게서 어떠한 종류의 운명을 느낄 거라고 몰래 장면을 그렸던 것처럼.

　　그러나 나는 사실 누가 나올지 알고 있었다. 다만 내게 익숙한 잇새 사이의 소리 대신, 이미 요란하게 우는 아이의 울음이 먼저 메아리쳤다. 동호였다. 동호가 울고 있었다.

　　"뭐야."

동호를 안은 채 반팔 티셔츠만 대충 꿰어 입은 여자와 웃통을 헐벗은 아저씨가 함께 2층 난간에 매달려 나를 바라보았다. 뭐야, 는 아저씨의 입에서 나온 단어였다.

"저기요, 이렇게 시끄럽게 하시면 안 돼요."

여자가 말했다.

"아랫집엔 아무도 없어요. 그리고 애가 울잖아요."

여자는 허공을 쳐다보고 있었다. 아저씨 역시 내 얼굴을 바라보지 않았다. 대신 여자의 귀에 대고 크게 말했다.

"모르는 여자야."

"아랫집 손님은 아니고?"

"아니야." 아저씨가 여자의 어깨를 문질렀다. "아무리 봐도 옷이 거지 같은 걸. 뭐라도 달라고 하려고 왔나봐."

"세상에, 이 동네에 무슨 거지가…. 내가 내려가서 뭐라고 할까."

"됐어." 아저씨는 여자의 몸을 돌려세웠다. "안에서 동호 재우고 있어. 내가 쫓아내고 올게."

"조심해, 무서운 세상이야."

"금방 갈게."

여자가 들어가고 아저씨가 시멘트 층계를 천천히 내려왔다. 나는 아저씨에게 말하고 싶었다. 지택이가 왜 안 들어왔는지 알아요? 아저씨, 글루미백 보컬이 지택이를 경찰에 신고했어요. 알고보니 그 사람은 말이 많고 입이 걸고 사람을 사람으로 보지 않는 사람이었어요. 그 사람이 부르는 노래, 썼던 가사와 그 사람의 진짜 모습은 아귀가 단 한구석도 맞지 않아요. 아저씨 그거 알고 있었어요? 원래 다 그래요? 어떻게?

내게 아주 가까이 다가온 아저씨가 속삭였다. "뭐 하는 짓이야."

"지택이는요?"

"내가 어떻게 알아."

"지택이네 아줌마는요?"

"내가 어떻게 아느냐고."

"지금까지 찍은 테이프 주세요."

"뭐?"

"녹화본 가지러 왔다고요."

"네가 그걸 왜, 인마."

"아저씨야말로 그걸 왜 갖고 있어요? 지택이도 아니고."

아저씨가 다시 위층으로 올라간 동안 나는 캠코더에서 마지막 테이프를 뺐다. 아저씨는 비닐봉지를 하나 들고 나왔다. 그 안에서 달그락거리는 소리가 났다.

"처음부터 그래 보이긴 했지만 씨발년아, 너는 정말 사람이 덜 됐어." 아저씨가 말했다. "개 같은 년."

왜 하나도 무섭지 않고 웃음이 났는지 모르겠다. 겨우 열두 살이었던 내가 언제부터 사람들의 입에서 흘러나오는 모든 단어들의 허무함을 깨닫게 되었는지. 경찰서에서 나를 데리고 나온 부모의 말에서부터? 글루미백의 무대에서부터? 아니면 스티커를 훔치던 커플에게서부터?

"아저씨는 절대로 아저씨가 원하는 사람이 될 수 없어요." 웃으면서 말했다. "아저씨는 이렇게 누구도 한 번 지배하지 못하고 평생을 구질구질하게 살다가 죽을 거야." 처음 보는 다른 존재가 늑골을 열고 장기를 헤집어 깊숙이 들어앉은 것처럼 나는 지껄였다. "아저씨는 절대 특별한 사람이 못 돼. 어떻게든 영향을 주고 싶어서 어린애들 데려다가 대장 짓이나 하려고 했는데 그것조차 끝까지 해내지 못하지. 아저씨는 그러다 아무것도 이루지 못한 채로 늙어 죽을 거예요. 동호가 불쌍하지. 그런 사람을 아버지로 두고 살 동호나…."

이가 부러졌다. 코에서 피가 흘렀다.

"씨발년이."

아저씨가 말했다. 그리고 위층에서, 거지 안 갔어, 여보, 거지 안 갔어? 라고 외치는 여자의 목소리가 들려오는 순간 나는 아저씨의 손에서 비닐봉지를 낚아채고서는 등을 돌려 뛰었다. 돌려주려 테이프를 분리한 캠코더까지 손에 든 채였다. 그렇게 계속 뛰었다. 코에서 피가 흐르는 것이 느껴졌다. 코가 막혀 입을 벌려 숨을 쉬었다. 입 속으로 피가 들어갔다. 짜다는 생각은 하지 못했다.

그 여자, 동호를 안고 있던 여자의 눈이 아주 긴 시간 눈물을 흘린 어느 날 멀어버렸다는 것을 나는 나중에 은청의 엄마에게 들었다. 몹시 나중에. 동호가 돌쯤 되었을 때의 일이라고 했다. 몸부림치며 악을 쓰는 아이를 눕혀두고 열 시간을 울었다고. 그렇게 우는 아이의 형상이 눈물에 일그러져 살색 덩어리로밖에 보이지 않던 그 모습이, 마지막으로 눈에 들어온 세상의 조각이었다고.

그리고 아저씨는 그로부터 3년 뒤, 내가 중학교 2학년이었을 때 처자식을 버리고 해원을 떠났다. 나는 동호를 낳은 여자를 만나 그의 이야기를 적고 싶다는 생각을 잠깐 했지만 그때 상주하던 음악 게시판의 얼굴 모를, 인터넷상으로 꽤 친분을 쌓아두었던 어른은 그 아이디어를 담은 쪽지에 간단히 답장을 했다. 중2병스러운 생각이네. 그래서 나는 대답했다. 어, 맞아요. 그렇지요. 그러고는 그만두었다.

나는 집에 와서 엄마에게 보일까봐 두 손으로 코를 가리고는 방에 뛰어 들어갔다. 방에 휴지나 화장지가 따로 있지 않았으므로 서랍을 뒤져 쓰지 않는 손수건을 찾아내 코를 틀어막았다. 그러고는 비닐봉지를 책상 서랍 깊숙이 숨겨두었다. 앉아서 틀어막지 않은 쪽 콧구멍으로 밀려 들어오는 피비린내를 맡으며, 머리를 굴렸다.

[24]

오늘 '음악 듣는 사람' 코너에서는 특별한 손님을 모셨습니다. 최근 인터넷에서 단편 영화 하나로 상당한 주목을 받고 있는 손님입니다. 저도 이 영화를 봤는데 저야 뭐 영화에 대해선 잘 모르기 때문에 좋았다, 정도의 말밖에는 할 수가 없을 텐데요. 다만 음악은 좋아하니까 이런 말은 할 수 있겠지요. 와, 음악 진짜 잘 썼다. 감독과 각본, 촬영, 주연, 편집 그리고 음악감독까지 모두 맡았던 이 손님은, 그러나 겨우 초등학교 6학년 학생이죠. 이 세상의 모든 슬프고 이해되지 않는 이야기들을 카메라에 담아 썩어 사라지고 잊히지 않도록 보관하고 싶다는, 스스로를 그저 통조림 제조업자라 칭하는, 나이는 열세 살이지만 이미 완성형의 예술가가 된. 김지하 감독 겸 배우를 모십니다. 어서 오세요, 지하 씨.

◎◎◎

우리 애가 참 남달랐어요. 처음부터. 저희야 뭐 한 게 없죠. 엄마 아빠는 너무 평범한 보통 사람들이라, 아는 게 없거든요. 그냥 애 하고 싶다는 거 하게 해주고. CD 사주고. 책 사주고.

사실 부모 입장에선 애가 민감하지 않고 둥글둥글했으면 좋겠죠, 그래야 사는 게 편할 테니까. 하지만 아이가 남들과 다른 사람이라면요? 그리고 지하가 그토록 다른 이야길 해야만 마음이 편해지는 사람이라면 엄마 아빠는 응원해야지요. 물심양면까진 못 해도, 조용하게요. 어쨌거나 스스로 특별해진 건 지하지, 엄마 아빠의 공은 아니니까. 우린 아무것도 한 게 없어요. 교육? 전혀요. 먹고사느라 관심 한 톨 못 줬어요. 그러니 더 대견하죠.

그 조연 맡은 친구…. 지하가 참 좋아했던 친구인데. 저희도 보고 얼마나 울었는지 몰라요. 우리 딸이 그런 일을 겪고도 엄마 아빠한테 티를 내지 못했구나. 너무 빨리 어른이 되었나 우리 지하가.

지하라고 자기가 다시 지은 이름에 대해서조차 우리는 사실 걱정하는, 아주 꽉 막힌 부모예요. 사람이 이름 따라간다고 하잖아요. 그런데 몇 번을 다시 물어도 아이 생각에 변함이 없더라고요.

233

부모가 할 수 있는 게 뭐가 있나요. 영재라고 사람들이 떠받들어주는 것에 아이가 휘둘리지 않도록 중심을 잘 잡아주는 정도? 언제나 겸손하고, 예의 바르고, 어디서든 남 먼저 배려하고 인사 잘하라고 말해주는 것 정도. 사실 아이가 튀는 편이니까 학교에서 자잘한 사고를 좀 치긴 했었어요. 5학년 때 담임선생님과는 사이가 썩 좋지 않았죠. 그래도 마지막 날에는 선생님 앞에서 죄송했다고 꺼이꺼이 울데요, 우리 지나, 아니, 지하가.

아이고, 우리 지하가 친구들이랑 있을 때는 또 그렇게 천방지축 왈가닥이에요. 열세 살짜리도 아니고, 열 살짜리처럼 놀죠. 혼자 있을 때랑 친구들이랑 있을 때랑 전혀 다른 사람 같아요. 학교에서도 그러시더라고요, 혹시 친구들이 지하를 질투하거나 따돌릴까봐 너무 걱정 많이 하셨는데 지하가 둥글둥글하고 애들도 다 착하고 해서, 전혀 그런 일 없다고… 정말 안심하셨다고요. 저희야 그저 감사하죠.

아이 진로… 그건 우리 지하가 알아서 하겠지요. 엄마아빠는 그냥 응원해주고….

계란프라이 자판기…
이거 감독 내가 아는 애인데

요새 갑자기 이상하게 뜬 계란프라이 자판기 영화 있잖냐. 초6 여자애가 만들었다는 영화. 그 영화 만들었다고 하는 여자애를 내가 좀 아는데, 어이가 없어서 보다보다 빡이 쳐서 올림.

설마 진짜로 여자애가 혼자 그 각본을 다 쓰고 촬영에 편집에 다 했다고 생각할 순진한 사람은 하나도 없겠지. 솔직히 영화 자체도 허접하긴 한데 그냥 일단 이슈가 필요한 평론가들이 낚아서 환호해주니까 마니아들도 아 평론가들이 저러는 걸 보니 진짜 천재가 나타났나보다, 하고 덩달아서 관심 가지는 거지. 원래 평론가들 얘기가 바이블인 판이니까.

그런데 그거 사실 아니라고. 페이크 다큐? 지랄하지 말라고 그래. 그거 다 진짜 있었던 일이고, 거기서 배우라고 나온 사람들 죄다 일반인인데 다 자기 얼굴 드러나는 영화 나와서 컬트 팬들한테 환호받는 거 알지도 못할 거임. 김지하가 그걸 노린 거지. 영악한 년임.

일단 그거 페이크 다큐 아니고 리얼임. 김지하가 주축인 것도 아니고 그 주연 남자애 있지? 걔도 배우 아님. 사실 걔가 시작한 거임. 김지하는 그냥 깍두기였고. 나머지는 다 실제로 만난 일반인임. 배우 아님.

편집해준 새끼 따로 있음. 내가 옆에서 봤는데 까놓고 말해서 그 사람이 거의 감독임. 근데 왜 닥치고 있는 거냐? 첫째, 돈 받고 했으니까. 둘째, 가슴에 손을 얹고 생각해봐. 성인이 여기 손 댔다고 하면 이렇게까지 호평받을 결과물임? 이게? 절대 아니지. 그러니까 분명히, 편집해준 이 새끼가 걸고넘어져 봤자 평론가들은 다 무시할 거임. 아주 눈앞에 그려진다.

어쨌든 이건 다 날조라고. 속지 말라고 쓴다. 아니 솔직히 열세 살짜리 여자애가 어떻게 저런 걸 만드냐고. 다 불가능하단 걸 알면서 간판 스타 하나 만드려고 지랄들을 떠는 거지.

익명1 아니 그 주연 남자애 연기 되게 좋던데 걔는 뭐임? 다른 사람이야 얼굴 거의 안 나오니까 그렇다 치는데 걔는 그럼 뭐 하고 있는 거임 지금? 자기 얼굴 영화에 나오는 것도 모르는 거임?

> **글쓴이** 익명1   연기 아니라고 했지. —— 실제 짱깨고 그 영화에 나온 싸우는 장면도 다 실제고 결국 퇴학당함.

> **익명1** 글쓴이   와 씨발 댓글 달린 시간 보소. 그런데 넌 이걸 어떻게 다 아냐?

> **글쓴이** 익명1   편집이랑 아는 사이임.

> **익명2** 글쓴이   뭐야 본인인가.

글쓴이 익명2　난독증 있냐. 아는 사이라고.

익명3　아니 근데 솔직히 일리 있네. 어쩐지 거북하고
기분이 쎄하더라니. 촉이 발동한 거였음. 딱 예전에 영재라고
설치다 사라진 애들 볼 때의 느낌이 나더라.

익명2　그래서 그 주연 남자애는 어디 있는데.

익명2 익명2　그리고 편집해줬다는 그 남자는 김지하한테
돈을 받았다고?

익명3 익명2　부모가 댄 거 아님?

글쓴이 익명3　김지하 쪽에서 댄 거 아님.
그게 미스터리네 어디서 돈이 나왔는지는 나도 몰라.

익명4 글쓴이　뻔한 거 아니냐. 성인 남자에 여초등이면.

익명5 익명4　미친 새끼 잠이나 자라.

익명3 익명4　근데 솔직히 의심 안 해볼 수 없음.

익명1 익명3　오 씨발. 싹이 보이네 보여.

익명1　글쓴아 맞으면 맞다고 대답 좀 해줘라, 궁금하니까.
아무것도 안 쓰면 익4 말이 맞는 걸로 하겠음. 딱 12시간 주겠음.

익명6 이거 누가 캡처본 올렸냐;;; 아니 비공개 사이트 글을 왜 자꾸 밖으로 퍼 나르는데.

익명1 그나저나 글쓴아 어디 감? 하루가 꼬박 지났는데.

익명4 익명1 무언의 동의…?

익명3 익명4 와 진짜… 설마설마 했는데.

익명1 익명1 초등학생한테 무슨 매력이 있길래 간도 쓸개도 빼주는지 나도 좀 알고 싶네.

익명6 글쓴이 보고 있으면 글 펑 하는 게 좋을 듯….

익명1 익명6 ?? 네가 무슨 권한으로 이래라저래라 함?

익명6 익명1 초등학생이야 얘들아….

익명3 익명6 아니 솔직히 방송 타는 거는 이런 거 다 감안하고 나오는 거 아니냐? 꿀만 빨고 책임을 안 질 거면 방송을 나오면 안 됐지.

익명1 익명6 초등학생이면 더 잘 배워야지. ^^ 그래야 사람 되지 안 그럼 곤란해. ^^

익명7 헐 걔 우리 옆 학교 앤데.

익명3 근데 익2 쟤는 편집해준 사람이 남자라는 건 어떻게 알았냐, 글엔 안 써져 있는데.

◎◎◎

아, 그 영화. 나도 여기저기서 얘기 가끔 들었어요, 그리고 결국 봤지. 그 영화 만든 그 초등학교 6학년 여학생, 감독님께서, 우리 라디오 많이 듣는다고 얘기도 많이 들었거든요. 내가 그 김지하 감독님 덕에 살다살다 처음 올바른학부모연대라는 곳에서 항의문을 받았어요. 우리 문 피디가 웃으면서 보여주더라고. 이런 저질 방송을 초등학생들이 들을 수 있게 한다는 게 잘못이라고, 그렇게 항의하더라고요.

대한민국에서 예술하며 살아가기 (삐-) 같이 힘들다 이거야. 아, 문 피디. 아, 미안해요, 욕 해서.

지하 감독님, 듣고 있으면 잘 알아둬요. 어른들은 아주 기억력이 저질이에요. 화륵! 달아올랐다가 또 화르르륵! 하고 꺼진단 말이야. 반년만 지나잖아요? 지금 지하 양 근처에서 얼쩡거리는 어른들의 반의반도 안 남을 거라고. 금세 다시 골칫덩어리가 돼요. 뭐 콩알만큼이라도 잘못하면 대번에 비웃음을 살 거야.

239

그렇게 되지 않는 방법이 하나 있지. 딱 하나. 문 피디, 뭔지 알아? 몰라? 뭐긴 뭐야, 계속 영화 내야지. 물론 있죠, 지금보다 100배 좋은 영화를 낸다 해도 절대 지금만큼의 주목 못 받아요. 10분의 1도 못 받을 걸요? 그게 여기 생태계거든. 한 번 꿀 빨았으면 그다음엔 다 깔아뭉개려 들 거야. 왜냐? 자기들 생각해도 어린 여자애가 만든 영화에 두 번 진지해지기엔, 어른으로서의 가오가 안 살거든요. 지하 감독님, 그 사람들 아주 잔인해질 거야. 그리고 지하 감독님은 그걸 견뎌내야 돼. 이건, 응, 영화가 얼마나 좋은지 나쁜지와는 아무런 관계가 없는 일이에요. 지하 감독님, 행여나 그런 일로 상처받을 거라면 나한테 꼭 연락해요, 똑같이 이미 상처받았던 사람으로서 말이에요, 밥이나 사줄게, 응.

아, 그리고 하나 더. 인터뷰도 좀 봤거든. 있지, 뭐 어리니까 당연히 엄마가 좀 케어를 해줘야 되는 게 맞아, 맞는데…. 지하 양. 어른을 믿지 말아요. 부모도 믿지 말아요. 캥거루가 되지 마. 당신은 그렇게 되지 않아도 되는 능력이 있는데. 그런데 왜. 그 사람들은 대부분 방해가 되죠. 걸림돌이 된다고요.

◎◎◎

그 새끼가 뭘 안다고 그딴 식으로 씨부리지?

씨부렸다 쳐. 지나 너는 엄마 아빠한테 왜 이걸 들려주는 건데? 내버려둬라, 이거야?

　너 정말 이상한 애야. 엄마 아빠가 욕심 때문에 이러는 줄 아니? 힘들게 일하고 남는 시간 너한테 다 투자하는 게 우스워 보이니? 그게 쉬운 일 같아 보이니? 아니면 뭐, 너 낳은 엄마 아빠가 너 망하라고, 실패하라고 이러는 것 같아 보이니?

　엄마 아빠가 다 먼저 살았어. 먼저 살아서 이러는 거야. 뭐, 그 새끼? 예티? 그 새끼 몇 살인데? 라디오나 하는 30대짜리 애송이 딴따라 얘기에 귀 기울여줄 필요 없어. 내 자식 성공하는 길은 배 아파 낳은 엄마 아빠가 제일 잘 알아. 그러니까 지나야, 응? 엄마 아빠가 다 알아봤으니까, 어렵고 부족한 사람들 길 말고, 좋은 길로 가자. 잘 닦인 길로.

[25]

나는 비디오테이프의 가치를 알아봐줄 사람을 공들여 찾았다. 그는 적당한 '예술적 감각'을 가지고 있어야 했고, 이 테이프들에 녹화 혹은 녹음된 장면들에서 사람들이 분노할 만한 지점, 혹은 이른바 '차별화된 지점'을 잘 체에 걸러내어 드러나게끔 만들 수 있을 정도의 예민함을 가진 사람이어야 했으며, 그러나 자신이 편집의 대부분을 해냈다는 것을 티낼 정도의 욕심은 없어야 했고, 무엇보다 엄마와 아빠의 의심을 받지 않으면서 함께 나와 오랜 시간을 보낼 수 있는 어른이어야 했다.

"해주세요. 아니, 해주셔야죠."

그는 나를 노려보았다. 나는 무섭지 않았다. 사람마다 각각의 삶에 각성의 순간이 존재하는 게 아닐까. 그 가설이 맞다면 나는 아마도 각성에 필요한 모든 에너지를 그때 써

버렸는지도 모른다. 나는 그때 화가 나 있지 않았지만, 충분히 차가웠지만, 속이 끓어오르는 연기를 눈물을 흘리면서까지 해낼 수 있는 사람이었다.

"너, 열두 살짜리가 어떻게 이딴 식으로 어른에게 예의 없이 굴지?"

"아무에게도 말하지 않고 마지막까지 해드린 것만으로도 충분히 예의 차린 일이었어요."

"내가 무슨, 나쁜 짓을 한 것처럼 이야기하는데, 너…."

"다른 사람에게 물어볼까요? 담임이 학생에게 그런 거 시키면 하는 게 맞는 거냐고 저희 엄마한테 물어볼까요? 아니면 교장실 가서? 아니면 선생님이 나온 대학원 가서 지도 교수한테 물어볼까요?"

4학년 때의 담임. 그가 내게 워드 프로세서로 짜깁기하도록 시킨 것은 영화 이론 전공 석사 논문이었다. 그 일을 시키기 전까지 나는 담임이 그런 것에 관심을 가지던 사람이라고는 상상도 하지 못했는데…. 머리숱이 너무 없어서 머리가 벗겨진 것처럼 보이는 그는 원피스를 즐겨 입고, 앞니에 립스틱이 묻어 있고, 우리에겐 비디오를 자주 보여주고, 우리가 〈링〉이나 〈배틀 로얄〉 따위에 열광하는 내내 운동장을 멀거니 응시하는 사람이었다.

톡 건들면 부러질 것 같은 사람. 나는 그 사람을 협박하고 있었다.

"난 그런 편집 기술 없어."

"없으시면 있는 분을 찾으셔야죠." 창문으로 들어오는 햇빛의 고도가 낮아지면서 교실이 어둑해지고 있었다. 가뜩이나 말랐던 그의 얼굴은 더 패였고, 가느다란 팔다리에 비해 둥근 배나 이상하게 툭 튀어나온 뒷목은 더 부풀어 올랐다. 그림자는 점점 길어졌다. "공짜가 아니라면 돈을 써서라도요. 제가 옛날 얘기 다른 데서 말하는 거 원하지 않으시면 그렇게 해주세요."

그는 나가는 내게 물었다. 너는 네 친구가 학교에 못 나오는 건 별로 중요하지 않은가보구나?

나는 멈추었고 다시 아픈 문장들이 날아왔다.

"선생님들이 주목을 많이 했어, 와, 지나가 놀아주는구나. 지나랑 잘 지내는구나. 그래, 원래 친한 사람 없고 외톨이인 애들끼리는 안 맞아도 어쩔 수 없이 짝이 되기 마련이거든. 지택이가 처음 전학 올 때 학교의 모든 구성원들이 얼마나 긴장했는지를 생각하면… 위에서 억지로 쑤셔 넣은 그 애의 존재를 생각하면 지나야, 너에게 정말 이 학교의 모든 선생님들이 감사할 거야. 네 존재 덕에 지택이가 지금까지는, 정말 지금까지는 별 문제를 저지르지 않았으니까. 지택이가 확실히, 지나의 존재를 보고 안심했던 것 같아."

그런데.

"그런데 아니네. 지택이가 사람을 잘못 봤지."

그렇게 편집된 필름은 19분짜리였다. 나는 페이크 다큐라고 그 필름의 장르를 분류했다. 김지하라는 예명을 지었는데, 그것은 한란에 가던 버스 안에서, 밴드를 하게 될 그 언젠가의 미래를 위해 지택의 아이디어로 결정했던 이름이었다. 5학년이 끝날 무렵 맹랑하게 어느 공모전에 냈다. 결과 발표일까지 심장을 부여잡고서는 집 전화와 편지함 사이를 부지런히 오갔다.

물론 아무 일도 일어나지 않았다. 언제나 그랬듯 철저히 실망스러운 인생이었다. 그러나 이번엔 조금 달랐다. 열세 살이 된 다음 날, 1월 2일, 어느 남자에게서 전화가 걸려왔다.

그의 이름 석 글자를 나는 알고 있었다. 영화판에서 일한 적은 없으나 봉사를 자주 한다는 친정권 방송인이었고, 내가 필름을 출품한 공모전이 '인권'이란 타이틀을 달고 있었기에 본심 심사 위원에 이름 세 글자를 무리 없이 올려놓은 사람이기도 했다. 우리 아빠와 엄마는 모두 그가 TV에 나오는 걸 좋아했다. 개중 똑똑한 딴따라라고 아빠는 평했다.

그가 말했다. 영화를 너무 잘 봤어. 나는 상을 주자고 정말 많이 주장했는데, 다른 분들이 진가를 알아보지 못했어. 그런데 내가, 상은 못 줬지만 사람들에게 알릴 수는 있지. 김지하 감독님, 어때. 유명해질 준비가 되어 있니?

나는 전화통을 붙잡은 채 수화기 너머 그 사람의 표정을 상상하며 연신 고개를 끄덕였다. 심장이 터질 것 같았다.

다만 입으로는 이렇게 말했다.

"하지만 사람들은 관심 가져주지 않을 거예요."

그들에게는 어리고 똑똑한 스피커가 필요했다. 어른들에게 공포심을 주지 않을 정도로만 조숙하면서, 적절한 면에서는 아이 같이 모자라야 하고, 그러나 자신들이 원하는 곳에서는 촌철살인의 한마디한마디를 날려 불특정 다수의 마음에 푹푹 꽂아 넣을 수 있는 스피커를 필요로 했다. 동시에 번듯한 타이틀을 달고 있어야 했다. 영재나 천재라든지 하는. 그래야만 사람들이 아이의 말에 주목해줄 테니까.

김지하를 어린 천재로 띄워주는 것은 그 방송인에겐 아주 쉽고 간단한 일이었다. 그 김지하가 자신들이 원하는 스피커로서의 역량에 한참을 미달한다는 것을 알게 되는 데에는 시간이 조금 더 걸렸고, 김지하를 아예 찾지 않게 되기까지는 조금 더 오래 끌었다. 그걸 다 더하니 딱 1년. 졸업할 때쯤이 되었다.

6학년의 봄은 인터뷰와 사진 촬영, 기사에 달리는 온갖 댓글들로 흐드러지게 피었다. 그러나 여름과 가을을 거쳐 겨울이 되자 김지하의 영광을 잊지 않은 사람은 다시 나를 괴롭히기 시작한 무리들밖에 없었다.

그리고, 학교를 빛낸 학생에게 주는 특별상. 교내 방송으로 진행된 졸업식에서 받은, 그러니까 정확히 말하자면 좁은 방송실에서 방송부 부원들만 지켜보는 가운데 받은 그 상장이 마지막 '영예'였다. 이후로는 아무도 김지하를 찾거나 언급하지 않았다.

다 같이 약속했을 거라고 나는 생각했다. 세상 모든 사람들이 나를 질투해서 미워하고 있을 거라고 착각했다. 그 생각을 조금 심하게 가졌기에, 이후 6년의 세월이, 크레파스를 시꺼멓게 칠한 도화지처럼 캄캄하게 밖에 기억할 수 없게 되어버렸다. 엄마는 6년 내내 나를 정신과에 데려가지 않았다. 대신 수능 1교시를 마치고 그대로 나와 집에 돌아오던 날, 질질 끌고 점집에 데려갔다.

애기 동자는 나를 골똘히 쳐다보다 물었다. 이 애, 잃어버린 조각이 있네.

아무에게나 말해도 다들 그래요, 맞아요, 를 연발하며 눈물 흘릴 법한 대사였으나 거기서 나는 그 조각이 무엇인지 더듬어 찾지 않고도 바로 떠올릴 수 있었다.

열아홉이 끝나가는 겨울이었다.

©©©

그것이 처음 조각난 때가 언제인지도 나는 사실 알았다.

지택이 마지막으로 등교한 날이었다.

'등교'라고 속 편히 말해도 될까?

그날 지택은 음악 수업 도중에 교실로 들어왔다.

지택은 아이들에게 아무런 인사도 하지 않았다. 다만 교실 한복판에 서서 담임에게 말했다.

박자는 그렇게 치는 게 아니에요. 애들 똑바로 가르쳐.

담임은 벌떡 일어나더니 우리더러 말했다.

쟤는 우리 학교 학생이 아니야. 그 어느 학교 학생도 아니야, 얘들아. 알지? 그냥 교실에 들어온 침입자일 뿐이야.

그러더니 지택을 끌고 나갔다.

아이들이 뒷문으로 우르르 붙었다. 손으로 책상을 두드리던 박자가 멎자 다시 문이 열리며 담임이 소리쳤다. 박자 치는 소리가 왜 안 나냐!

애들은 자리로 돌아가 아무렇게나 책상을 두드렸고 담임은 다시 문을 닫았다. 그러자 남자아이들 몇 명이 벌떡 일어나 말했다.

야, 씨발, 두드리는 소리 안 내면 쥐 팬다. 새끼들아.

그러더니 다시 문을 살며시 열고, 깨금발로 걸어 나갔다.

은청이 그중 하나였다. 나는 계속해서 책상을 두드렸다. 그 애들이 호들갑을 떨며 돌아와서는, 담임이 남교사 휴게실에서 지택을 악마라고 부르며 '쥐 패고' 있다고 말할 때까지. 나는 움직이지 않았고, 담임은 다음 교시 시작종이 울릴 때가 되어서야 교실로 돌아왔다. 지택은 돌아오지 않았다. 어차피 그 애의 책상은 한란에서의 소동이 있던 다음 주 화요일에

창고로 갔으니, 교실에 와봤자 앉을 자리도 없었다.

지택이 어디 있는지 알아보려던 시도 자체가 무위로 돌아갔다고 나는 말하고 싶지만 실은 점쟁이를 찾아가던 그날까지도 전혀 그 애를 찾겠단 생각을 하지 않았다. 그 애가 한국 땅에 있을까봐 두려웠다. 내가 멋대로 자기 것을 빼앗아 영화랍시고 만든 걸, 배우랍시고 그 애의 얼굴을 팔아넘긴 걸, 그 순간들을 연기와 연출의 일환으로 포장해버린 걸, 그리고 그런 짓들을 저질렀으면서도 끝내 망하고 잊혀버린 걸 지택이 다 봤다고 상상하는 게 무서웠다. 그래서 찾지 않았다.

나를 찾아낸 것은 애인이었다.

[26]

　뒷좌석에서 은청이 내 손을 잡았을 때 나는 뿌리치지 않았다. 대리 기사는 숨소리조차 내지 않을 정도로 조용한 남자였다. 주차장이 없어, 라고 나는 일곱 번째 이야기하는 중이었다. 더 취한 것처럼 보이고 싶었다. 주차장이 없어, 겨우 게스트하우스잖아. 너 차 넣을 데도 없다니까? 어쩌면 네가 잘 침대 하나 없을지도 몰라.

　"그러면 그냥 그 근처에 방 하나 잡지 뭐." 은청이 말했다. "한숨 푹 자고 술 깨면 내려가야지."

　"그 근처에 차 엄청 막혀."

　"내가 그렇게 꼴도 보기 싫냐, 너는?"

　나는 대답하지 않았다. 대신 지택의 유령이 우리를 찾아낼까 생각했다. 찾아낸다면 뭐라고 말할까. 결국엔 끼리끼리 만났구나, 라고 조소할까.

"들어가서 눈이라도 붙였다가 내일 점심쯤에 같이 해장이나 하자고. 오후에 미팅해야 된다며. 든든하게 먹고 가야지."

은청은 내게 아무 말도 듣지 못한 사람처럼 굴었다. 누구와의 미팅인지, 어떤 일이 있었는지 주절주절 떠벌리는 나를 부축한 게 겨우 한 시간 전의 일이었는데도. 내가 역겹지 않아? 우습지? 우습잖아? 술에 떡이 되어 던진 물음에 은청은 대답했다. 야, 김지나. 그건 내가 하고 싶은 말이었어. 내가 실망스럽지 않으냐고. 이토록 평범하게 접대와 영업을 하며 사는 남자가 아직도 친구랍시고 비비다니 촌스럽다고 생각해서 지금 나 떨쳐내려고 안달인 거 아니야, 너?

은청이 비꼬고 있는 거라고 나는 생각했다. 그러나 은청은 손을 놓지 않고 계속해서 말했다. 너랑 이렇게 다시 이야기할 수 있어서 좋았어. 모르겠어, 그냥 온몸의 세포가 다시 살아나는 기분인데. 옛날 생각나. 서른쯤 된 나는 한국에서 제일가는 밴드의 프론트맨이 되어 있을 거라고 믿어 의심치 않던 날들. 지산이며 펜타포트에는 당연히 가 있고, 일이 잘 풀리면 후지락에서도 한 번 조질 수 있지 않을까, 내가 그 정도 인물은 되지 않을까, 막연히 상상하며 부모의 돈으로 걱정 없이 살아가던 날들. 나는 완전히 잊은 척 했지만 사실은 하나도 잊지 못했거든. 진짜 솔직히 말해줄까? 매일 잠자리에 누워서 하는 게 그거야. 나와 동갑인 뮤지션들을 검색해보는 것. 그 사람들의 노래를 들으면서 꼬투리를 최대한 잡아내서는 혹평을 블로그에 올려. 그 사람들이 검색해서 봤으면 좋겠단 생각에, '검색 비허용'을 체크하지도 않아. 어느 날의 블로그 유입 검색어와 방문자 연령대가 그 사람과 맞아떨어지면 기쁘지. 이걸 보고 기분이 나빠졌겠구나 싶어서 너무 좋은 거야. 어때? 내가 이렇게 말하니까. 더 별로야? 더 누더기 같아 보이나?

그 말에 대답을 하지 못한 채로 차가 게스트하우스의 앞마당에 도착했다. 은청이 핸드폰 어플로 잡아놓은 모텔이 대리 기사의 다음 목적지였다. 들어가라, 내일 열두 시에 모닝콜해줄게 나와서 해장국 먹자. 씹지 마. 은청이 내 손을 놓으며 말했다. 나는 역시 대답을 하지 않고 차에서 내렸다. 게스트하우스는 자정부터 여섯 시까지 정문을 닫아걸고 있었기에, 비밀번호를 눌러야만 들어갈 수 있는 뒷문으로 돌아 들어갔다.

한때는 뒷문에 아이돌 그룹의 앨범들이 가득 쌓여 있었다. 팬 사인회에 당첨되기 위해 몇백 장을 산 외국인 팬들이 무용해진 앨범들을 버려두는 장소였다. 사장은 내게 그걸 중고나라에 올리라고 시켰다. 정가가 만칠천 원인 앨범을 칠천 원에 내놓으면 사람들이 내게 채팅을 걸었다. 문자도 보냈다.

그들은 능력에 비해 아주 많은 사랑을 받았다.

불을 켜지 못한 채로 더듬어 우리 방을 찾아냈다. 여섯 명에서 한 방을 쓰는 여성 전용 도미토리. 문고리를 비틀어

열자 누군가 끄응, 하고 언짢은 소리를 내뱉었다. 내가 식별하지 못할 리 없는 소리였다.

군데군데 놓인 캐리어에 발이 채이지 않도록 살금살금 걸어 내 침대에까지 왔을 때, 커튼을 걷어야만 닿을 수 있는 머리맡의 위치에 누군가 포스트잇을 붙여놓은 것이 보였다. 나는 핸드폰 플래시를 켰다. 메모에는 이렇게 적혀 있었다.

'코를 너무 고시는데요. 외국인들 보기에 부끄럽지 않으세요? 어차피 여기 계속 사실 거면 좀 더 신경을 써주시면 어떨까요. 국격 문제잖아요.'

나는 불 꺼진 로비에 가만히 누웠다. 코를 골만큼의 잠은 이미 멀리 달아났고, 조식을 준비해야 할 시간이 겨우 세 시간 남아 있었다. 여러모로 많은 것들이 내게 잠을 자지 말라 말하고 있었다. 잠을 자지 말라, 말라. 자려면 끝없이 자라. 세상이 멸망할 때까지 자라. 아무도 너를 기억하지 못할 때까지, 자라.

아니, 잠깐. 아무도 나를 기억 못할 때까지…라면, 퍽이나 이른 것 아닌가, 바로 지금이 아닌가. 나는 생각했고, 아찔해져 벌떡 일어섰다. 조식은 겨우 마트 식빵과 소포장된 버터와 잼, 그리고 시리얼로 구성되어 있었으니 세 시간 먼저 준비해도 딱히 달라질 건 없었다. 아주 조금 더 습기를 먹거나 반대로 뱉어 메마르겠지, 그래서 사람들의 혀에 티끌만큼의 불쾌감을 주겠지. 내 알 바 아니었다.

나는 사람들을 깨우지 않도록 최대한 소리를 죽여 세팅을 다 하고 은청에게 전화를 걸었다. 은청은 발신음이 한 번 울리자마자 바로 전화를 받았다.

그 방으로 향하는 엘리베이터를 탈 때 나는 너무나 오랜만에 공용이 아닌 욕실이 딸린 방에서 잘 것이라는 사실에 두근거렸다.

◎ ◎ ◎

애인은 김지하의 영화를 좋아했다. 국가 기관의 후원으로 만들어진 어느 독립영화 공개 플랫폼에 올라온 그 영화를 애인은 몇 번이고 보았다. 나중엔 숫제 그 영화를 볼 수 있는 페이지를 북마크로 설정하기까지 했다.

나는 그가 그러는 게 일종의 시위라고 생각했다.

"내가 만들었으면 절대로 이런 순간들이 나오지 못했을 거야." 여름이었지만 애인은 에어컨을 틀어놓은 채 무릎 담요에 얼굴을 파묻는 걸 좋아했다. "네가 만들어서 참 다행이야. 사람들의 사랑을 이렇게나 많이 받았으니까."

"사랑은 무슨. 다 곧 잊었어."

"그랬더라도. 단 한순간의 기쁨도 못 얻는 사람이 얼마나 많은데."

어떤 일이 있었어? 어떻게 살아왔어? 어머니는 어디로 가시고, 왜 혼자 살고 있어? 너는 왜 아버지 이야기를 하지 않아? 그런 것들을 나는 묻지 않았다. 물으면 다시 예전처럼 똑같은 일이 벌어질 것 같았다.

다만 안도의 순간들이 있었다. 어느 날 애인이 아무렇지도 않게 인터넷 쇼핑으로 샀다면서 내게 선물을 내밀 때. 통신사 할인되죠? 라고 캐셔에게 물을 때. 구립 도서관에 함께 회원으로 가입할 수 있을 때. 아프다는 애인을 데리고 무작정 병원에 갔는데 애인이 아무렇지도 않게 자기 이름 석 자를 접수창구의 간호사에게 말할 때. 그 모든 일들이 세 글자의 한국 이름과 이 나라 사람이라는 주민등록번호가 있지 않다면, 혹은 세 글자의 한국인인 척 하는 이름과 정식 등록된 외국인이라는 외국인 등록번호가 있지 않다면 불가능한 것들이었기 때문에 나는 묻지 않고 다만 안심했다. 이젠 애인을 잃을 일이 없겠지, 라고 생각했다. 진득하던 죄책감은 겨울날의 새벽처럼 사라졌다. 그리고 그때는 애인이 있어서 다시 일어설 수 있을 거라는 요상한 자신감을 품었다. 내 인생의 유일한 성취를 사실상 거의 만들어줬던 사람. 그 사람이 다시 옆에 있으니까. 뮤즈가 돌아왔다고 나는 생각했다.

그렇게 꽃밭에서 살던 1년 반가량의 시간 동안 미친 사람처럼 여덟 편의 시나리오를 쓰고 그 여덟 편의 시나리오로 세상에 존재하는 모든 공모전에서 떨어지고 나서 나는 판단의 두 가지 갈림길에 서야 했다.

내겐 재능이 없다는 것, 어린 시절의 영광은 그저 애인이 밭 갈고 씨 뿌려 일궈냈던 것임을 인정하고 빨리 9급 공무원 공부나 해야 할까.

아니면 주인공으로서 애인의 존재가 그때 그 페이크 다큐의 가장 매력적인 지점이었던 걸까. 그렇다면 나는 어떻게든 애인을 구슬려 다시 한 번 그를 주인공으로 내세워보아야 할까.

두 가지 선택지가 공통적으로 이야기하는 바는 김지나 혹은 김지하의 무능함이었다. 혼자서는 아무것도 이루지 못하는 사람. 나는 전자의 길을 갈 수 없었다. 떨어질 게 확실해서 두려웠다. 펜을 다시 쥘 수가 없었고 무언가를 암기한다는 사실 자체가 죽음처럼 느껴졌으며 또한 어린 시절 그렇게 전국민의 주목을 받던 '영화 영재'가 9급 공무원 시험을 몇 번씩 떨어지고 있다는 사실을 누군가 알게 된다는 미래를 절대 현실로 만들 수 없었다. 천재라 불렸던 아이들의 나락으로 떨어진 근황을 알리는 뉴스가 나오면 사람들이 신나게 댓글을 달곤 했으니까. 부모와 애인 말고는 아무도 김지하와 김지하의 영화를 기억하는 이가 없을 것이라고 몇 번을 곱씹어 되뇌었는데도 두려웠다.

그래서 후자를 택했다. 아니, 실은 후자를 택해야겠다고 결정하고 나서도 계속해서 행동을 유예했다. 편의점과 패스트푸드점에서 아르바이트를 하고, 전화해서 지금 일하는 게 있냐며 무급 봉사에 가까운 스태프 자리를 대신 제시하는 선배들에게는 그 아르바이트들이 모두 취재라고 둘러댔다. 애인의 자취방에 들어가 살면서 월세를 내가 내며 떵떵거렸다. 월세의 두 배가 넘는 생활비를 애인이 모두 냈지만 모른 척했다. 그렇게 시간을 또 흘려보냈다.

글루미백의 보컬리스트였던 싱어송라이터 GB의 에세이를 대필하는 일이 들어올 때까지, 그렇게.

◎◎◎

"김지나입니다."

인사한 내게 GB는 명함을 쑥 내밀었다. "많은 사람들이랑 일하다보니까 명함이 필요한 일이 종종 생기더라고요." 그가 웃었다.

"저는 명함이 없어서…."

"없는 게 맞죠. 회사원처럼 명함 만들어 들고 다니는 제가 이상한 거지."

나는 그를 바라보았다. 대전의 클럽에서 스무 명이 채 안 되는 관객들을 앞에 두고 담배를 피우며 공연하던 사람은 이제 인스타그램 팔로워 7만, 트위터 팔로워 역시 3만에 달하는 힙스터로 커 있었다. 방부제 외모라고 일컬어지는 얼굴은,

소문대로였다. 경찰서에서 봤던 그 모습 그대로.

"작가님이 선생님께서 글루미백 보컬로 활동하시던 초창기부터 워낙에 좋아했다고 하더라고요."

동기가 말하자마자 진동벨이 울렸다. 아니요 작가님, 제가 가져올게요, 제가! 동기가 벌떡 일어나 진동벨을 들고 픽업대를 향해 휘적휘적 걸었다.

"편집자님께 들었는데… 영화 시나리오 쓰시는 분이라고요."

"네. 뭐 말씀드려서 아실 만한 작품은 없지만…."

"그런 말씀 마세요. 저희도 뭐, 무명 시절을 좀 오래 겪었나요."

"아."

"지금 생각해도 헛웃음이 나오는 순간들이 많았죠. 젊은 후배 예술가들은 좀 안 겪었으면 하는."

나는 그때 김지하의 영화를 생각하고 있었다. 옛 담임이 고용한 이름 모를 편집자는 내 요구대로 지택이 클럽에서 난동을 부리는 장면을 아주 잘게 잘라 화면이 암전된 형태로 섞어 넣었다. 덕분에 아무도 지택에게 욕설을 퍼붓는 사람이 글루미백의 보컬인지 알지 못했다.

지택과의 그 일도 그저 이젠 '헛웃음 나오는 순간'으로 분류되어 있을까. '젊은 후배 예술가들'더러 피하라고 말하는 대상에 지택과 같은 이들이 포함되어 있을까.

"제가 이런 식으로 목차를 좀 짜봤어요." 동기가 옆에서 아이패드를 내려놓았다. GB의 골똘한 시선이 그 아래로 떨어졌다. 그의 뒤통수가 화면을 반쯤 가려서, 내 시야에는 목차의 앞 글자들밖에 들어오지 않았다. "선생님께서 트위터에 올리시던 내용들 중에서 독자들에게 크게 가닿을 만한 것 위주로요, 그냥 마인드맵처럼 좀 구성을 했고요. 저랑 작가님이 같이 일주일에 한 번씩 선생님 인터뷰를 할 거예요. 그 문답 녹음하면 작가님께서 녹취 푸신 다음 글말로 옮기실 거고요. 초안이 그렇게 나오면 선생님께서 보시고 수정해 최종고로 만들어주시면 되세요."

나도 GB를 선생님이라 불러야 했던 걸까. 그의 얼굴이 아이패드에서 떨어지고, 괜찮네요, 뭐 지금 얼핏 본 거니 생각을 좀 정리해야 하긴 하겠지만, 저야 뭐 작가님 믿고 하는 거죠, 좋은 글 써주시리라 믿어 의심치 않아요, 같은 그의 목소리와, 특히 선생님께서 워낙에 30~40대 여성분들 사이에선 압도적으로 인기가 좋으시잖아요, 그러니 그걸 우리 작가님께서 20대의 감성을 조금 더 녹여 풀어내는 데 도움을 주실 거예요, 저는 선생님의 뭐랄까, 높은 인권 감수성이라고 해야 할까, 그런 예민한 요소들이 선생님의 노랫말이나 선생님께서 쓰시는 SNS 글들에 녹진하게 드러나는 게 너무 좋거든요, 와 같은 동기의 목소리가 함께 섞였다. 아이패드에는 청년의 우울증, 세대 담론, 젠더와 퀴어, 기울어진 운동장과 유리 천장, 수학여행, 차별 금지… 등과 같은 온갖 닳은 낱말들이 헤엄치고 있었고 그 가운데 가장 크게 포말을 튀기며 물장구를 치는 건….

"다문화라는 단어에 내재된 선진 단일 민족의 오만."

나도 모르게 그 제목을 입 밖으로 내고 말았다. 목소리가 너무 컸다. 두 사람이 대화를 뚝 멈추고 나를 쳐다보았다. 이어 GB가 가지런한 치아를 드러내며 활짝 웃었다.

"맞아요, 작가님." 그가 말했다. "지금 지방 쪽에서는 신입생의 절반이 다문화가정 아이래요. 알고 계셨어요? 그런데 포털사이트에 댓글 쓰는 애들은 아직도 피부색이며 고국 경제 수준 가지고 차별하는 수준에 머물러 있잖아요. 사이코패스나 다름없는 애들이죠, 개네들."

"…그렇게 생각하시나요."

"그렇게 생각 안 하세요?"

"아뇨, 그렇게 생각해요. 그냥…." 그 옛날의 자신 때문에 누군가가 초등학교를 졸업하지 못했다는 사실을 그는 알까. 모르고 이런 말을 하는 거겠지. "그냥, 선생님…께서 이런 종류의 견해를 강조해 책을 내시는 데 주저함이 없으실까 하고요."

"내가 뭘 주저해요?" GB는 내 눈을 빤히 바라보았다. "그런 말을 하라고 저라는 사람이 태어났어요."

◎◎◎

　미팅을 마치고 돌아오는 길에 나는 남대문으로 향했다. 수입 상가에서 적절한 바가지를 쓰고 병이 예쁜 위스키를 샀다. 뭐야, 왜 이래, 무슨 일 있어? 위스키를 내려놓고 달려드는 내게 애인은 얕은 데시벨로 웃으며 물었다. 나는 그 품에 묻힌 채 고개를 저었다. 아니, 그냥. 그냥 이걸 마시고 싶었어. 다 마시고 싶어. 좋은 술을 마시면 숙취도 없다잖아. 진짜인지 확인해보자. 집에 안주 할 만한 거 뭐 있어? 없으면 내가 사올까? 원래 좋은 술은 있지, 안주도 별로 필요 없어서 치즈나 견과류랑 먹는 거라고 그랬어.

　그 병을 모두 비운 다음날 저녁이 될 때까지 우리는 숱하게 토했는데 먹은 게 치즈와 아몬드밖에 없어서 종내에는 물만 나왔다. 나는 토하는 게 좋았다. 숙취를 핑계로 GB와 애인, 혹은 글루미백의 보컬과 지택의 생각을 하지 않아도 되었다.

◎◎◎

　물론 나는 인간이 성장하는 존재라는 사실을 믿는다. 그러나 성장을 빌미로 여전히 두 눈을 시퍼렇게 뜬 채 존재하는 과거를 묵인하고 그 눈을 감기려 애를 쓰는 인간들이 아주 많다는 사실 역시 확신한다. 그들은 자신들이 이길 것을 알고 있다. 왜냐하면 첫째, 망각은 아주 빠르고 강력하며 둘째, 대부분의 경우 뻔뻔함이 승리하니까. 더 무서운 원인은 대다수의 승리자들이 실제로 자신이 그토록 무결한 인간이라고 믿는다는 사실에 있다. 치밀한 계획 하에 과거를 의도적으로 분실했다는 현실에 있다.

글루미백의 보컬이 낼 책을 대필하고 있단 사실을 나는 들킬 때까지 애인에게 솔직히 털어놓지 않았다. 솔직히 말하자면 애인과 헤어질 것이 두렵지는 않았다(그렇다고 나 자신에게 최면을 걸었다). 다만 결국 또 한 사람이 다시금 내게 실망할 것이 두려웠다. GB처럼 팔로워가 몇만 명에 달하는 인디-셀러브리티라면 한 사람쯤 자신에게 등을 돌려도 아무 타격이 없을 테지만 나는 아니니까. 내게서 모두가 떠나갔고 나마저도 내게 없으니까. 내겐 애인뿐인 것 같으니까. 그런 것 같으니까….

"이거 너 아니야?"

GB의 인터뷰 기사를 본 애인이 핸드폰을 내 앞에 들이밀 때까지 나는 계속해서 꾸며댔다. 뭐가? 세상이 쿵, 내려앉는 소리를 온 두개골로 느끼며 그 핸드폰의 화면을 응시했다.

'최근엔 영화 하는 사람들을 만날 일이 있었다. 그중에서도 한 여성 감독을 주목하게 되었다. 고백하건대 나는 그가 어린 시절 찍어서 반짝 인기를 얻었다는 그 영화를 보지 못했다. 아마 앞으로도 볼 생각을 하지 않을 것이다. 열두 살짜리가 만든 영화로 인해 선입견에 사로잡히고 싶진 않으니까. 중요한 것은 어느 순간 진동수며 진폭이 동일하게 겹쳤다고 느꼈을 때, 그때의 감정일 뿐이니까. 나는 그 사람과 오래 작업했으면 좋겠다고 생각했다. 오래 함께 작업하고 싶다는 마음, 이 욕구야말로 나를 죽지 않게 만드는 가장 커다란 요소이다.'

좋은 얘기들이네. 애인이 말했다. 다시 한 번 쿵 소리를 내며 이번엔 마음이 폭삭 낙하했다.

"쟤, 미친 새끼야." 나는 내가 무슨 말을 하는지도 몰랐다. "그냥 아무렇게나 꾀어내어서 자기 포트폴리오에 넣고 싶어 하는 남자일 뿐이야. 어떻게 해, 클라이언트잖아. 볼 때마다 토 나와 미치겠어. 알지, 내가 무슨 말하는지?"

애인은 가만히 손거스러미를 뜯다가 말했다.

"괜찮아. 그 일이 아니었어도 어차피 나는 중학교에 갈 수 없었으니까."

그리고 우리는 닷새 동안 서로에게 말을 걸지 않았다. 여섯째 날 저녁, 픽 터지는 소리가 나며 형광등이 꺼졌다. 새 걸사 와서 갈아 끼워도 켜질 생각을 하지 않기에 꼼짝없이 나란히 누운 채로 어두운 밤을 보내야 했고 그때 처음으로 다시 대화를 나누었다. 비가 내리기 직전의 구름이 아주 많이 낀 밤이었고 그 동네에는 창문 사이로 새어들 가로등 불빛도 부족해 서로의 실루엣조차 보이지 않았다.

"미안해."

애인이 먼저 말했다.

"무슨 일을 하는지도 물어보지 않고 화만 냈네. 일이 생겼다는 걸 축하해줬어야 하는데, 내가 좀스럽게. 게다가 그 사람, 잘나가잖아. 그 사람 쪽에서 먼저 일하자고 했다는 건 지나 네가 인정받았다는 뜻이고, 또 그 결과물이 충분히 주목받을 거란 얘기고, 그러면 앞으로도 꾸준히 다른 곳이랑 일할 수 있단 건데…." 애인은 천천히 숨을 골랐다. 그날도 나는 오후의 인터뷰를 마치고 들어온 참이었다. 다음엔 저녁 때 한 번 만나죠. GB는 자리를 정리하는 나와 동기에게 그렇게 말했다. 이렇게 만난 것도 인연인데 맥주 한잔해야죠, 안 그래요? 다음 미팅은 맥주 마시면서, 어때요? 이 근처에 끝내주는 중식 만둣집이 있거든. 동기는 환하게 웃으며 다음 약속을 저녁 시간대로 잡았다. 그러고는 돌아오는 내내 내게 투덜거렸다. 저녁 때 만나면 초과 근무라는 걸 쟤는 모르나? 아 모르겠지, 회사란 걸 다녀보신 일이 없을 테니…. 아니 그리고 무슨 자기가 사주는 것처럼 얘기해? 어차피 우리 회사 법카로 나갈 돈인데…. 무슨 대단한 책을 쓰겠다고 술을 마시자 말야야.

그 대단한 걸 쓰라고 나를 고용한 거잖아. 나는 그렇게 속으로만 대답했었다.

"이번 일 잘 했으면 좋겠어. 진심이야. 그래서 앞으로 쭉 풀릴 수 있었으면 좋겠어." 애인은 그렇게 말했다. 나는 숨을 들이켰다. 나도 미안해, 라고 말하려 했다. 실은 굶어 죽을 지경이 되어도 그 사람 일은 안 받는 게 맞는 것 같았는데 미안해, 라고. 그러나 그때 애인이 먼저 말했다. "그럼 그 사람은, 영화 쪽으로도 이제 나가려고 하는 거야? 지금 너는 어떤 일을 하는 거야? 궁금하다. 두 번째 협업이라는 걸 그 사람은 알까?"

두 번째라니. 애인은 지금 비꼬는 건가. 나는 벌떡 상체를 일으켰다. 어둠 속에서 소처럼 끔벅대고 있을 그 눈을 상상했다. 갑자기 뜨거운 것이 밑에서부터 치밀어 올라왔다. 화였다. 모든 것에 대한 화의 혼합.

"아직도 싸우지 말라고 교육받는 건 아닌가보지?" 내가 물었다.

"뭐?"

"있는 듯 없는 듯 조용히 지내는 걸 못 해서 인생 이렇게 꼰 거잖아, 네가. 이번에도 그러고 싶어?"

"무슨 소리야, 갑자기."

"내가 너를 때리면…."

밖에서 자동차 경적 소리가 들렸다. 신경질적으로 길게 울리던 그 소리 때문에 애인이 뒤에 이어진 내 말을 듣지 못했길, 나는 말을 내뱉으며 동시에 기도했다. 상처 입힐 말을 들으라고 휘두르면서도 그에게 또다시 상처를 주고야 마는 나 자신의 악함을 직면하고 싶지 않아서.

내가 너를 때리면, 너는 내게 반격할까? 그러고는 한국인 여친을 때린 다문화 남친이 되어 사람들 입에 오르내릴까?

애인은 아무 말도 하지 않고 다시 누웠다. 그리고는 다음날 퇴근하며 안정기라는 걸 사왔다. 안정기 수명이 다 하면 전등을 바꿔도 불이 안 들어온대. 그는 그렇게 말하며 천장의 등을 완전히 뜯어서는 드라이버로 무언가를 돌리고 빼대며 꼼지락거렸다. 불은 곧 다시 환하게 들어왔다. 애인이 눈을 가늘게 떴다. 온통 부은 눈두덩이 바들댔다.

【27】

"그런데 최근에 또 연락이 온 거지. 이번엔 진짜로 영화를 할 거라나. 자신에 대해서 말이야."

나는 바닥에 앉아 맥주를 또 마시고 있었다. 침대에 누운 은청에게선 대답이 없었다.

"자기 자신에 대해서 영화를 찍고 싶은데 자기가 직접 하는 건 모양 빠지니까 스태프들을 구하고 있는 거지. 우연찮게 우리 선배 중 하나가 감독이 되었고. 그 선배가 나보고 각본을 하란다. 그 새끼 정도면 나름 괜찮은 사람들로 쭉 뽑을 수 있는데 생뚱맞게 나한테 왜? 물었더니 그런다. 그 새끼가, 자기 위치 정도면 이제 무명인 '후배 예술가'들을 서포트해야 할 때라고 했다나. 그래서 알려지지 않은 작가를 '발굴해' 쓰고 싶다고."

나는 네 캔에 만 원짜리 수입 맥주의 로고를 바라보았

다. 표범 한 마리가 빤히 노려보고 있는 중이었다.

"그니까, 야. 내가 오늘 장례식장에 와서 소름 돋았던 이유는 있지, 이제 더 이상 내게 죄책감을 줄 사람이 없다는 사실이 아니라, 그 사실 자체를 생각해낸 나 자신이었다고. 어떻게 그런 생각을 하냐. 어떻게 그 앞에서. 어떻게 국화꽃 내밀면서 그런 생각을 하냐고. 내가 인간이니?"

하긴, 인간이 아니니까 그런 일을 하는 거겠지. GB가 기막히게 자기 닮은 사람을 찾아냈던 건지도 몰라. 나는 중얼거렸다.

"자냐?"

은청에게선 대답이 없었다.

어쩌다가 이런 어른이 되었지?

나는 지택을 불러냈다. 지택이 낡고 무거운 유리로 된 모텔 화장실의 문을 소리 없이 열고 천천히 모습을 드러냈다. 바닥에 주저앉아 침대에 등을 기대고 있는 내 앞에 와서 섰다. 은청이 뭘 기대했는지 아니면 이 방밖에 남아 있지 않았는지는 몰라도 어쨌든 우리가 있는 곳은 제법 비싼 특실이었고, 그래서 나보다도 키가 작았던 아이가 맨발을 끌며 걸어와 내 앞에 서기까지 내겐 심호흡을 한 번 하고 축축한 코를 들이킬 시간 정도는 있었다. 요상한 색의 천장 조명이 그 애의 머리꼭지로 떨어졌다. 그림자를 만들지 않는 발과 바닥의 경계는 희어 보였다.

지택아, 만약 네가 다 큰 나를 어디선가 만났다면 말이야. 나는 물었다. 그랬다면 네가 그저 그런 평범한, 닳고 닳은 어른으로 나를 생각했겠지? 세상이 왜 이딴 식으로 돌아가는지에 대해선 단 한 번도 고민해보지 않은 채, 아무런 문제의식도 분노도 가지지 못했던, 그리고 무엇보다도 살면서 어떠한 종류의 취향이란 걸 가져보지 않은, 탐색해볼 생각조차 하지 않은, 그냥 이런저런 돈 되는 일 하면서 꾸역꾸역 살아온, 그래서 너를 절대로 이해하지도 배려하지도 못할 어른으로 생각했겠지? 마치 그때의 학교 선생들처럼 말이야. 혹은 시골 사람들처럼, 혹은 오조르뒤 앞이나 도서관에서 만났던….

아니요. 지택은 말했다. 그런 사람이라고 생각하지 않았을 거예요.

나한테 존댓말하지 마. 나는 두 손에 얼굴을 묻고는 목소리 없이 입술만 움직였다. 빈 호흡이 희미한 쇳소리와 바람소리를 반반 섞어 목구멍을 드나들었다. 너 내 친구잖아. 왜 나한테 거리감 둬. 우리 되게 친했잖아.

저는 믿었을 거예요. 지택이 입을 벙긋거렸다. 헛된 믿음을 가졌을 거예요. 와, 좋은 말을 해주는 사람이다. 와, 이렇게 꽉 막힌 사람들 앞에서 저런 말까지 할 수 있다니. 그래, 맞아, 와, 내 생각을 저렇게 딱 한 문장으로 이야기한단 말이야? 저 사람은 진짜다, 이 세상 모든 어른들이 저 사람 같아야 해. 그러면 진짜 좋은 세상이 될 걸?

그만해. 나는 빈 맥주캔을 바닥에 집어던졌다. 깡 소리가 났다. 은청이 신음을 흘리며 몸을 뒤집었다.

제가 팁을 줄게요. 잘 살아남을 수 있는 팁. 이 나이 먹어서까지 이렇게 자기 검열을 하는 기성세대는 없어, 나 같은 사람이어야 그런 걸 하지, 라는 주문, 그걸 반복하면 되어요. 나는 이렇게 고민을 하니까 그것만으로도 충분히 노력했어. 매일 아침마다 주문을 외워요. 그러면 되는데요, 혼자 외우지 말고요, 사람들 앞에서 외우세요. 그 주문을 들은 사람들의 힘이 얼마나 강하냐면, 자신이 외운 주문과 전혀 상반되는 행동을, 청자의 숫자가 소거해주곤 한다니까요.

너는 죽은 한지택이 아니야.

당연하죠. 내가 죽은 한지택일 거라고 당신이 생각한 것 자체가 한지택에 대한 기만이니까요. 왜? 당신은 어떻게든 용서를 구하고 싶지만 아직까지 그러지 못했거든요. 그렇게 쉬운 방법으로 면죄부를 얻으려 했어요? 그런 식으로 사람을 이용해놓고?

가. 나는 소리쳤다. 너는 죽었어, 가. 내 망상인 것 다 알아. 내가 이상한 거지 세상이 이상한 게 아닌 것 다 안다고. 넌 있지, 처방된 약만 먹으면 없어질 존재야. 내 뇌의 망상을 내가 무서워할 것 같아?

아줌마가 먼저 불렀는데. 지택이 뒷걸음질해 다시 욕실로 들어가며 중얼거렸다. 지금까지 날 불러낸 사람들 중에서 제일 재미없었어요.

됐어. 내가 등신이지, 이렇게 심신이 약해진 와중에 술을 처먹고 낯선 장소에서 하룻밤을 머물게. 은청이 옆에서 다시금 신음 소리를 내었다.

그리고 그 소리보다 크게 중얼거리는 누군가가 있었다. 야, 김지하. 이런 식으로, 끝까지 네 자존심 내세워서 얻을 게 뭔데?

얻을 게 뭐냐고. 내가 그토록 사랑했고 그리워했으면서도 다른 누군가의 눈에 띌까 마지막까지 두려워했던 얼굴이 눈앞에 있었다.

…그 어렸을 때의 눈꽃 같은 명성? 쉽게 바스라지는 만두피 같은?

죽기 직전의 애인의 얼굴 앞에서 나는 또 대답했다. 애인은 웃었다. 멀쩡하고 쉽고, 평범한 답이네.

평범한 답이었다.

그렇게 살면 좋지? 죽은 애인의 얼굴이 물었다. 나는 끝까지 그렇게 살지 못했고 결국 몸이 아파 죽었는데. 너는 진짜로 오래 살 것 같아. 90이 되어도 100이 되어도 살 것 같아.

271

나는 두 귀를 손바닥으로 감쌌다. 애인의 얼굴은 계속해서 지껄였다. 살아야 한다는 게 참 중요하지? 사실 너는 다른 일들을 준비해서도 얼마든지 살 수 있는데, 그 시도를 못 해서 아직까지 이러고 있는 거잖아.

목소리는 더욱 커졌다. 여기까지야, 흉내 내야 하는 것도. 더는 안 해도 돼. 더는 널 검열하지 않아도 돼. 한지택이 무슨 심정이었을지를 고민하지 않아도 돼. 하고 싶은 대로 하는 거야. 사람들이 부르는 대로, 사랑받을 대로. 그러면 최선의 결과를 얻는 거지. 죽은 사람은 신경쓸 거 없잖아.

◎ ◎ ◎

"일어나, 김지나."

은청의 손이 나를 흔들어 깨웠다.

"야, 우리 퇴실해야 돼."

[28]

여름방학 직전에 수련회가 있었다. 해원시의 학교들에게 인기가 가장 많은 수련원엔 언제나 예약이 꽉 차 있었고 그 수련원을 끝내 잡지 못한 학교들은 울며 겨자 먹기로 인근의 다른 수련원들에 아이들을 맡기거나, 혹은 우리 학교처럼 한 여름이라도 괜찮다고 우기며 예약을 밀어넣거나 했다. 그 수련원이 인기가 많았던 이유는 급식의 질이 다른 곳에 비해 월등히 높아 컴플레인이 적었기 때문이 가장 컸지만, 아이들이 밤에 감히 일탈 행위를 할 엄두를 내지 못할 정도로 빡빡이 들어찬 프로그램 때문이기도 했다. 애들이 열 시만 되면 나가 떨어진다고, 그 정도로 굴린다고 학부모회에서 소문이 돌았다고 했다. 너무 신기한 게, 애들을 미치게 만드는 재주가 있대요, 거기 교관들이. 엄마들은 서로 이야기했다. 교실에서는 물 못 마신 풀처럼 있던 애들이 거기서는 교관의 한마디한마디에 아주 미쳐 날뛴다는 거야. 어떻게든 자기네 반에게 점수 1점 더 얻게 하려고 안달이 난다잖아요, 애들을 어떻게 구워 삶는지.

야외무대에서 진행된 2일차 밤의 하이라이트인 장기 자랑 무대 역시도 학급별 점수 산정제의 일환이었다. 우리 반은 이미 1일차부터 전체 다섯 반 중 5등에서 벗어나지 못하는 점수를 유지하고 있었는데 장기 자랑에서도 죽을 쒔다. 욕을 잘하는 여자아이가 다른 아이들을 대동해 안무를 곁들이며 베이비복스의 노래를, 무려 라이브로 했지만, TV의 가요프로에서와는 달리 수련원엔 무선 마이크가 다섯 개나 준비되어 있지 않았단 사실은 몰랐고, 그래서 그 애들은 모두 치렁치렁 달린 마이크의 줄을 서로 배배 꼬며 안무를 진행하다 마침내 귀를 찢는 하울링과 함께 무대를 망치고야 말았다. 남자애들 한 팀이 나가서 제목 모를 발라드를 부르긴 했지만 옆 반의 남자애 하나가 빅마마의 〈체념〉을 신들린 듯 완창하는 바람에 기억에도 남지 않았다.

마지막 반전이 있어야지, 하고 사회를 맡은 조교가 소리를 친 게 무대의 막바지였다. 원래 인생은 한 방. 그리고 그 한 방은 언제나 숨겨진 다크호스, 무림 고수들이 맡는 거라고. 자, 친구들. 추천해주세요! 이런 무대엔 절대로 올라올 것 같지 않은 우리 반 친구, 지금도 열광하지 않은 채 혼자 딴생각하고 있을 것 같은 우리 반 친구, 이런 건 어린애들이나 하는 거라고 비웃고 있을 것 같은 우리 반 친구! 그는 숨을 한 번 고르더니 외쳤다. 그런 선비 같은 자세는 개나 주라 해! 자, 무대에 올려요! 일단 무대에 올리는 순서대로 쏜다, 500, 400, 300, 200, 그리고 빵점!

나를 끌고 나간 것은 욕을 잘하는 여자애였다. 잘해라. 그 애가 입을 벙긋거렸다. 빼면 뒤진다. 내가 무대에 올라간 순서는 세 번째였다. 나는 주변을 둘러보았다. 모두 죽고 싶은 표정을 하고 있었다.

"우리 친구들이 제대로 올라왔나? 혹시 잘나가는, 인기 많은 친구가 여기 슬쩍 낀 건 아니고?"

아니요! 어린 목소리들이 깍깍댔다.

"자 그럼, 우리 이 친구들의 댄스를 한 번 봅시다! 이봐요 친구들, 아저씨 말대로 이런 걸 할 줄 알아야 나중에 어른 되어서도 이쁨 받는다고요! 1등에게 3천 점 드립니다!"

그때 춤을 추던 내 모습은 학교 소유의 캠코더를 통해 녹화되었는데, 4학년 때의 담임이 무진 애를 써서 뚫은 일련의 경로를 통해서 김지하의 페이크 다큐에 몇 초 포함되었다. 나름의 클라이맥스였고, 아주 좋은 장면이었다고, 나를 택하고 버렸던 그 심사위원은 평했다.

그리고 우리 반은 1등을 했다. 과자 따위의 자잘한 상품 몇 개가 있었고 그중 가장 큰 환호를 받았던 것은 역시 취침 시간 두 시간 연장이었다.

그래서 지택은 두 시간을 더 기다려야 했다.

"너 춤 잘 추더라."

나는 지택을 물끄러미 쳐다보다 물었다. 여긴 어떻게 알고 왔어?

"당연히 다른 곳이었으면 알지도 못했을 텐데, 여기 우리 아버지 도살장 근처라서. 너네 학교 수련회 온다는 거, 아버지한테 들었어."

그러더니 덧붙였다.

"다 들었지? 우리 집 얘기? 양은청이 다 알던데. 남자애들한테도 다 퍼졌더라. 그러면 너도 다 알겠지."

나는 가만히 서 있었다. 아무도 내게 지택에 대해 말한 적이 없었다. 지택이 다시 입을 열었다.

"어쨌든 멀리서 네가 춤추는 걸 보고 있는데, 그냥 뭔가… 뭔가 마음이, 그렇더라. 그래서 형더러 잠깐만 불러 달라고 했어. 아버지네 알바거든, 저 교관 형."

건들거리며 서 있던 교관이 고개를 돌렸다. 여드름 자국이 조금 남아 있고 얼굴이 귀여운 사람이었다. 저 사람도 소나 돼지나 개를 죽일까? 나는 생각했다. 일주일에 며칠 동안은 짐승의 숨통을 끊고, 사지를 절단하고, 또 이렇게 며칠 동안은 시끄럽고 세상에 저들밖에 없는 것처럼 구는 어린애들을 관리하고?

"아저씨한테 테이프 다 받아 갔다며."

"어."

"어떡하려고 그래?"

"어차피 네가 가져봤자 아무 곳에도 못 쓰일 거잖아."

나는 날을 세웠다. 나더러 자신의 것을 빼앗았다고 탓하는 것 같았으니까. 그러나 지택은 멍하니 내 이마쯤을 바라보다가, 뜻밖의 말을 했다.

"그런 뜻이 아니었는데, 나는. 네가 이제 정말 어떻게 할 거냐고…." 그렇게 말했다. "참고 살 수 있을 것 같으냐고, 그냥 그렇게 물어보고 싶었던 거였는데."

풀벌레가 울었다. 전체 소등이 끝난 시각이었으니 어둠 속을 더듬어 내 이부자리를 찾으려면 시간이 꽤나 걸릴 터였다.

"잘 살 것 같았어, 춤추는 거 보니까." 멀리서 교관이 난데없이 풀피리를 불었다. "테이프는 네 맘대로 해. 불태워도 되고, 물에 띄워 보내도 돼. 이제 우린 다시 볼 수 없겠지?"

그때 나는 어른처럼 손을 내밀며 지택에게, 이렇게 말했다.

"너도 평범해지고 1년 후에 나도 평범해지잖아? 마찬가지로 네가 죽을 때쯤 다시 보자. 너 죽고 1년 후에 나도 죽을게."

멀리서 떠들썩한 소리가 났다. 선생들끼리 술을 마시는 방에서였다.

◎◎◎

은청과는 해장국 한 그릇 먹지 못했다. 그날 게스트하우스 퇴실이 몇 건이나 있었기 때문에 정리해야 할 것이 많았다. 퇴실을 처리하고, 물품을 점검하느라 정작 나는 샤워 한 번 하지 못한 채 GB와의 미팅 장소에 나갔다. 딱 1분을 남겨 놓고 도착해 땀을 흘리며 숨을 골랐다. 너한테서 술 냄새 난다. 여자애가 아저씨처럼, 그게 뭐냐? 선배가 핀잔을 놓았다. 그리고 GB는 미팅 장소에 25분쯤 늦었다.

나는 GB를 처음 보는 척 연기해야 했다. 어디까지나 GB의 에세이는 GB의 것이었으니까. 숱한 미팅과 인터뷰—바로 지금처럼 중간 다리를 하는 제3자가 동석한—를 이미 거쳤으나 그 시간들은 누구에게도 말할 수 없는, 보여주어서도 안 되는 잉여였다. 치부와도 비슷한 성격이라고 말하면 우스울까.

처음 뵙겠습니다. GB가 먼저 말했다.

나는 아무 말도 못한 채 자리에서 일어나 꾸벅 허리를 숙였다.

머리에 급하게 꾸역꾸역 밀어 넣은 정보를 소화하지 못한 선배는 자주 말문이 막혔다. GB의 커리어를 소상히 알지 못했고, 연도를 헷갈려 하다가, 급기야는 '노미네이트'를 '수상'으로 잘못 말하기까지 했다. 상은 못 탔습니다만. GB가 조용히 말하자 과장된 손짓으로 머리를 때리며 제가, 제 머리가, 아휴 이 돌대가리가, 를 반복했다. 그 과시적인 자학을 GB는 받아들일까? 좋아할까? 나는 조용히 속으로 넘겨짚어 보았다. 고용인이 되면, 저런 행동들을 보고 충족되는 지배욕 같은 걸 가지게 되는 걸까.

"그래도 우리 시나리오 지나가…." 선배가 갑자기 내 어깨를 두드렸다. "선생님에 대해서 진짜 많이 알고 있더라고요. 정말 어떻게 이런 것까지 알아? 싶을 정도의 TMI를 다. 팬이 었다더니 진짜 진심이었나본데요. 저희 지나 믿고 가려고 합니다, 선생님."

GB는 어설픈 미소를 띠며 나를 보았다. 정말? 감독님이 민망하니까 괜히 끌어들여서 변명하는 거 아니고?

"정말이라니까요. 선생님 진짜 옛날 일들까지 알고 있더라니까요. 하다못해 20년 전에 어느 동네 사셨는지까지도 다."

"감독님, 그건 제가 그때 공연하면서 아무데서나 다 떠들고 다녔어. 별로 TMI도 아냐."

"에이 그렇지만요, 지금 입덕하는 젊은이들한텐 다르겠죠. 그리고 그때 우리 시나리오는 초등학생이었단 말이에요. 어리다고요."

아직 땀이 마르지 않은 손에 쥔 핸드폰이 짧게 떨렸다. 문자였다. 더러운 액정에 슬쩍 엄지손가락을 올렸는데, 선배가 팔뚝으로 나를 슬쩍 툭 치는 바람에 엄지를 다시 떼었다. 아직도 어려서 미팅할 때 핸드폰을 다 본다니까요?

"어쨌든 지금까지 GB라는 사람의 여정을 정리하는, 일종의 선물 같은 결과물로." 선배가 말하자 GB는 고개를 저었다.

"아니, 선물이라고 말하면 너무… 너무 개인적이어 보이지 않나. 그냥 팬서비스 같잖아. 난 진짜 영화를 만들고 싶은 건데. 진짜 영화."

"아이구. 그럼 음…."

음, 음. 음, 을 반복하던 두 사람이 나를 빤히 바라보았다. 선배가 말했다. 어이, 시나리오. 내가 어휘력이 부족해서 그러는데 뭐 좀 괜찮은 표현 없을까?

내 안에 구덩이가 있는데, 아주 크게 파인 구덩이가 있는데 사람들이 한 명씩 차례차례 낙엽과 나뭇가지와 온갖 소동물의 사체와 썩지 않는 쓰레기로 가득 찬 포대를 짊어지고 와서 그곳에 던져 넣었어. 나는 생각했다. 그걸 메워야 한다고, 거기 구덩이가 있다는 사실을 들키면 큰일 난다고 말하면서 아무것으로나 땜질을 하려 했어. 그러고는 얼추 채워지자 위에 바위를 올리고, 다시 양분 없는 모래로 표면을 덮고는 죽지 않는 가짜 나무를 심었지. 누가 봐도 플라스틱으로 만든 가짜 나무와 꽃을 심어놓고 털이 많은 동물 인형을 갖다놓았어. 그렇지만 비가 아주 많이 오고 바람이 불어서, 나무는 휘어 늘어지고 꽃의 색은 바래고 동물들은 배를 하늘로 향한 채 뒤집어져버려. 그리고 모래는 모두 날아가 사라졌어,

누구든지 조금만 가까이 오면 사실 땅 아래가 온통 쓰레기로 가득하다는 걸 두 눈으로 확인할 수 있도록. 하지만 아무도 가까이 오지 않아. 냄새가 나니까. 아주 지독한 냄새가… 썩어 없어지지도 않아서 지구가 멸망할 때까지 수그러들지 않을 냄새가….

"자기반성." 나는 말했다. "혹은 거울인 줄 몰랐던 사방의 벽이 모두 거울이었을 때. 거울에 비친 내 모습인 걸 모르고 욕했다는 걸 나중에야 알았을 때요. 똑같은 행동 하나를 하셔도 그 모든 상들은 서로 다른 모습으로 같은 하나를 비추고, 그 상들은 또한 더 많은 서로를 마주할 것이고, 자신의 왼쪽은 오른쪽은 등 뒤는 어떻게 생겼는지 오랜만에 다시금 눈에 담겠죠…. 그런 거요." 대체 무슨 말을 하는 거지? 나는 지껄이면서도 스스로에게 혐오감 섞인 궁금증을 가졌다. 이딴 식으로 입을 털어서 나는 저 사람에게 인정을 받고 싶은 걸까?

"좋네." 김지하의 영화, 그 암흑 속에서 잘게 조각나 울리던 목소리는, 환한 카페에서 100퍼센트의 온전한 형체를 지닌 채 신나게 내 발목을 휘감다 허벅지를 타고 올라오는 중이었다. 곧 엉덩이를, 배를 지난 후 가슴을 콱 깨물겠지. "나도 이제 그럴 나이가 되었나. 되었겠지."

"역시 우리 시나리오. 그럼 그렇게 할까요?"

"그러죠."

"우리 시나리오가 다 이끌고 갈 거예요."

"감독님이 그런 식으로 말씀하셔서야 되나."

"능력이 워낙 출중해서. 우리 시나리오가. 어렸을 때부터 영화로 이름 날린 친구예요 이 친구가…."

선배, 그 얘긴 하지 마요. 내가 작게 속삭였다.

"보셨죠? 또 겸손하기까지 해요."

"안 겸손해도 되는데." GB가 말했다. "여자들이 잘못 배워서 다들 자기 능력 숨기고 겸손하게 굴려고 해. 내 앞에선 안 그래도 돼요. 능력 드러내. 팍팍 드러내요."

그리고 그날 맥주를 마시다 GB는 내게 번호를 달라며 핸드폰을 들이밀었다. 아마 제 번호, 있으실 거예요. 나는 말하고 싶었으나 조용히 핸드폰을 받은 채 숫자를 하나하나 꾹꾹 눌렀다. 내 번호는 '에세이편집2'란 이름으로 저장되어 있었고, 그 화면 그대로 핸드폰을 다시 받고 나서도 그의 표정에는 아무런 변화가 없었다.

그리고 나는 집으로 돌아오면서 디데이를 설정했다.

D-365.

내가 죽기 전에 꼭 네가 망하는 것을 보겠어. 나는 함께 여행하는 일본인 두 명만 남아 있는 6인실 안에서 소리도 내지 않고 울었다. 내가 방에 들어오는 순간부터 그들이 서로에게 속닥거리는 소리로만 말을 했기 때문에 나 역시 코 한 번을 제대로 풀 수 없었다. 진득하게 남은 콧물이 양쪽 콧구멍

을 다 막아서 입으로만 숨을 쉬었다. 그 소리도 시끄러울까
두려워 이불을 뒤집어썼다.

2부

[1]

"나를 좀 도와줘야겠어."

다짜고짜 전화해서 말하자 은청이 목을 가다듬더니 물었다. 지금 나를 그렇게 밥 한 끼 안 먹이고 보낸 네가 할 말이야?

은청은 마침 '떡상'한 주식을 어떻게 잘 팔아넘긴 상태였다. 난 아주 큰 욕심은 없거든, 다들 붙들고 있다가 1퍼센트가 갑부 되고 99퍼센트가 추락하고 하는데, 그럴 바에는 조금씩 잽 날리면서 얻어걸리는 거지. 나는 이미 배가 둥글게 나오기 시작한 그 애가 권투에 무언가를 비유하는 게 우스워서 피식 소리를 냈다. 남자애들은 말하는 게 죄다 농구, 아니면 권투. 혹은 격투기, 아니면 축구.

아니면 살상하는 게임 혹은 살상과 비슷한 게임 혹은 게

임과 비슷한 살상.

"나를 좀 이해를 시켜줘." 내 말을 다 들은 은청이 말했다. 나는 종이로 된 컵홀더를 갈기갈기 찢고 있었다. 따뜻한 아메리카노는 다 식어빠졌고, 은청은 캐러멜 마키아토와 함께 시킨 크레이프 케이크를 듬뿍듬뿍 베어 물며 와 달다, 달아, 혈당이 치솟는다, 라고 염불을 반복하는 중이었다.

"그 사람이 뭘 잘못했다고 그렇게까지 네가 악의를 품고 있는지."

잘못? 악의? "잘 못 들었습니다, 아저씨." 흡사 꽃가루와 비슷해진 컵홀더 조각들을 그 뻔뻔한 얼굴에 뿌렸다. 팡파레처럼 차르르 흩날리는 모양새가 마음에 안 들어서, 이번엔 두 손가락 끝으로 공처럼 뭉쳐 던졌다. 미쳤냐? 은청이 말했다. 프랜차이즈 카페의 유니폼을 입고 카운터에 서 있던 아르바이트생들이 물끄러미 우리를 바라보았다. 커다란 모기들이 우리 주위를 날아다녔다.

"네가 할 말이 아니잖아. 지택이가 잘못을 해서 네가 그런 악의를 가지고 걔를 대했니?"

"난 어렸잖아."

"무슨 일이 있었는지 하나하나 읊어줘?" 그다음에 나올 말은 내 심장 역시도 사정없이 찢어놓을 것이었다. "못 믿겠으면 김지하 영화를 봐. 그 영화에서 네 목소리가 무슨 말을 하는지 들어보라고."

"말이 나와서 말인데 그때 너 고소하려고 했어. 내 얼굴 1초라도 나왔으면."

"네가 그런 말을 했다는 게 기록되는 게 쪽팔려서 고소할 수 없었던 거잖아."

"아, 야. 여기 모기들이 왜 이렇게 많냐. 나름 스타벅스인데."

은청은 손아귀에 쥐고 있던 모기 한 마리를 물티슈에 닦더니, 아이스크림이 녹아 베이지색으로 변한 에스프레소를 쭉마셨다. 나는 두 손에 얼굴을 묻었다. 죽은 사람은 억울함도 없을까. 억울함은 죽음으로 소멸할까. 내가 하는 짓들은 모두 지택의 핑계를 댄 내 원한의 발산일 뿐일까. 나를 그따위로 취급한 사람에 대한. 그러니까, 그 작자가 여전히 겉과 속이, 앞과 뒤가, 말과 행동이 전혀 다른 사람이라 하더라도 만약 그가 내 이름 석 자를 똑똑히 기억했다면, 당신 능력이 정말 뛰어나서 놀랍기 그지없다고, 이런 파트너를 내게 붙여주다니 하늘에 감사의 절이라도 올려야겠다고 말했더라면⋯. 그랬다면 나는 그를, 그리고 그에게 덕지덕지 붙은 지저분한 더께조차도 절대 미워하지 않았을까.

혹은 만약 김지하가 아직도 살아 활발하게 자기 이야기를 만들어내고 많은 사랑을 받는 사람이었다면⋯.

대각선 방향의 테이블에 눈에 익은 사람들이 앉았다. 예의 그 일본인들이었다. 조근조근 속삭이는 사람들. 한국에 얼마나 오래 머무는 걸까? 나는 묻지 않았으며, 그들 역시 관리인인 내게 단 한마디의 질문도 하지 않았다. 그저 내가 빗자루질을 할 때 옆을 지나가며 스미마셍, 혹은 아리가또, 라고, 역시나 속삭이는 게 다였다. 그들 빼고는 이미 네 명의 투숙객이 차례차례 체크인과 아웃을 반복해 스쳐지나갔다.

"그냥 계속해서 계정을 만들고 퍼 나르기만 반복해줘. 너 그런 거 잘 하잖아. 다른 사람인 척 하면서 댓글 여러 개 다는 거."

"내가 뭘."

"김지하에 대해서 네가 글을 몇 개나 썼는지 내가 모를 줄 알아? 그 인터넷 느리던 시대에?"

"뭔 소리야."

"너희 집 컴퓨터 켜서 염탐하는 건 나한테 일도 아니었어."

은청이 대꾸했다. 너 진짜… 질린다. 나도 맞받아쳤다. 엄마들 우정을 탓하든지. 얼굴에 모기가 앉아서 손날로 털어냈다.

"알았어, 일단 생각, 생각해볼 테니까, 딱 기한 정하고, 그 이후엔 너나 나나 지택이 얘기 그만하고, 최선을 다해 사는 걸로 해…. 아, 씨, 모기. 야, 내가 잘못한 거 있어, 있는데 그땐 나도 어렸잖아. 겨우 열두 살이었고. 열두 살짜리한테 무슨 이성이나 윤리를 바라. 그냥 어른들이 하는 말이나 행동 똑같이 복사하는 거지. 그리고, 게다가… 맞아, 뭐 네가 줄곧 주장해왔던 대로 내가 열등감도 있었던 거 맞아, 맞는데. 개가 열다섯 살 외국인인 걸 처음부터 알았으면 애초에 그런 맘 안 가졌지. 다른 종의 인간이니까."

"나중에 알고 학교에 소문 퍼뜨린 게 너잖아."

"그거야 나중에 알았으니까⋯. 사정이 다르지. 그건 지택이가 거짓말을 해서 배신을 때린 거라고 나는 생각했지⋯." 은청은 포크로 케이크가 사라진 접시 바닥을 긁더니 또 한 마리를 잡았다. "친구들한테 배신을 때렸으니까⋯. 그래, 내가 잘못했어. 잘못했어, 진짜. 이렇게 서로 까대는 건 그만해. 죽은 애 몇 번이고 무덤에서 불러내봤자 뭐 하겠어?"

"너 괜히 죄책감 때문에 아무렇게나 얘기 마무리하려고 그러지."

"맞아, 그래, 맞다. 맞아. 내가 그렇게 쓰레기였다고 칼로 후벼 팔 건 없잖아, 너, 진짜."

나는 마지막으로 봤던 지택의 모습을 떠올렸다. 20킬로그램이 빠진 그 애의 목소리는 작은 분수에서 얇게 뿜어진 물줄기가 모든 운동량을 잃고 지면에 닿기 직전 아스라이 흩어지는 모양과 흡사하게 들렸다. 내가 진짜 엄청난 죗값을 치르고 있나봐. 지택은 내게 그렇게 말했다. 아버지가 날 먹여 살리려고 죽인 것들의 한이 다 똘똘 뭉쳐서 내게 폭 안겨 있나봐.

병을 안고 있다고 말하는 사람의 앞에서 나는 울다가, 나보고 죄책감 느끼라고 그렇게 착한 척 말하는 거지? 라고 어처구니없는 질문을 하고 말았다. 바로 지금 은청이 물었던 것과 너무도 닮은 질문. 그러나 돌아온 대답은 그저, 한 시간 있다가 엄마가 온다고 했으니까 그 전에 가, 서로 껄끄러울 테니까, 라는 중얼거림이었다. 마지막까지 착한 척이야. 나는 나가면서 또 울었다. 로비에 앉아서도 울었다. 다만 울면서도, 내가 한때 알았던 여자, 한밤을 한 방에서 같이 지냈던 여자, 내가 흘린 피 위에 엉덩이를 붙이고 누웠던 여자의 모습이 보일까봐, 그 여자가 나를 볼까봐 전전긍긍 주변을 확인했다.

일본인들은 크레이프 케이크의 사진을 찍고 포크를 들어 돌돌 말아 먹었다. 저거 저렇게 먹는 거였냐? 그들을 흘끗 거리던 은청이 물었다. 아, 또 네가 속으로 욕했겠네, 그치. 저 촌스러운 시골 개저씨, 하고.

"혼자 착각하지 마. 아무 생각 안 했고 나도 똑같은 곳 출신인데 무슨 소리야. 그리고 어떻게 먹든 상관없어."

"저기요, 네가 날 깔보는 걸 내가 모를 줄 알아? 지방민, 아저씨, 영업 사원, 속물에 촌스럽기까지 하다고. 너는 그렇게 사람 경멸하는 게 표정에 다 드러나. 너무 잘 보여서 사람 미치도록 억울하게 하고…."

"그럼 하지 말자. 그만 해."

해, 한다고. 은청의 목소리가 높아졌다. 일본인들이 이쪽을 쳐다보았다. 나는 에코백을 주물럭거렸다. 모서리가 다 해진 카드 지갑, 파우치, 아무것도 적지 않은 메모장, 핸드폰…. 남루한 소지품들의 둔탁해진 모서리와 꼭짓점들이 손바닥에 그득하게 찼다. "왜 매너 없이 소리를 질러."

"여기서 쪽팔린 게 누군데." 은청이 말했다. "너, 본인도 결점투성이면서 남 약점만 지독하게 잡아서 물어뜯는 거 알지? 위선자 예술가가 따로 계신 게 아니라고."

"이 새끼가 진짜."

"그러면 이거나 치우든지." 은청이 양발을 질질 끌며 바닥에 떨어진 종잇조각들을 쓸어 모았다. "네가 싸지른 똥 누가 치우냐? 죄 없는 아르바이트생?"

참을 수 없어. 벌떡 일어나는데 다시 듣기 싫은 목소리가 날아왔다.

"여기서 네가 화내잖아? 진짜 그런 새끼들이랑 다를 바가 하나도 없는 거예요, 감독님."

◎◎◎

닷새에 한 번 꼴로 고장 나 마우스 포인터를 마구 튀게 만드는 터치 패드를 간신히 끈 후 한숨을 쉬었다. 시나리오만 넘기면 되죠? 현장엔 안 가도 괜찮은 거죠? 라는 내 메시지에 선배가 보낸 답장 때문이었다. 장난해(배를 움켜쥐고 웃는 이모티콘 세 개)? 너 없으면 내가 저 사람이랑 어떻게 뭘 소통하라고(오열하는 이모티콘 세 개). 지나 네가 내 생각하면 이러면 안되지(빨간 느낌표 다섯 개).

그래서 지금 여기 있었다. GB의 집 부엌에. 그의 친구인지 동료인지 뭔지, 하는 여자 셋 그리고 남자 하나가 오늘의 출연진이었다. 부엌의 한가운데를 차지한 커다란 테이블 위에 테이블보가 덮였다. 그걸 덮으며 그들은 글루미백이 오래 전 발표했던 〈테이블보〉라는 노래를 불렀다. 그 위에 그들이 가져온 술병이며 요리들이 차례차례 쌓였다. 이거 〈나 혼자 산다〉에 나와도 될 법한 스케일인데. 촬영을 하던 누군가 속삭였다. 그리고 나는⋯ 지택의 집 부엌에 있던 바로 그 테이블을 생각했다. 테이블보, 소금과 후추통, 버터나이프와 잼 병.

콩고기 따위를 열심히 볶아내던 GB가 나무 그릇에 고수풀을 가득 담더니 여자 하나에게 손짓했다. 여자가 그걸 들고 가서 테이블 위에 놓았다.

"먹는 게 다 영혼으로 가. 내 생각엔 그래. 좋은 음식을, 죽이지 않고 만든 음식을 잘 먹어야 돼."

GB는 기름을 아주 많이 두른 프라이팬에 계란을 다섯 개 깼다. 흰자가 고함을 지르며 튀어 올랐다. 누군가 말했다. "오빠 그래서 죽어도 계란까지는 못 끊겠다 이거야? 진짜."

"그래도 이건 행복하게 큰 닭들이 낳은 계란이라고." GB가 대답했다. "농장에서 거의 날아다니던 애들이 낳은 거란 말이야."

커다란 카메라를 짊어지거나 렌즈를 빤히 쳐다보거나

조명을 들고 있는 사람들 사이에서 눈에 띄도록 우두커니 서 있던 나는, 여자들이 GB를 바라보는 눈빛에 계속해서 흠칫흠칫 놀랐다. 가장 가장자리에 놓인 의자에 비스듬히 걸터앉은 여자가 가장 어린 듯 보였다. 그는 들어올 때부터 별 말 없이 조용했다. 가끔 삶은 계란의 껍질에 붙은 얇은 막처럼, 불필요하고 성가시며 힘없고 반투명하게 웃을 뿐이었다.

그들은 연신 샐러드를 퍼 담고, 떠들썩하게 먹고, 빵 위에 토마토와 고수를 올린 후 즙을 일부러 질질 흘리며 베어 삼키더니 통기타를 가져와서 스트로크를 갈기고 고함을 질렀다. 발코니의 문을 온통 열어놓은 상태였다. GB는 말했다. 예전 망원동 집에서였으면 바로 옆 주택에서 아주 지랄을 했을 텐데. 사람들이 마구 웃었다. 그런데 여기 오니까 아무도 뭐라고 안 해. 아무도 이 시간에 집에 있지 않거든.

그 말이 무색하게 초인종이 울렸다. 새끼들아, 시끄러워! 굵은 남자의 목소리가 부엌까지, 그러니까 만약 다들 거실에 있었다면 누구도 듣지 못했겠지만 하필 현관 중문과 가까운 부엌에 있었기에 들을 수 있었는데, 하여간 부엌에까지 성큼 들어찼다. 뭐야? 모두의 몸이 뻣뻣하게 굳었다.

"어, 같은 층에 절대 뒈지지 않는 노인네 하나가 살아서."

GB가 말했다. 선배는 아마 그 장면을 들어낼 터였다.

[2]

매캐한 연기가 천천히 흡입구를 향해 올라갔다. 세모나게 접혀 테이블 위에 올라가 있는 작은 메뉴판 겸 배너를 보던 은청이 거기 쓰여 있는 문구를 우스꽝스럽게 따라 읽었다. 매운 양대창, 이런 화끈함은 처음이야! 그리고 중얼거렸다. 얼마나 맵길래. 내일 주룩주룩 싸는 거 아닌가 모르겠네.

"감독님, 계란찜도 하나 시키면 안 될까? 매울까봐."

"알아서."

종업원이 집게를 들고 와서 벌건 양대창을 휘저어주었다. 은청이 폭탄계란찜과 소주 한 병, 맥주 두 병을 더 시켰다. 고기가 나오기 전에 이미 그만큼의 술을 섞어 마신 후였다.

"지택이가 월급 받으면 여기 와서 대창을 진짜 많이 샀어. 지택이가 고기를 잘 구웠어. 구우면서 옛날 얘기 많이 했어. 지택이랑 나랑, 고기 안 먹으면서 살던 시절에 대해서. 그때 식판에 얼마나 먹을 게 없었는지 뭐 이런 얘기들."

종업원이 철판 위에 다 익은 내장을 놓아주었다. 이제 드셔도 되세요.

"걔 무슨 일했는데?" 은청이 묻더니 곧바로, 아니, 아니다. 이런 거 묻지 않는 인간이 되기로 어제부로 다짐했는데, 라고 중얼거렸다. 너를 빡치게 하지 않으면서 너랑 놀려면 좀 갱생할 필요가 있을 것 같아서.

"왜 또 내 탓을 해."

"장례식장에서 너 화났을 때 좀 철렁해가지고."

"나를 뭐 신경 써, 이제 와서."

"그래도 명색이, 같이 예티 라디오 들으면서 장래희망 적던 사이인데."

나는 천천히 고기를 입에 집어넣고 씹었다. 그렇지. 그때는 우리도 시간만 흐르면, 몇 뼘만 더 크면 그런 사람이 될 수 있을 줄 알았다. 될 거라고 확신했다. 아니, 마음으로는 이미 그런 사람이었다. 음이 뭉개지지 않도록 지판을 누르는 분명한 손끝과 설사 가끔 절더라도 무너지진 않는 리듬, 그리고 영영 목이 쉬지 않을 거라 굳게 믿으며 발끝까지의 힘을 온통 끌어올려 목을 통해 발산할 수 있을 거라고 단단히 착각했던 사람들이었다.

열두 살엔 애가 아니라 사람이었는데 지금은 왜 내가 사람이란 생각이 안 들고, 애새끼란 생각이 들까. 애가 아니고,

애새끼. 어제도 내일도 보지 못하는. 만취해 지갑을 잃어버리고서는, 지나온 길을 되돌아보거나 탔던 버스를 운행하는 회사 사무실에 전화를 해보지도 못하고, 하다못해 차비라도 달라며 길에서 누군가를 붙잡고 말 한마디 할 용기도 없어서 그냥 바닥에 철퍼덕 주저앉아서 대책없이 엉엉 우는 애새끼처럼 굴고 있을까, 왜.

"올해가 예티 없어진 지 10년째 되는 해야."

"그걸 세고 있었어?"

"우리 망한 수능 보던 날 없어졌는데 그걸 어떻게 잊어."

그렇네, 맞다. 나는 카페에서 모기에 된통 물린 허벅지를 긁으며 중얼거렸다. 참, 딱 예티 같이 없어졌어. 생택쥐페리 없어진 것마냥.

"그 사람이라면 충분히, 어디 산에 처박혀 살다가 나중에 〈나는 자연인이다〉 같은 데 나올지도 모른다고 생각해."

은청도 예티가 방송에서 내게 뭐라고 했는지 기억하고 있을까.

마치 내 미래를 예견한 듯.

계란찜 나왔습니다. 종업원이 빠르게 지나가며 턱 소리나게 뚝배기를 테이블 위에 놓았다.

그리고 나는 내가 어느 역치를 넘는 순간 개가 된다는 걸 알면서도, 그랬으면서도 언제나 그랬듯 이성이 모두 흘러넘쳐 사라져버리도록 술을 마셨다.

"네가 물었어도 어차피 몰라, 지택이가 어디서 일했는지 이야길 안 했으니까."

"너 그 얘기 지금 여덟 번째야."

"나도 안 물어봤어. 무서워서."

"왜? 라고 내가 지금 물어보는 것도 여덟 번째야."

"나 때문에 그렇게 된 것 같으니까."

"아니라고 일곱 번 말했는데 이제 지쳐서 응, 너 때문이야, 라고 말해야겠다."

씨발, 그렇다고 진짜 그렇게 얘기하냐. 나는 울다가, 내 앞에 젖어 반투명하게 변한 냅킨이 산더미처럼 쌓여 있는 꼴을 보고 아, 우는 것도 처음은 아닌가보네, 라고 깨달았다. 기억은 아마 대창 기름 떨어지던 숯과 함께 태워버린 모양이었다.

몇 방울 안 남은 소맥을 털어넣으려 고개를 위로 힘껏 젖히고 유리컵을 입에 대고 있던 은청이 중얼거리는 소리가 유리컵 속을 맴돌았다. "GB 때문이잖아, 지나야, 지하야, 울지 말라고, 네가 아니라 GB 때문이라고. 그러니까 네가 그 일 하는 거고, 벌주려고. 그래서 나도 돕는 거고, 나도 어렸을 때 꿈꿨던 사고 좀 치고 대가리 청소하자 싶어서. 그러니까 울지 말고, 지하야." 유리컵 안에 김이 서렸다.

구질구질하게 그러지 말고 이제 그만 일어나 가자고 말하려 했다. 그러나 은청이 대뜸 지택의 엄마 이야길 했다.

"그런데 어머님 네 번째 손가락이 짧으시더라."

물컹한 비곗덩어리가 올라와 목구멍을 콱 틀어막았다. 자책 혹은 자괴. 녹이기 위해 다시 알콜이 필요했다.

지택을 그렇게 버리고 나서도 내가 몇 번이나 지택의, 지택의 엄마를 팔아 '특이하도록 선한 사람'으로서의 정체성을 타인에게 드러내기 위해 노력했는지 은청은 짐작이라도 할 수 있을까.

어쩌면 김지나보다 양은청이 훨씬, 훨씬 더 도덕적이고 윤리적인 사람일지도 모른다. 타인의 사연을 팔아서 자신에 대한 타인의 평가를, 그리고 거기서 비롯되는 자존감을 높이는 데 사용하는 사람보다는. 김지나나 GB나, 예의 그 담임들이나. 오히려 김지나는 그들보다 하류의 인간일지도 모른다.

나는 상복을 입은 채 염주를 돌리고 있는 여자의 손가락이 짧아진 것을 보고도 아무 생각을 하지 않았다. 저는 사람들이 함부로 어느 국가의 사람들을 우리보다 하등하다고 여기는 것에 대해 염증을 느껴요, 제가 '잘 아는' 어떤 여자 '지인'은 의사였는데 우리나라에 오셔서는 내내 오해를 받고 있지요. 겨우 피부색 하나, 국적 하나 때문에. 저는 그 '지인'을 어렸을 때부터 알았어요. 그리고 우리나라 사람들이 얼마나 근거 없는 우월감을 누리고 있는지에 대해 잘 알게 되었죠. 그 '지인'의 아들은 저와 어렸을 때부터 '둘도 없이 친한' 사이였는데 어른들은 제게 그렇게 그러더라고요. '착하다'고. '다른 애들은 깔보는' 친구에게 친절하다고. 그 '친구'는 다른 친구들보다 훨씬 '예술적'이고 '특별'하고 생각이 '어른스러웠'지요. 하지만 아무도 국적 너머의 무언가를 보고 그 애를 '이해하지' 못했어요. 저는 그게 역겨웠어요.

스물한 살 예술대학에 입학한 이후로, 적당한 자리만 생기면 그딴 식으로 맘껏 지껄이고 다녔으니까.

"그런 말을 해봤자, 이제 와서 어쩌겠어."

눈을 다시 떠보니 이번엔 문을 닫은 스타벅스 앞의 기둥 뿌리에 걸터앉은 채였다. 옆에서는 은청이 빈 비닐봉지의 입구를 벌려 내 입에 들이밀고 있었다. 아마도 토사물 대신 한탄을 게워내고 있던 모양이었다.

"가서 죄송하다고 할래? 그럼 마음이 편하겠어?"

"어떻게. 내가 어떻게 그러냐."

"같이 가주면 할 수 있어?"

나는 그 물음에도 이렇게 대답할 그릇밖엔 되지 않았다.

"너도 가면, 나랑 같이 죄송하다고 할 거야?"

그렇게 물으면서 연신 트위터를 켜서 스크롤을 내리려다 핸드폰을 바닥에 떨어뜨렸다. 야, 야. 뭘 찾으려는지 몰라도 일단 집어넣어. 은청이 타박을 하며 핸드폰을 에코백에 넣어주었다. 너 핸드폰 가방 속에 있으니까 까먹지 마. 따라해.

핸드폰이랑 지갑은 가방 속에.

"핸드폰이랑 지갑은 가방 속에."

가방은 항상 오른쪽 어깨 위에.

"가방은 항상 오른쪽 어깨 위에."

집에 가면서 자지 않는다.

"그렇지만 난 집이 없는데."

그러자 은청은 말했다.

"기억나? 우리 가족들끼리 같이 여행 가서, 커다란 방에서 남녀 구분 없이 서로 엉켜 자곤 했잖아. 애들은 애들 방에서 자고, 어른들은 어른들끼리 술 퍼마시고 코 드릉드릉 골면서."

"어. 되게 어렸을 때."

"지금도 그렇게 잘 수 있을까? 어떻게 생각해?"

"뭐 시키면 하겠지. 너랑 나랑 무슨 사이도 아니고. 우리 부모님도 나이 먹을 만큼 먹어서 코 골만큼도 못 마셔. 산에나 다녀와서 뻗으면 모를까 술을 뻗을 정도로 드시진 않더라."

"그럼 있잖아."

또 무슨 말을 하려고 그래. 시야가 다시 빙빙 돌기 시작했다. 20대에도 이랬나. 그땐 아무리 퍼마셔도 말짱했던 것 같은데. 지택의 어깨가 좁아서 거기 머리를 올려놓으면 자꾸 픽, 픽 하고 이마가 바닥으로 추락했던 게 떠올랐다. 내가 얼마나 그걸 두고 뭐라고 했는지도.

그러지 말 걸.

"너랑 나랑 무슨 사이도 아니고 그러니까 그냥 그때 그랬던 것처럼 한 방에서 자면서 작당모의하고, 그러자."

"한 방에서 잘 돈 없어."

"너희 게스트하우스에 2인실 없어?"

"뭔 개소리야."

"혼성 도미토리라도."

"극동아시아 유교 국가에 살고 계세요, 아저씨. 한국에서 그런 거 찾으려면 바닷가 파티 펜션 가야지."

"그럼 각자 침대에서 자고 로비에서 만나지 뭐. 적어도 로비에 테이블 하나는 있을 거 아냐?"

【3】

　체크인하자마자 은청은 온 객실의 투숙객들과 말을 텄
다. 로비에 앉아 손가락을 꼼지락거리면서 들어오고 나가는
사람들에게 매번 큰 소리로 인사를 했기 때문이었다. 잡기에
능하다는 사실은 알았지만 그게 사람들을 잘 그토록 잘 꾀는
미덕일 줄은 몰랐다. 빠른 손으로 투숙객의 얼굴 크로키를
완성해 건네준다거나, 큰 키 탓에 허리를 잔뜩 구부리고 앉아
코바늘로 뜬 컵홀더와 코스터 따위를 선물한다거나, 작은 보
드게임 세트를 보란 듯 펼쳐놓고서는 하루의 일과를 마치고
들어오는 이를 보며 기대에 찬 소년처럼 씩 웃는 은청을 무시
할 수 있을 정도로 마음이 차가운 이는 없었다. 아마 나를 제
외한다면.
　게다가 투숙객 중엔 케이팝 그룹이나 배우를 쫓아 서울
땅에까지 날아온 팬이 대부분이었으니, 인정하고 싶지 않지

만, 맘만 먹으면 싹싹하고 유머러스한 호남이 될 수 있는 영업 사원 출신의 서른 살짜리 남자가 인기를 얻지 않기가 더 힘들긴 했다.

고요하던 게스트하우스에는 삽시간에 활기가 돌았다. 국적이 다양한 사람들이 조식을 먹으면서 영어가 아니라 한국어로 떠들어댔다. 은청은 대여섯 명의 투숙객들을 끌고 나가 해가 떠 있든 졌든 아랑곳하지 않고 소맥을 말아주었다.

쟤가 무슨 생각인 걸까. 하루 걸러 하루 있는 GB 혹은 선배와의 작업을 끝내고, 멀미하는 가슴과 두개골을 마구 두드리는 옛 기억들을 견딘 채 돌아와 로비의 빈백에 누워 신나게 떠드는 은청을 보노라면 이상하게 기분이….

기분이, 까지 생각하고 나는 머릿속의 서랍을 열어 손끝으로 단어 카드들을 만지며 감정을 잠시 골랐다.

처음 이곳에서 일하기 시작할 때부터 이 게스트하우스라는 공간이, 그 안의 사람들이 하나같이 나를 적대하고 따돌린다고 여겨왔다. 다른 사업으로 바쁜 초로의 사장은 잠을 자는 상주 관리인이 생기자 전권을 맡기다시피 하고는 밖으로 나다녔고 외국인들은 언제나 저들끼리 떠들거나 내가 가치를 알아볼 리 없는 굿즈 따위에 환호성을 지르곤 했으며 간혹 들어오는 한국인 투숙객들은 숙소 별점을 가장 박하게 주곤 했으니—어떤 이는 호텔 예약 어플에 이렇게 적었다.

'돈 내고 온 손님에게 스탭과 같은 방을 줌.'—애당초 서로 호감을 가지려야 가질 수 없는 관계였다.

그런데 은청은 아무렇지도 않게 그곳에서 사람들의 마음을 수집했다. 그리고 가끔 내게 끼지 않겠냐면서 손짓을 하곤 했다.

됐어.

나는 그때마다 거절을 하곤 고개를 돌려 빈백에 얼굴을 반쯤 묻거나 혹은 아예 슬리퍼를 끌고 내 침대로 들어가버렸다. 그러면서 생각했다. 지금 나를 두고 저들끼리 웃고 떠드는 행위가 가능하단 사실이 내게 어떠한 종류의 생채기나 울적함을 불러일으키는 걸까?

이상했다.

아닌데.

아무렇지도 않은데.

그런데 왜 그땐, 그 교실에서는, 그렇게 모든 게 미웠던 걸까?

왜 지택의 존재가 그렇게까지 절실하게 느껴졌던 걸까?

그리고 은청은 내 방에 오래 묵고 있던 예의 그 조용한 일본인들과 마침내 말을 텄다.

◎◎◎

"너무 화를 내진 마. 작정하고 꾸며낸 모습들에 어떻게 속지 않을 수 있겠어, 그것도 바다 건너에서, 누구든 사랑할 준비가 완벽히 되어 있는 사람들이라면 더욱 더."

그 일본인들이 녹음본을 통해 일본에서 소소하게 화제가 된 예티의 라디오로 한국어를 배우고 한국 밴드들에게 빠진 이들이고, 개중 더욱 조용하고 키가 작은 단발머리 여자가 시호코노라는 일본의 소도시에서 날아온 GB의 오랜 팬이라는 사실을 전달하며 은청은 내게 꾹꾹 눌러 몇 번을 당부했다. 화내지 말라고.

화가 나나?

아니, 화가 나진 않았다. 다만 아주 익숙한 냄새가 나는 약간의 절망과, 티가 나지 않을 정도의 얕은 놀라움이 더 컸다.

그리고, 민망함과 미안함.

그런 이를 사랑하도록 두어야 한다는 것, 혹은 그가 사랑하는 이를 내가 증오한다는 사실에 대한 양가적인 감정. 날벌레 같이 성가신, 그런 것들이 피부에 붙었다.

"그래서 내가 네 얘기해줄까 하다 말았지. 남이 어디서 함부로 네 얘기하는 거 싫어하잖아."

당연히 싫지, 잘했어, 라고 말하려다가 나 자신은 얼마나 지택과 그 엄마 이야길 지껄여댔는지가 또 생각나 입을 꾹 다물고 혀를 입장에 붙였다.

"…혹시 그 사람에게 도움을 청할 수 있지 않을까 했어."

"뭐?"

"뭐 그냥. 그냥 그런 상상을 좀 했다고. 또 화내지 마. 너 여기서는 이제 짐 싸서 도망갈 데도 없잖아."

나는 대답하지 않고, 익은 계란 흰자에 붙은 콩나물을 떼어내어 한 가닥씩 입에 넣고 씹었다.

"한 번 만나나보자."

아마 그렇게 말한 것은 너무 먹기 힘든 레시피의 해장라면을 만들어낸 국밥집 주방장의 공일 수도 있다. 해장 라면이라더니, 라면 가락과 콩나물이 섞여 한 젓가락에 크게 집어 넘기기 힘든, 그래서 술이 깨는 음식이었으니까. 결국 라면 국물보다 해장술을 더 많이 마시게 하는 음식이기도 했다.

◎ ◎ ◎

"제 이름을 휴의라고 지었어요."

단발 여자는 숙박 명부에 있는 이름 대신 한국 이름으로 자신을 소개했다. 한휴의. 하필 지택과 같은 성을 쓸 게 뭐람. 나는 생각했고, 은청은 옆에서, 하뉴라고 불러도 된대, 라며 친해진 티를 냈다.

"휴의는 걱정을 버리고 편한 마음을 가진다는 뜻이에요."

"저는 처음 듣는 단어인데… 어떻게 그런 말까지 아세요?"

"아뇨, 그냥. 그냥 네이버에 '휴로 시작하는 단어'를 쳐서 제일 마음에 드는 걸 찾은 것이에요."

"한 씨는 왜 붙였고요?"

"어…. 미안해요. 별 생각 없었어요. 한국 이름이니까 한."

하긴 진짜 이름도 아닌데 그렇게 의미둘 필요 없겠지. 그러고 보니 지택에게 한 번도 이름의 뜻을, 왜 그렇게 이름을 지었는지를 물은 일이 없다는 것을 퍼뜩 깨달았다.

"휴의 씨는 한국어 발음이 되게 좋네요."

"연습을 많이 했어요. 혹시라도 만나면, 물어보고 싶은 게 많아서요."

"…GB를요?"

"GB든 예티든요. 보통 제 친구들이 좋아하는 배우나 아이돌보다는, 만나기 쉬울 거 같으니까."

"예티는 실종됐는데요."

시신이 발견된 것은 아니니까요. 휴의는 간단히 말했다. 아마 눈이 아주 많이 오는 날 어딘가에서 보지 않을까 싶었어요. 그냥 그런 상상을 하면서 발음을 연습했어요. 내 앞에 있다고 생각하면서요. 그러면 마음이 생겨나거든요.

"어떤 마음이요?"

"발음을 연습하지 않고, GB를 생각하지 않거나, 예티가 다시 돌아오기를 기다리지 않는 시절의 저보다는 무언가 나아지고 있다는 마음이 생겼어요. 더 나아진 사람의 시절을 살아가게 되고 있다는 확신이 들었어요."

그러면요? 내가 또 물었다. 그러면 뭐가, 더, 좋아져요? 기뻐져요?

"지나 씨는… GB와 비슷한 말씀을 하시네요."

휴의는 내 이름을 굉장히 금방 기억했고 한 번도 헷갈려 하지 않았다. 발음이 쉬워서인가, 라고 나는 생각했다.

"네?"

"모르시겠지만, GB는 기쁘거나 즐겁거나 성취를 얻은 듯한 상황들이 두렵고 싫다고 트위터에 쓴 적이 많아요." 내가 모를 리가 없다는 사실을 휴의는 당연히 모를 터였다. "GB는 자신이 그로 인해 자기 안에 응축된 에너지를 잃을까 걱정이 된다고 했어요. 화가 날 상황에서 화를 내지 않게 될 까봐, 그래서 결국 평범한 40대 남자가 될까봐서요."

"휴의 씨가 속으시는 건데 그 사람은 평범한 40대 남자 맞아요." 결국 참지 못하고 쏘아붙이자 옆에 앉아 다른 투숙객과 두런두런 이야기하며 카드를 섞던 은청이 손등으로 나를 툭 쳤다. 휴의는 내 말을 못 들은 척 하고 넘겼다.

"어쨌든 그 사람들 덕에 저는 좋은 시절을 잠시 살아보았기에 더 살 수 있었으니까요."

"되게, 일본 영화 대사처럼 말씀하시네요."

"일본인이니까요." 퉁명스러운 내 딴지에도 휴의는 담담

했다. "지나 씨도 한국인 같이 화가 많아요. 많습니다, 라고
말하면 좀 더 일본인 배우 같겠죠."

 은청에게 정수리를 보이고 카드를 섞던 휴의 친구가
잠시 이쪽을 돌아보았다.

【4】

그리고 나는, 극영화도 다큐멘터리도 아닌 새로운 장르를 시도하겠다는 GB의 포부에 맞춰 각본을 현장에서 수정할 수 있도록 현장에서 상시 대기하라는 지시가 선배로부터 떨어졌기 때문에 어쩔 수 없이 나간 첫 촬영 현장에서, 휴의와 딱 마주치고 말았다. 차라리 하염없이 바쁜 촬영 스태프였다면 알아보지도 못하고 넘어갔을 텐데. 하릴없이 괜히 무료해서 주위를 어슬렁거린 탓이었다. 휴의는 통유리를 통해 현장을 훤히 볼 수 있는 카페에 앉아 카메라를 만지작거리고 있었으며, 20분에 한 번씩 건물 밖의 화장실을 들락거리며 현장을 힐끔힐끔 훔쳐보는 중이었다.

정확히 말하자면, 마주쳤다기보다는, 함부로 화장실을 쓰지 말라며 다짜고짜 내게 언성을 높이던 카페 사장에게 한소리 듣고 있던 장면을 휴의에게 딱 들키고 말았다.

"이보세요, 공용 화장실 아니라고요. 우리 재산이라고요, 거기. 당신들 하나씩만 우리 화장실 써도 몇십 명이야. 사람들이 카메라만 들면 무슨 권력이라도 있는 것처럼…."

"저희 감독님이 여기랑 얘기 되었다고, 쓰라고 하셨는데요."

"무슨 개소리야, 씨발 진짜. 한마디도 없었거든요? 당신네 감독이란 사람 얼굴도 모르거든요?"

"죄송해요."

"죄송하다면 다예요?"

나는 돌아서려다가, 물었다. 그러면 어떡해요?

"사용료를 내든지. 거지들처럼…."

"왜 저한테만 이러세요?"

"뭐?"

나는 아무도 이쪽에 관심을 주지 않는 현장을 향해 눈길을 던졌다. 선배부터 시작해 무거운 장비를 짊어진 남자 스태프들.

"저 저기서도, 아무 힘, 없으니까…." 다시 사장 쪽으로 고개를 돌렸을 때 물티슈를 들고 천천히 화장실에 들어가려 하는 휴의가 눈에 들어왔다. "그러니까, 다른 사람한테 말씀하세요. 제가 얘기해봤자 아무도 안 들어요. 소용없다고요. 저는 아무것도 아니에요."

그리고 덧붙였다.

"물론 제가 아무것도 아니어 보이니까 저한테 쉽게 이러시는 거겠지만요."

"역시 한국 사람들은 화가 많은 게 분명해요."

단정 짓는 휴의 앞으로 사장이 캐리어를 몇 개씩 내려놓더니 주워섬겼다. 화가 많은 게 아니고요 손님, 아니 그냥, 논의를 좀 한 겁니다, 손님, 예….

나는 두 손에 캐리어를 들고 현장과 카페를 몇 번씩 오갔다. 방해되게 이런 걸 왜 사오냐고 핀잔을 놓던 선배는 GB의 팬이 산 음료라는 소리를 듣자 역시 우리 형님이라고, 전혀 다른 사람이 된 것처럼 말했다. 둘은 어느새 형님 아우 하는 사이가 되어 있었다.

GB는 떨떠름한 표정으로 휴의를 향해 고개를 숙였다. 일본 분이시래요. 내가 보탰다. 두 사람이 잠깐 이야기를 나누는 사이 선배가 내게 속삭였다. 세상에, 저런 아저씨한테도 여자가 들러붙는 게 한류의 힘인가보지. 몇 살이래?

나는 선배에게 화내지 않았다. 무심하게, 모른다고 말했다. 선배의 말이 거짓은 아니라고 속으로 분명히 생각했으니까. 한심한 여자. 나는 휴의를 보며 생각했다. 한심하기 짝이 없는 외국인 여자. 뺨을 때리고 싶을 정도로 나약한 여자. 저 돈은 다 어디서 났을까.

나는 컵홀더에 예쁜 그림이 그려진 커피를 손에 들고 핸드폰으로 사진을 찍었다.

"상상만큼 조용한 사람이었어요."

GB랑 무슨 얘기했어요? 그날 맥주까지 마시고 늦은 밤이 되어서야 게스트하우스로 돌아왔을 때 공용 공간에서는 휴의가 혼자 일기를 쓰고 있었다. 내가 옆에 가서 묻자 휴의는 그렇게 대답하고 덧붙였다. 잔잔한 대화였어요, 파도가 하나도 치지 않았어요, 라고.

그리고 목이 마르다며 남자 객실에서 슬리퍼를 끌고 나온 은청이 우리를 보더니 옆에 슬그머니 자리를 잡고 앉았다.

"얼른 씻고 자야 되지 않냐? 너 내일도 아침 준비해야 되잖아."

"하고 다시 자면 되지."

내가 말했다. 휴의는 펜의 뚜껑을 딱 소리 내며 닫았다. 공책을 덮기 전에 나는 둥그런 그의 글씨를 몰래 훔쳐보았다. 일본어가 아니라 한국어로 일기를 쓰는 일본인이라. 속으로 혀를 찼다. 저렇게 큰 사랑이 잘못된 사람에게 돌아가. 세상이 그래.

세상의 잘못된 사랑이 사람에게… 잘못된 세상의 사랑이 사람에게… 세상의 사랑이 잘못된 사람에게.

속으로, 이제 없는 이를 불러와 질문했다. 지택아, 너와 나는 잘못 만났던 걸까, 잘못했던 걸까, 아니면 우리라는 자체로 잘못이었을까?

"휴의는 남자친구 안 사귀어요?" 은청이 물었다. 한심한
놈. 나는 대답하려는 휴의의 눈앞에 손바닥을 불쑥 댔다. 휴
의 씨, 저렇게 예의 밥 말아먹은 질문엔 대답해주지 말아요.
나이스해지지도 말아요. 자기가 뭘 잘못하는지 확실히 알아
야 돼, 안 그럼 절대 모른다고요. 일본에선 저런 질문 안 하죠?
진짜 내가 쪽팔려서 원….

"저는 남자를 좋아하지 않아요."

휴의가 말했다. 나와 은청이 동시에 그의 동그랗고 작은
얼굴을, 얇은 아래위의 입술 사이에 비죽이 나온 덧니의 끄트
머리를 바라보았다.

"그럼 여자 좋아해요?" 은청이 묻자 휴의는 다시 대답했다.

"에로스를 묻는 질문이라면 아닌데요."

"그러면요?"

꼬치꼬치 캐묻는 은청의 목소리를, 내가 덮었다. 휴의 씨.
하나하나 다 대답해주지 말아요. 그거 다 프라이버시잖아. 물
어보는 저 새끼가 개념 밥 말아먹은 거예요. 그런데 휴의 씨
우리말 진짜 잘하네요. 거의 타일러 급인데. TV 나갈 생각 없
어요?

"저는 가까이 있는 누구도 사랑하지 않아요." 휴의가 은
청의 얼굴을 똑바로 쳐다보고 말했다. "그래서 그 어떤 연애
도 할 수 없고 하지 않아요. GB도, 가까이서 보면 마음을 버

릴 수 있을 것 같아서, 탈덕할 수 있을 것 같아서, 그래서 한
국까지 왔어요. 그래야만 했거든요."

휴의의 눈이 휘어졌다.

"저는 1년이 가기 전에 GB를 완전히 버리고, 미워하기
시작할 거예요."

그리고 나는 그때 다시금, 1년이란 기간을 명시했던 어느
약속을, 오래되어 가느다랗고 연약해진 맹세를 떠올렸다.

멀쩡한 일본인인 줄 알았더니 이상한 사람이었어. 젤라
또를 먹던 은청이 고개를 절레절레 흔들었다. 이곳에 이토록
오래 머물렀으면서도 지척에 이런 가게가 숨어 있는 줄 몰랐
는데, 희한한 맛의 젤라또가 많은 곳이었다. 나는 고수 맛을,
은청은 오징어먹물 맛을 골랐다. 투숙객들과 이야기하다 알
게 된 가게라고 나를 데려온 은청이 쪽 소리를 내며 입에서
플라스틱 숟가락을 빼냈다. 깨끗했다.

사실 나는 휴의가 어떤 마음인지 조금은 알 수도 있을
것 같았다. 지구의 양극에 서 있는 사람들은 오히려 서로를
이해할 수 있지 않을까. 눈을 어디로 돌려도 흰 눈과 얼음밖
에 보지 못하는 사람들은. 게다가 만약 평생 그곳에 머물러
살기를 원한다면, 시시각각 줄어들고 좁아지고 물러지는 듯
한 빙판 위에서 나머지 인간들을 저주하며 하루하루를 날 수
도 있겠지.

"무슨 상처를 얼마나 받았기에 그런 생각까지 하게 될 수 있을지 몰라도…. 내가 GB라면 소름 꽤나 돋겠다."

"잊었나본데 우리도 그 사람 미워하기로 한 거 아니었어?"

"아, 맞네." 은청이 다시 스푼을 쭉 빨았다. 나는 한숨을 쉬었다. 돕지도 않을 거면서 왜 내 생활 반경 안에까지 들어와 사람 속을 뒤집어놓을까, 저 모자란 놈은.

창밖으로 휴의와 친구가 지나가는 게 보였다. 제 말 하면 오는 일본 호랑이네. 은청이 중얼거렸다. 나는 가방을 챙겼다. 다 먹었지? 할 말 없으면 나가자.

"맛있지 않았냐? 너는 왜 얻어먹고도 감흥이 없어."

"내가 사달라고 했냐? 네 멋대로 데려왔잖아."

"그래도 인마. 내가 딱 듣고는 아 거기, 김지나랑 가야겠다, 라고 바로 생각한 건데 기특하지 않냐."

"넌 뭐 잘못했을 때 아이스크림을 사더라."

"어?"

"지택이랑 한란에 처음 갔을 때…." 아차, 하고 나는 속으로 욕을 뱉으려다 멈추었다. 그러네. 내가 왜 그때의 이야기를 아무렇지 않게 하려고 드는 걸까. 그날이 없었다면 아무 일도 일어나지 않았을지도 모르는데. 한란에 가지 않았다면. "그때 네가 늦어서, 미안하다고 아이스크림을 샀었어."

은청은 무언가를 세는 사람처럼 눈을 굴리더니 고개를

저었다. 기억 안 나.

"그랬었어. 나는 화가 잔뜩 났는데 한지택이 호들갑을 떨면서 아이스크림을 워낙 열정적으로 고르는 바람에, 그러는 바람에 화낼 타이밍도 못 잡았어. 겨우 더위사냥 고를 거면서 뭐 그렇게 여러 개를 들었다 놨다 했는지, 웃겨가지고 결국엔 화도 못 내고."

기억났네. 은청이 말했다. 더위사냥 얘기 하니까.

"한지택이 배 아플 것 같다 해가지고, 그거 절반 네가 먹었지."

"응."

"네가 더위사냥이랑 다른 거랑 고민하던 거 보고 더위사냥 고른 거였는데. 그래서 기억이 나네."

"아냐, 걔 엄청 고민했어."

"고민한 척한 거지. 너 민망할까 봐. 어쩌면 그때부터 걜 미워했나보다, 내가."

젤라또 가게 앞의 작은 골목엔 햇빛이 수직으로 떨어졌다.

"그래서." 다시 돌아와야 했다. 지금으로. "그래서, 다른 얘기하지 말고. 오늘은 왜 아이스크림을 사줬냐 이거지. 뭘 잘못했길래. 바른 대로 대, 지금."

귀신이네. 은청이 중얼거렸다.

"휴의한테 다 말했어."

"뭐?"

"네가 GB한테 칼 갈고 있는 거, 내가 다 말해버렸다고."

"개새끼야."

"도와준대." 은청이 허겁지겁 말했다. "도와주겠대."

"야!"

"미안해. 근데 손해 볼 일은 아니잖아…. 내가 뭐 대가리가 영업이랑 계산 쪽으로밖에 안 굴러가서, 네 감정 같은 건 생각하지 못했을지도 모르지만…."

"아. 진짜. 그냥 내가, 애초에 네 말을 듣지 말았어야 했어." 나는 이마를 짚고 생각했다. 결국 이 게스트하우스에서도 이렇게 쫓나는 건가. 스태프가 퉁명스럽다는 한국인들의 후기를 몇 번이나 눈감아주었던 주인이지만 가장 큰 돈줄인 일본인의 후기마저 엉망이라면 충분히 나를 내쫓을 수 있을 터였다. 이제 어디로 가서 자야 하나. 그 일본 여자가 어디서 입이라도 놀린다면 나는….

그리고 만약, 30~40대 여성들 사이에서 퍽 공고해진 GB의 팬덤 내에서 '좌표'라도 찍힌다면 내 신상은….

"미안해. 그런데, 궁금하잖아." 은청이 주워섬겼다.

"뭐가 궁금해, 뭐가 또."

나는 은청이 나에 대해 무언가를 궁금해할 것으로 예상했으나 은청은 전혀 다른 이야기를 입에 올렸다.

이상하다, 라고 은청은 생각했다. 저 사람은 지금까지 어떤 식의 인생을 살았기에 끌리는 마음을 순수한 사랑으로 인정하지 못하여 그것을 기를 쓰고 파괴하려 들까. 마치 사랑에 빠지면 삶이 진창에 처박히기라도 하는 것처럼, 그게 두려워서 어느 바람에 실려 제 안에 날아온 사랑의 씨앗을 씹고 으깨고 짓밟고 태우려드는 여자. 씨앗의 생명력을 너무나 두려워하여 단 한 톨의 흔적조차 남기지 않기 위해 한국 땅에까지 날아온 여자. 제 표현에 따르면 '그냥 그 나이 때 해야 했기 때문에 중학생 숙제하듯 치렀던' 자기 사랑들의 경험에 빗대어볼 때 휴의의 말 한마디 한마디는 너무 먼 우주의 이야기여서, 그 어떤 이의 이야기보다 더 많이 곱씹고 눈을 자주 깜박거리게 만들었다.

나는 은청의 말을 듣고 생각했다. 은청은 휴의를 어린왕자의 장미쯤 되는 외계 생명체로 생각하여 매혹되고 있다고. 그리고 그로 인해 조금 더 빨라진 심장 박동을 제대로 인지하지 못하여 그저, 저 여자는 이상한 여자, 라고 살면서 주입받아온 익숙한 어휘로 휴의를 표현하고 있는 거라고.

거기까지 생각하니 심술궂고 싶어졌다.

"너는 잘 모르겠지만 요새 여자들은 다 그래. 굳이 사랑 안 찾고, 안 참아. 일본에서도 비슷한가보지 뭐. 어떤 일을 겪었는지는 모르겠지만 난 좀 이해할 수 있어. 사랑하는 마음이 조금이라도 생기면 트집을 잡아 끊어내고 싶다는 거."

그러자 은청은 뜬금없이 물었다.

"너 마지막 연애가 걔야?"

'걔'가 뭐야, 이름을 말해. 핀잔을 주려고 했는데 힘이 없었다.

"응."

"걔랑 사귈 땐 이런 생각을 안 했어?"

무슨 소리야. 내가 빤히 쳐다보자 은청은 다시 물었다.

"그냥 좋았어? 마냥 사랑했어? 옛날 생각은 안 했어? 옛날 일들에 대해서 걔가 뭐라고 말하지는 않았어? 그러니까 내가, 내가 이걸 왜 물어보냐면, 아….'

왜 저래? 나는 무언가 들리지 않는 말을 주워 삼키는 은청의 입술을 빤히 바라보았다.

그리고 은청은 말했다.

"왜 내가 전혀 다른 사람이 되었을 가능성에 대해선 네가 생각하지 않는지, 그걸 꼭, 꼭 물어보고 싶었거든. 너한테…. 그런데 휴의가 등장한 거야, 그러니까 휴의에게 물어보고 얻을 답이 더 궁금해졌어. 너는 배신당한 사람이지만 휴의는 아예 기대하지 않는 사람인 것 같아서. 그래서 더.'

"그냥 예뻐서 꽂혔다고 해."

은청은 나를 빤히 바라보다가, 말했다.

"너는 누군가를 용서하거나 이해해볼 생각이, 있긴 있어?"

322

【5】

　　은청이 두 번째로 현장 가까이서 머물던 날, 휴의는 아예 커피차를 보냈다. 대박, 이런 건 처음이야. 선배가 핸드폰으로 연신 사진을 찍었다. 커피차는 지나가던 직장인들의 이목도 집중시켰다. 누구야? GB래 GB. GB가 누군데? 그러면 으레 답은 둘 중 하나였다. 그 왜 있잖아, 트위터 많이 하는 인디밴드 남자…. 혹은, 그 왜 있잖아, 그 책 뭐였냐, 제목이….

　　'저 사람이 좋고 싫고를 떠나서, 조금 안 됐긴 하네.' 은청이 메시지를 보냈다. '곡명을 얘기하는 사람이 하나 없잖아?'

　　맞아, 그게 바로 우리가 어렸을 때 그리던 미래와는 다른 거지, 다 그런 거지. 나는 답장을 하지 않고 집어넣으며 생각했다. 우리는 그때 아무도 모르는 음악을 듣고 아무도 모르는 예술가들을 사랑한다는 사실 자체를 사랑했어. 하지만 결국 나는 지금 한때 우상이었던 그를 미워하고 지극히 성실한 악의를 품고 있으며 사람들은 그의 얼굴은 알지만 목소리는 모른 채로 평가하고, 그리고 나는 그렇게조차도 기억되지 못하고….

"돈이 썩어나나보지." 한 손에 플라스틱 컵을 들고 다른 손에 연초나 전자 담배를 든 스태프들이 삼삼오오 모여 연기와 함께 그런 말들을 뿜어내는 모습을, 모퉁이만 돌면 볼 수 있었다. "그 옛날 욘사마 때 아줌마들 봐, 일본 할매들…. 징그러워서 원…. 그래도 그게 다 돈이 된다는 거잖아."

"요새 일본 경기 어지간히 불황이라고들 하더만, 뭐 그렇지도 않은가봐요. 젊어 보이는 여자가 이렇게 돈을 쓰고."

"그런데 그렇지, 아이돌도 아닌데 이런 팬이 붙는다는 게 신기하긴 해, 응? 근데 아마 저런 애들은 한 명만 쫓아다니진 않을 거라고. 이 짓 하려고 물 건너왔는데 뽕을 뽑아야지."

"그러게요. 이렇게까지 할 정도로 팬일까요?"

"여기 음료요." 음료 캐리어를 양손에 든 막내가 합류했다. 그들은 빈 컵을 내려놓고는, 캐리어에서 하나씩을 더 골라 손에 들었다. 가장 먼저 음료를 고른 스태프가 다시 입을 열었다. "내 생각엔 말이야, 일본엔 그런 게 있잖아, 만질 수 있는 아이돌. 그걸 뭐라고 하더라, 어쨌든. 행사만 뛰는 애들이야. 사실상 연예인이라고 할 수도 없지, 그런데 여자들이 그런 애들을 쫓아다닌다고."

"왜?"

"말했잖아, 만질 수 있다고." 아하, 하는 소리와 함께 웃음소리가 번졌다. "저 아저씨에 대해서도 비슷할 걸. 아마 속으로 연애 시뮬레이션 수천 번 돌린 다음 왔을지도 몰라, 저여자. 자자면 좋다고 자줄 걸?"

"여자 망신 다 시키는 거지, 저런 애가." 지금껏 입을 열지 않았던 스태프 하나가 갑자기 말하며 침을 뱉었다. 나는 뒷모습만 봤기에 여자인 줄 몰랐었다. 자, 갑시다, 가요. 컵을 아무데나 내려놓은 그녀가 손뼉을 치며 사람들을 몰고 갔다.

◎ ◎ ◎

"그래서, 뭐래요, 그 사람이? 고맙다고는 해요?"

나는 휴의가 공용 공간에 들어오자마자 대뜸 물었다. 은청이 손을 휘저었다. 아니 시월인데 아직도 모기가 이렇게 많아, 여기까지. 대체 뭔 기상 이변이 일어나고 있는 건지, 원.

"당황한 것 같았어요." 휴의가 말했다. "영화를 찍는다는 걸 도중에는 별로 알리고 싶지 않았는데 어떻게 알고 와서 이런 것까지 준비했는지 모르겠지만… 어쨌든 감사하다, 고."

"어쨌든 감사하다? 나 참."

"그리고 컵홀더에 번호를 적어줬어요."

"뭐요? 자기 번호? 나 그럴 줄 알았어 그 새끼. 휴의 씨그거 봐도 알겠죠? 그 새끼 완전 개새끼라는 거. 휴의 씨 어떻

게 해보려고 지금… 신고해요, 당장… 아니 근데 한국 경찰은
또 그런 거 눈도 꿈적 안 하지….”

"아니요." 휘의는 컵홀더를 내밀었다. 감독. 시나리오. 두
개의 단어가 눈에 들어왔다. 시나리오 옆의 번호는 내 것이었
다. "이 사람들에게 연락해서 출연을 논해보라고 하더라고
요."

말문이 막혔다. "자기 멋대로요?"

"제가 영화에 나오면 좋을 것 같다고요. 그리고 이야기
가 잘 되면 자기한테도 알려달라고 하던데요."

선배는 아무렇지 않게 오케이를 했다. 뭐, 나와도 나쁠
것 같진 않은데. 어차피 우리 영화가 아니고 그 형님 영화잖아,
지나야. 우린 있지, 그 뭐냐, 뭐라고 비유를 해야 하니…. 한참
을 머리 굴리더니 그런 말을 하는 것이었다. 우린 지금 자서전
대필해주는 작가 같은 존재란 말이야. 여기다 우리 능력 아깝
게 쏟을 필요가 없어요. 좃대 세울 필요도.

"저는 그렇게 못 해요." 내가 말했다. "저는 크레딧에 이
름 올라가는 게 부끄럽지 않을 정도로는 만들고 싶단 말이에
요. 선배는 안 쪽팔리겠어요?"

그러자 선배는 팔짱을 끼고서 나를 한참 바라보다가, 뱉
었다.

야, 김지나.

네가 뭐라고, 그런 말을 해.

뭐라도 되고, 그런 말을 해.

씨발. 네가 나한테 그런 말을 할 자격이 돼? 뭘 이뤄냈냐고?

그 사람은 이뤘잖아.

너랑 나는 못 했고.

◎◎◎

그때부터 하루에도 몇 번씩, 모든 걸 털어놓는 상상을 했다. 지택이 죽었으니 이제 모든 걸 알고 있는 사람은 나 하나뿐이라는 사실이 길을 걷다가도, 지하철을 기다리다가도, 투숙객들의 아침을 준비하다가도, 은청과 시답잖은 농담을 주고받다가도, 뒤척이며 잠을 자다가도 퍼뜩퍼뜩 떠올랐다. 그러면 몹시 두려워졌다. 그 어느 시절에 나왔던 말대로 내가 1년 뒤에 지택을 따른다면, 그리고 그때까지 아무에게도 이 모든 일을 이야기하지 않는다면, 그렇다면 김지하의 영화에 오물이 묻진 않겠지만 그건 어차피 아무도 찾지 않을 유물이고, 그에 비해 GB의 경우엔 책도 영화도 모두 살아남을 것이고, 그는 계속해서 지껄일 것이고, 휴의와 같은 사람들은 늘어날 것이다….

희미하게나마 이 모든 일의 증인이 될 수 있는 것은 은청일 테지만 나는 어쩐지 은청이 내가 분노하는 지점들에 동의

하지 않을 거란 확신을 지니고 있었다. 휴의에게 아무렇지 않게 내 이야길 했다는 점이 큰 증거가 되어준다고 여겼다. 그렇게 아무렇게나 함부로 이야기할 수 있는 사연이었을까, 내 비밀들이.

그리고 그때쯤 휴의의 친구가 체크아웃을 했다. 이제 우리 방의 장기 투숙객은 나와 휴의뿐이었다.

"잠이 잘 오지 않아요?"

어느 날 한참을 뒤척이는데 저쪽 침대에서 휴의의 목소리가 들렸다. 나는 핸드폰 액정을 켰다. 새벽 3시였다. 그러는 휴의 씨는요. 내가 물었다. 목소리가 갈라졌다. 휴의 씨는 왜 아직도 안 자는데요.

"목소리가 아파 보여요." 휴의가 일어나더니 내 침대 쪽으로 다가왔다. "감기 걸린 것 같아요."

"그냥 물을 안 마셔서 그런 거예요."

"나가서 물을 마셔요." 휴의가 말했다. 나는 슬리퍼를 신지 않은 휴의의 맨발을 보았다. 발톱이 길게 자라 있는 발가락들을 응시했다. "같이. 나도 목말라요."

"휴의 씨 물 있잖아요."

"오늘은 사오는 걸 잊었어요."

보통 새벽 1시 정도가 되면 투숙객들이 남자 방과 여자 방을 함부로 오가지 못하도록 가운데 위치한 공용 공간의 출입문을 잠가놓곤 했기 때문에 나를 제외한 모든 투숙객들은 꼼짝없이, 내가 식사를 준비하기 시작하는 아침 6시까지는 공용 공간과 부엌을 쓰지 못했다. 그래서 휴의는 머리맡에 항상 생수를 놓아두곤 했는데 오늘은 깜박한 모양이었다.

벽을 더듬어 독서등을 켜자 새빨개진 휴의의 눈이 나를 바라보고 있었다. 이게 무슨 일이야. 나는 벌떡 일어났다.

우는 사람을 보자마자 무얼 하길 판단하기에 앞서 몸을 먼저 움직일 수 있었다. 아직은 그런 힘이 내게 있었다. 아직은.

"죄송합니다." 휴의가 말했다.

"뭐가 죄송해요."

"마음을 불편하게 해드려서요."

"내가 언제 불편하대요?" 나는 소리쳤다. "아니, 휴의 씨, 내가 성질이 좀 더럽고 그렇긴 한데 잠 못 자고 우는 사람을 보고도 성가셔할 그런 쓰레기는 아니에요."

"아니요, 그게 아니고요." 휴의는 양손을 들어 급하게 흔들었다. "그게 아니고요." 그러고는 눈물을 훔칠까 말까, 아니면 한 번 더 부인의 몸짓을 강조해야만 하는 걸까 망설이는 듯 손을 어디에 놓을 줄 몰라 헤맸다. "저는 그 촬영장에서….."

"촬영장에서 뭐요? 미안해할 만한 게 있었어요? 아니 커피까지 그렇게 사주고 돈 펑펑 쓰고 나서 뭐가 그렇게 또 미안해요? 내 커피 잘 마셨냐고 떵떵거리란 말이에요, 좀!" 내가 왜 언성을 높이고 있는지는 나도 몰랐다. "그런 대접받을 자격 없는 새끼한테 그렇게 할 거면 차라리 떳떳하게 좀 굴란 말이에요, 네? 아니면 휴의 씨도 그 새끼처럼 똑같이 안면 몰수하고 이기적으로 살든가. 그래야 내 속이 안 썩죠. 그래야 끼리끼리 노네, 하고 간단하게 생각 끝낼 수 있을 거 아니에요, 네?"

외마디 비명 같은 고함을 마지막으로 다시 침묵이 방안에 드리워졌다. 아. 휴의의 동그란 눈을 보며 난 앞머리를 손가락에 돌돌 말아 쥐어뜯기 시작했다. 내가 또, 뭘 잘못했나. 어쩌면 저 이가 자신이 사랑하는 남자, 자신의 스타, 그의 앞에 가서 모든 걸 털어놓을지도 모르지. 그렇다면 나는 간신히 얻은 비정규직 일자리를 잃고, 내가 쓴 시나리오를 뺏기고, 선배가 푸지게 퍼붓는 욕을 먹고, 다시 외국인들을 위해 아침마다 씨리얼을 채우며 스크린에 오르지 못할 이야기들을 쓰는 일상으로….

"미안해요."

사과의 말을 꼭 해야 했다. 지금껏 나의 모든 잘못은 다 사과를 하지 못해 벌어진 일이었으니….

"사랑엔 잘못이 없는데. 그렇죠."

휴의는 아무 말이나 지껄이는 나를 가만히 보다가 말했다.

"아니요. 저는 제가 잘못했다고 생각해서 울었어요."

"뭐가요?"

"지나 씨가 말했던 대로의 사람이라면 그 사람을 쉽사리 떨쳐내야 하는데 왜 자꾸 그러지 못할까 해서요. 그것이 미안해요."

"어이없어."

"사람들이 어떤 말을 하는지 다 들었는데도 화를 한 번
내지 못해서요. 그냥 거기서 웃고만 있어서요. 그런 사람이
되지 않으려고 비행기를 탔는데."

[6]

　나는 김지하의 영화를 단 한 번도 처음부터 끝까지 본 적이 없었다. 김지하의 이름으로 진행된 인터뷰들은 그렇게 몇 번을 돌려 듣고, 또 돌려 읽었는데도. 질문 하나, 답변 하나의 토씨 하나까지 모두 기억할 수 있을 정도로 반복했는데도, 그러나 김지하의 영화는, 단 한 번도.

　그게 내가 가지고 있는 최소한의 양심이었을지도 모른다. 정작 애인은 북마크까지 해가며 그 영화를 몇 번이고 봤었는데도, 그런데도. 집 어느 구석에 돈벌레 떼가 득시글하다는 것을 부정하고 애써 모르는 척하는 사람처럼, 그 성취의 이름만을 간직한 채 직면하려고는 하지 않았던 것이다.

　그러나 이번에 나는, 휴의를 불렀다. 앉혀놓고 노트북을 켰다. 아직 동이 트기까지는 시간이 많이 남아 있었고, 게다가, 영화는 아주 짧으며 그다지 시끄럽지도 않으니까. 다른 방으로 가는 문들은 모두 잘 잠겨 있으니까.

아무도 우리를 보지 못할 테니까.

나는 조도가 낮은 스탠드형 조명 하나만을 켰다. 저거 좀 버려라, 어차피 낮엔 켜지도 않을 텐데 저기 장승처럼 저게 멀거니 서 있으니까 쓰레기 같아 보여서 원, 이라고 사장이 몇 번이나 말했지만 이유 없이 자연 발생하듯 돋아난 고집을 부리며 남겨둔 조명이었다. 조식을 준비할 때마다 그 조명만 켰다. 그러면 씨리얼을 쏟는, 빵 봉지가 부스럭대는, 냉장고가 낮은 울음을 준비하는 소리들이 더 잘 들렸다. 그렇게 음식을 준비하고, 조식을 먹으러 누군가 들어올 때까지 나는 어둠 속에 멀거니 앉아 있곤 했다. 아마 그런 모습 때문에 더 '스태프가 영 음침한 여자더라' 하는 내용의 별점 테러를 받았겠지만.

노트북의 빛이 휴의의 이목구비에 고스란히 쏟아져 담겼다. 대충 세수를 해서 눈물을 닦아내고 크림을 다시 바른 휴의의 얼굴은 찬장에서 찾아낸 그릇 같았다. 바닥이 얕고 빛깔이 몹시 하얀 그릇.

나는 아무런 설명 없이 영상을 재생했다. 그랬다. 김지하의 영화는 내 노트북으로 얼마든지 볼 수 있었다. 인터넷이 연결되지 않아도 상관없었다. 하드디스크 드라이브에 저장되어 있었으니까. 나는 몇 번이고 그걸 삭제했다가, 휴지통에 돌아가 복구하기를 반복했다.

나는 영화를 보지 못했다. 휴의에게 이어폰을 준 후, 객실에 시끄러운 소리가 들어갈까봐, 라는 말도 안 되는 변명을 했다. 그러고는 부산하게 정리할 필요 없는 창고를 정리하고, 있지도 않은 찬장의 먼지나 싱크대의 물때를 닦아내고, 어제 비운 쓰레기통이 꽉 찼는지 세 번을 확인했다. 그동안 휴의는 숨소리도 내지 않고 영화를 보았다.

영화의 클라이맥스에서 편집자는 GB의 목소리를 완전히 잘게 찢어 놓았고, 단 한 문장만을 온전히 남긴 후 그 위에 시끄러운 드럼 소리를 덧씌웠다. 그 목소리가 무슨 말을 하는지 거의 알아들을 수 없을 정도로. 그리고 자막을 깔았다.

하지만 그래도 휴의는 익숙한 목소리를 알아들었다. 정확하게. 어떻게 알아차릴 수 있느냐고 내가 묻자 휴의는 말했다. 제가 얼마나 많이 들었겠어요. 그 목소리를. 그리고 물론 당연히… 지나 씨가 이것을 그냥 보여줄 이유가 없기도 하고요. 지나 씨는 다른 사람과 무용한 순간을 함께 보내지는 않을 사람이니까요.

"그래요?"

"네. 저한테 이걸 보여준 이유는 뭘까요?"

"뭐라고 생각해요?"

"GB를 미워하는 지나 씨에게 정당성을 부여하는 것?"

"그렇게 보여요?"

방금 전까지 서럽게 울던 여자에게 화를 내기 뭣해서 나는 그냥 물었다. 그랬다가 또 금세 억울해져서 물었다.

"세상에 미안한 게 그렇게 많으면서 나한테 그런 식으로 이야기하는 건 안 미안해요?"

그러자 휴의는 엉뚱한 말을 했다.

"은청 씨가 지나 씨에 대해 그런 말을 했어요. 지나 씨는 생각이 너무 많아서, 어느 순간에 있어도 순간을 온전히 누리거나 믿거나 흐름대로 보내지 않고 수문을 닫아 막아둔 다음 거기서 얻을 것을 찾다가, 찾다가, 물에서 썩는 내가 나기 시작하면 도망가려 하는 사람이라고요."

"그거 휴의 씨 단어들이죠? 뻥 치지 마요. 걔가 그런 말을 어떻게 해요?"

휴의는 가만히 나를 쳐다보기만 했다.

부끄러워질 때까지.

◎◎◎

"나도 자세히는 몰라. 학교 다닐 때 이지메를 당했다는 투로 슬쩍 말을 하긴 했는데. 직접 물어보지 그래."

어떻게 그래. 나는 한숨을 쉬었다. 은청은 전날 휴의와 저녁을 먹었다고 했다. 오늘도 먹을 건데. 그러더니 물었다. 너도 같이 먹는 게 어때. 까먹었나본데, 휴의가 도와준다고 했잖아.

대체 내가 무슨 생각인 걸까. 나도 알 수 없이 내내 모호했다. 미워 미치겠는 남자가 있는데 무언가 해코지를 하거나 복수를 하기엔 내가 너무 우유부단하고, 나 자신을 믿지도 못하겠으며, 누구 하나와라도 관계를 맺으려 하면 금세 자괴감이나 환멸감에 빠져 허우적대기에 바쁜데, 대체 내가 누구와 무슨 짓을 하고 있는 걸까.

"오늘 현장에는 휴의 안 나갔지?"

"응."

"나랑 서울 투어 했으니까."

어, 진짜? 내가 묻자 은청이 고개를 끄덕였다. "근데 서울이 처음이란 사람이 길도 잘 찾고 지하철도 잘 타고. 좀 놀랐다."

"전생에 한국인이었나봐. 한국어도 완전 네이티브잖아."

"네이티브보다 더 네이티브 같지."

그게 다 사랑의 힘인가보다. 내가 말하자 은청이 픽 소리를 냈다. 어쨌든 휴의 덕에 경복궁엘 다 가봤다. 너 그거 알아? 나 경복궁 간 거 난생 처음이야. 그러니 뭐가 뭔지를 모르겠어서 설명도 못 해주겠더라. 완전 형편없는 가이드였지 뭐야.

"6학년 때 소풍으로 안 갔나? 아직도 기억나는데, 난. 거기 갔을 때 일본 중학생들도 수학여행 와 있던 거. 발목까지 오는 치마 입고. 그때 〈겨울연가〉며 욘사마며 막 뜨던 때라서 우리나라로도 갑자기 많이 오고…."

내가 묻자 은청이 눈을 둥그렇게 뜨고 나를 빤히 바라보왔다.

"내가 갔었나?"

"갔었겠지. 네가 학교를 그만두진 않았으니까…." 나는 중얼거리고는, 입을 딱 다물고, 두 손을 하나로 모아 쥐었다.

"야. 나는 왜, 연애를 하면서도 그런 곳 한 번 갈 생각을 하지 못했을까?"

"뭐, 갔어도…. 야. 너무 자책하지 마. 나처럼 갔다는 사실도 기억하지 못하는 인간도 있는데."

은청은 급하게 말을 이었다. 자신이 말을 그만두면 내가 금세 뻥 터져버리기라도 할 것처럼. "어쨌든 휴의 일본 돌아가고 나면 나도 휴의네 동네 놀러 가기로 했어. 자기는 가이드 제대로 해줄 수 있대. 나랑 다르게."

"몇 년 후에 돌아갈지 어떻게 알고. 지금 기세를 보면 거의 눌러앉을 수준인데." 내가 말하자 은청이 고개를 저었다. 저으면서 말했다. 돌아가야지, 라고. 여기가 뭐 좋다고 머물러. 마음 떨쳐 내려왔으면 얼른 자르고 튀어야지. 도마뱀처럼.

◎◎◎

촬영은 엉망진창이라는 한마디 말로 완전히 표현할 수 있었다. 모든 것이 주먹구구식이었으며 GB의 의사에 따라 좌지우지되었으나 그는 그 변덕들의 이유 일체를 모조리 다른 스태프들에게 떠넘겨졌다. 그날그날의 과녁은 예상하기 힘들었다. 확실한 건 토요일 아침 일곱 시에 GB의 전화를 받는 이는 무조건 그다음 주의 가장 큰 희생양으로 당첨된다는 사실이었다. 누군가는 전화를 받지 않아 보았는데, 그 후폭풍이 너무 컸기에 모두 암묵적으로, 러시안 룰렛에 따라 돌아가는 일주일간의 십자가를 받아들이기로 했다. 스탭들은 을이거나 병이거나 정이었고, 그래서 세상의 갑들이 얼마나 잔인한지 알았으며, 그리고 그 갑 중에서도 자신이 이 땅의 을이거나 병이거나 정이라고 여기는 갑들이 가장 구제 불능이라는 사실 역시 알았으니까. 그래도 우리 모두에겐 일단 돈이 필요했다.

내 핸드폰의 진동이 울린 토요일은 씨리얼을 주억거리는 사람들조차 없던 아침 테이블 위에서였다. 그 전날 은청이 투숙객들을 모조리 끌고 나가 삼겹살에 소맥을 왕창 먹였고, 그래서 모두는 아직도 알콜에 절인 돼지고기 냄새를 풍기며 코를 골고 있었다.

전날 늦게까지 촬영장에 남았던 나와 촬영을 지켜보다 삼겹살 타이밍을 놓쳤던 휴의, 그리고 간과 뇌가 모두 튼실한 영업 사원 은청을 제외하고는.

시끄러워. 나는 중얼대며 테이블 위에서 울부짖는 핸드폰을 들었다. 액정에 뜬 이름을 휴의가 물끄러미 바라보았다. '글루미백GBㄱㅅ'.

"예, 선생님. 아아, 예 죄송해요, 아무래도 그 호칭이 저는 입에 익어서요… 네… 조금만 시간을 주세요, 네. 아아, 네. 아, 그 일본인 팬 분이요?”

휴의가 고개를 들었다. 나는 휴의의 눈빛을 슬그머니 피했다.

“아, 예. 연락은 주셨어요, 그런데 제가 어떻게 그분을 녹여 넣을지를 생각하느라. 네… 아무래도 저도 그분에 대해 조금 알아야 캐릭터를 잡고 뭐 하고 할 테니까 말이죠. 네… 아니요, 저랑 선배가 따로 만나 뵙는 게 좋을 것 같아요. 선생님이 앞에 계시면 아무래도 팬이시다보니까 조금 자연스러움이 없달까, 너무 수줍음이…. 아아, 네….”

그리고 GB는 무언가를 말했다.

“네?”

“너무 그루피처럼 쓰진 말라고. 그 캐릭터. 그런 게 있잖아, 어떤 팬이 붙느냐에 따라서, 사람도 달라 보여요. 잘못 없는 사람이 괜히 가벼워 보이기도 하고. 내가 무슨 음악 가지고 여자 후리는 늙은 남자처럼 보일까봐 그게 두렵거든.” 전화기 속의 목소리는 한 템포 쉬고 다시 말했다. “아시겠지만 요샌 사람들이 아주 예민해가지고요, 까딱 실수하면 온갖 누명은 다 뒤집어쓴다고요. 그러니까 좀 캐릭터를, 잘.”

“잘….”

“우리 감독님이 다 좋은데 남자라서요. 남자들은 필연적으로 조심성이 부족할 수밖에 없거든. 믿을 건 우리 작가님뿐이신데. 여자니까. 남자들은 도저히 믿을 수가 없어요."

"네…."

"그리고, 아무래도 그 팬이 일본 사람이라서." 그는 '그 팬'이나 '일본 사람'이 아니라 휴의예요. 나는 말하고 싶었다. "한국 가수 따라다니는 일본 사람에 대한 인식이… 자칫 잘 못하면 그 인상이, 무슨 뜻인지 말 안 해도 알죠?"

"네, 아까 말씀하신 것의 연장선상에 있잖아요."

"그래요. 그 팬분이 좀 식견 있는 분으로 그려지면 좋겠 네. 어쨌든 작가님이 그러면 잘 해주시리라 믿고, 다 수정되 면 검토하게 한 번 주고."

"네. 아, 그런데요, 선생님…."

"응?"

"그, 그분 출연료는 어떻게 하나요?"

수화기 너머에서 침묵이 흐르더니 네 글자가 날아왔다.

"팬이라며?"

전화를 끊는데 메일 하나가 추가로 떴다. GB의 에세이가 4쇄에 들어갔다는 동기의 메일이었다. 어차피 매절 계약이라 내게는 콩고물 하나 떨어지지 않는데 이딴 메일이 무슨 소용 이야. 나는 메일 화면을 그대로 둔 채 핸드폰을 테이블에 내 려놓았다. 옆에서 통화에 귀를 기울이는 티가 확 나던 휴의에 게 물었다. 휴의 씨, 안 하겠다고 해줘요. 그런데 안 그럴 거죠?

"지나 씨."

"네?"

"그런데 제가 만약 거짓말을 하면."

"네."

"지나 씨는 알 방도가 없는 것이 아닌가요?"

"네?"

"제가 지나 씨의 노트북이나 카메라 앞에서 거짓말을 해도, 저를 처음 보는 지나 씨는 저를 몰랐으니까, 지나 씨에겐 아무런 책임이 없는 거지요?"

나는 멍하니 휴의를 바라보았다. 은청이 옆에서 대신 대답했다. 당연한 거 아니겠어요? 작정하고 구라를 치면 누가 알아요. 왜요, 휴의 씨. 우리한테 뭐 거짓말했어요? 알고 보니까 일본인 아닌 거 아니에요? 그게 제일 의심스러워. 한국어를 이렇게 잘 하는데.

"이제부터 하면요."

은청을 무시한 휴의가 다시 말했다. 눈길이 내 얼굴에 길게 머물렀다.

"지나 씨 죽은 애인이요."

은청이 툴툴대는 소리가 멎었다.

"그 사람을 제 친구라고 거짓말해 영화에 출연시킨다면, 그렇다면 김지하 영화의 장면들도 다시 부활시켜 사람들이 보게 할 수 있진 않을까요?"

"어떻게⋯."

"제가." 휴의가 말했다. "제가 죽은 옛날의 인터넷 친구를 찾아 한국에 온 뻔하고 바보 같은 여자인 걸로 꾸미면요?"

[7]

네, 저는 어려서부터 한국 문화에 관심이 많았습니다. 사람들이 〈겨울연가〉에 열광하기 전부터. 이유는 모르겠어요. 그냥 좋았어요. 내가 잘못된 땅에 태어났다는 느낌이 들 때가 있지 않나요? 그러다 어느 나라의 뭔가를 발견하곤 흠뻑 빠지는 거죠.

제 경우에는 2000년대 초반의 한국의 라디오 방송이나 인디 음악이 그랬습니다. 그래서 한국어를 배우고 한국 메신저를 깔고 한국인인 척을 했죠. 그리고 그때 메신저에서 친구를 만난 거예요.

그 친구가 썼던 이름은 은청이었고요.

그 친구가 글루미백의 광팬이었기에 저도 글루미백을 듣기 시작했습니다.

◎◎◎

GB는 휴의가―정확히는 은청이 수렴청정하듯 끼어들어서 휴의와 함께―만들어내 거짓으로 전한 사연을 마음에 들어 했다. '습니다'로 끝나는 어투도. 어떠한 종류의 아련함이라든가 첫사랑의 기억, 혹은 환상 속 여자친구의 이미지에 대한 갈구 따위를 휴의의 존재가 제법 채워주는 모양이었다.

휴의와 함께 은청, 그러니까 죽은 가짜 은청의 자취를 쫓고 싶다는 의사를 GB는 분명히 표현했다. 똥 싸는 것까지 트위터에 까발리는 내 친구들 얘기보다는 훨씬 재밌지 않겠어? GB는 신이 나 보였다. 휴의의 의사는 묻지 않았다.

괜찮을까.

카메라 앞에 선 휴의를 멀뚱멀뚱 쳐다보거나 등을 돌려 킥킥대는 스탭들을 바라보면서 나 자신에게 물었다.

휴의에게 괜찮을까.

나는 괜찮은가.

그리고….

지택에게 괜찮은 일일까, 이게.

◎◎◎

은청에게서 연락이 끊어진 것도 벌써 18년 가까이 되었

344

습니다. 그리고 저는 그 세월 내내 몹시 그리웠어요. 어린 시절 우리를 매혹시켰던 서로는 서로의 삶에서 얼마만큼의 조각을 차지하고 있을지도 궁금했습니다. 그 이유는 아마도 제 삶이, 삶이라고 부를 만한 것이 아니어왔기 때문이겠지요. 그때 은청과 제가 매일 나누던 몇 백여 줄, 때론 몇 천여 줄의⋯ 그 대화 속에서 빚어내던 어른이 되지 못했기 때문이겠지요.

정확히 말하자면 저는 제가 되지 못한 그 어른이 되었을 은청이 쉬는 숨을 함께 쉬어보기 위해서 한국에 온 것이겠지요. 만나면요? 만나면⋯. 글쎄요. 어떤 말을 제가 할 수 있을까요.

대신에 GB를 찾아냈으니 절반의 성공은 이뤘다고 보아야겠지요. 그때 우리 둘의 우상이었으니까요. 이 영화가 나오면 은청도 보지 않을까요? 결국엔 은청도 저를 기억해내지 않을까요?

사실은 저를 위해 은청을 찾아내주겠다는 제안을 받았을 때 많이 망설인 것이 사실입니다. 저는 은청을 정말 만나고 싶었어요. 제가 은청과 동갑이었으니 우리가 서로 연락했을 때 저는 열다섯 살이었습니다. 그 정도면 충분히 혼자서 비행기를 타고 한국에 갈 수 있을 거라 생각했어요, 실제로 그때 일본에서는 제 또래의 한국 여가수가 인기를 끌었고, 그 여가수는 혼자 비행기를 타곤 했으며, 사람들은 그녀의 그러한 독립심을, 그러면서 동시에 귀여성 있는 모습을 보이는 것을 칭찬하곤 했지요. 한국으로 수학여행을 갈까, 하고 학교에서 설문 조사를 하기도 했습니다…. 그러니까 저는 정말로 혼자서 은청을 보러 갈까 고민을, 거의 매일 매시간 매분 매초 했던 겁니다. 제가 사는 시호코노는 일본 도시 중에서도 한국과 꽤나 가까웠으니 더. 하루 날 잡아 새벽부터 서두르면 되지 않을까 생각했지요.

은청과의 연락은 점점 뜸해지다 어느 순간 뚝 끊겼습니다. 제 뇌리에 남은 건 그 애가 보내준 사진 한 장과, 메시지 옆에서 웃고 있던, 그 애가 꾸민 큰 픽셀의 거친 아바타뿐이지요. 재미있는 건 그 사진과 아바타가 쌍둥이처럼 닮아 있었단 사실입니다. 그게 저를 안도하게 했었습니다. 그게 저로 하여금 언젠가는 한국에 오고 싶다는 맘을 품게 만들었고, 그게 저로 하여금 은청을 잊지 못하게 만들었습니다. 사람들은 보통 언제나, 자신의 거죽을 거짓으로 끔찍하게 꾸며대곤 하고 전 그런 사람들에게 그때껏 너무나 많이 질렸으니까요…. 그러니 그렇지 않은 게, 나를 진심으로 대하는 게 확실한 이를 만나면 도저히 소중하게 생각하지 않을 도리가 없는 것입니다.

◎ ◎ ◎

그리고 휴의는 웃으며 덧붙였다.

346

"GB도 마찬가지의 사람인 것처럼 보여서 우리는 그를 사랑했습니다"라고.

그러나 그날 촬영이 모두 끝나고, 뒤풀이를 하자는 사람들을 물리친 휴의는 나와 은청과 함께 셋이서 대창을 구워 먹으면서는 자문자답하는 투로 내 앞에서 말했다.

그 말을 믿진 않지요? 카메라 앞에서는 무엇이든 거짓을 말하기 쉽더라고요. 신기하게도요.

"너의 이름을 딴 누군가가 이미 죽었다는 결론을 가정하고 찍는데도, 너는 아무 상관없어? 기분 이상하지 않아?" 나는 찢어놓은 걸레짝 같이 생긴 천엽을 질겅질겅 씹다가 은청에게 물었다. 은청은 집게를 손에서 놓지 않고 잘 구워진 대창을 내 접시와 휴의의 접시에 번갈아가며 하나씩 놓아주던 참이었다. 정작 본인은 간 몇 조각과 우거지를 넣고 된장으로 양념해 해장국처럼 끓인 기본 찬만을 먹으면서. 내 질문을 듣고 휴의는 고개를 주억거렸다. 저도 그것이 걱정되었어요. 제가 만약 은청의 부모라면 아주 기분이 나쁠 것 같았고요. 부정 탄다고 하나요, 그걸.

"진짜, 아무리 봐도 한국인이라니까. 솔직히 말해요. 사실 한국인이죠?" 은청이 휴의의 접시가 비었는지 흘끗 쳐다보며 말했다. "아니, 난 괜찮아. 그런 미신은 신경 안 썼잖아, 어렸을 때부터. 뭐 이름을 빨간색으로 쓴다든지, 그런 거. 나는 오히려…" 그러더니 고개를 저었다. 아니다, 아니야.

"뭐가 아니야?"

"아니야. 못 들은 걸로 해. 말하려니 쪽팔리네."

"그럼 말을 하지를 말든가….”

"미안해. 야, 얼른 먹어, 탄다고. 누나도 얼른 먹어요.”

"언제부터 누나 됐어, 대단하네."

"너야말로 휘의 씨라고 계속 서먹하게 부를 거야?"

응. 나는 말했다. 이름이 예쁘니까. 그리고 나이 따지면서 호칭 정하는 거 싫어, 딱 질색이야. 내가 말하자 휘의는 다 좋다며 어깨만 으쓱했다.

연남동의 물가는 아주 비쌌다. 배 터지도록 먹은 값은 박박 우겨서 휘의가 냈다. 게스트 하우스까지 걸어가는 길, 시끄럽게 떠들거나 깔깔대며 옆에 있는 일행의 등을 치거나 커다란 개를 몰고 다니는 사람들을 지나가면서 우리는 잠시 말이 없었다. 나머지 두 사람이 무슨 생각이었는지는 아직도 모르겠다. 나는 갑자기 막막해졌다. 모든 사람에겐 운명이라는 것이 있을까. 사실 아무리 발버둥쳐도 달라지는 것이 없을까. 나는 지택을 어차피 배신할 것이었고, 지택은 어차피 일찍 세상을 떠날 것이었고, 우리는 이렇게 셋 모두의 팔자에도 없는 듯하던 서울 어딘가의 희한하고 인위적인 동네에 모여 생명을 구운 냄새를 풍기고. 만약 이것이 영화라면, 혹은 소설이라면, 그래서 주제도 정해져 있고, 결론도 이미 나 있고, 그리하여 우리의 임무는 그저 증기기관차처럼 연기를 뿜으며 레일 위를 달리기만 하는 거라면, 그렇다면 이 끝은 대체 어떻게 나는 걸까. 내가 만약 이 삶에 대한 태업을 선언한다면? 그렇다면 그것 또한 정해진 이야기, 누군가 미리 깔아놓은 레일의 일부분인 걸까?

기억이 났다. 애인이 똑같은 말을 한 적이 있었다. 아마 김지하의 영화를 제발 기억에서 지우라며 술 취한 내가 일곱 번째쯤 소리쳐서 결국 싸우고 만 날이었나.

아니면 내게 헤어지자고 열일곱 번째로 말한 날이었을지도 모른다. 열일곱 번째에 우리는 드디어 진짜로 헤어졌는데, 그날 애인은 그렇게 말했으니까. 내 삶은 갱도에 들어가는 궤도 열차에 꽁꽁 묶인 광부 같아. 그러니까 네가 내 옆에 있어 봤자 너는 나와 함께 그 레일을 따라갈 수밖에 없어. 나는 그렇게 정해졌어. 여기서 외국인으로 태어났을 때부터. 이 땅의 아이들은 나처럼 이름을 스스로 만들지 않는다는 사실을 알았을 때부터.

차라리 아프다고, 큰 병에 걸렸다고 말하지. 나는 은청과 휴의를 위해 현관문을 잡아주며 나도 모르게 중얼거렸다. 차라리 솔직하게 말하지…. 어렸을 땐 그렇게 솔직했으면서, 라고 말하려다 말았다.

솔직하지 못했었나. 감정과 생각엔 솔직하고, 자신의 처지는 솔직하게 말하지 못했던 아이. 그런데 감정과 생각, 그리고 국적과 나이 중 무엇이 더 진짜 자신을 구성하는 조각인가 물으면 어른들 모두 열이면 열 전자를 택할 거잖아. 그런데 왜 그때 어른들은 다 그렇게….

왜 그렇게 그 애를 저 밖으로, 밖으로, 안전선 밖으로, 울타리 밖으로 몰아내야만 했을까?

무엇이 두려워서?

◎◎◎

GB는 실제로 자신의 트위터 계정과 공식 홈페이지에 은청이란 이름의 팬을 찾는다는 글을 올렸다. 2003년 전 휴의라는 한국 이름을 쓰는 일본인 팬 분과 모 메신저를 통해 친교를 다지셨던, 현재 서른셋이 되었을 은청 씨 계시면 꼭 좀 디엠 부탁드립니다….

"스물다섯 개 왔대. 자기가 은청이라고 주장하는 메시지가." 선배의 말에 나는 그만 큰 소리로 폭소하고 말았다. 그렇지. 그게 내가 아는 세상의, 다 큰 인간들의 본모습이지, 그게….

"휴의 씨가 충분히 진짜인지 아닌지 검증할 수 있대요. 자기들만 기억하고 있는 디테일들이 있으니까…. 뭐, 거짓인지 아닌지 알아내는 건 일도 아니죠."

"그런데 클라이언트 쪽에선 자기가 주인공이 되지 못할까 봐 또 약간 언짢은가봐."

"이젠 또 형이 아니라 클라이언트예요? 싸웠어?"

아니, 그 새끼가…. 선배는 푸념을 시작했고 역시나 별 영양가도 의미도 없는 권력 싸움의 결과로 호칭이 바뀐 것뿐이었다. 언제든 다시 술 한 잔 걸치고 돌아갈 수 있는. 나는 선배의 앞에서 장담했다. 걱정하지 말라고 해요. 절대로 주인공 바뀔 일은 없다고. 제가 확언했다고 해요.

"믿는다?"

"알아서 하세요."

휴의와 은청이 입을 맞춘 건 아바타의 차림새뿐이었다. 애당초 2003년에 휴의와 메시지를 나누었던 열다섯 살짜리 은청은 존재하지 않으니 당연히 DM을 보낸 모든 사람들 중 휴의의 질문에 제대로 된 답을 할 수 있던 건 휴의가 몇 시간 전에 앉아 있던 로비에서, 휴의가 남긴 메모대로 핸드폰을 만지작대던 양은청밖에 없었다. GB는 조금 맥이 풀려 보였다. 이렇게 쉽다고? 그렇게 말하면서 입을 쩝쩝 다셨다. 입술 근처에 하얗게 말라붙은 침이나 얼굴에 붙은 속눈썹이 자꾸만 눈에 들어왔다. 나이가 먹어서 이젠 얼굴에 뭐가 붙어도 잘 보이지 않는다고 그는 나와 휴의 앞에서 한탄을 하곤 했다. 그러더니 말했다. 시나리오가 먼저 만나. 이상한 사람일지 모르니까. 나도 이 판에서 싸이코 만만찮게 만났거든…. 또, 외국 와서 봉변이라도 당하시면 누가 책임져….

"그럼요. 제가 먼저 검증해야죠." 나는 말하면서, 휴의가 있는 쪽을 향해 자꾸만 손을 뻗는 GB를 빤히 쳐다보았다. 휴의가 깜짝 놀라자 GB가 웃더니 말했다. 아니, DM 다 봤으면 핸드폰 달라고요. 내 핸드폰. 착각하지 말아요.

[8]

객실에서 절도 사건이 터진 것은 휴의가 은청을 만나러 가는 장면을 찍기 하루 전이었다. 나와 휴의, 프랑스인 투숙객 하나, 그리고 한국인 투숙객 두 사람이 머물고 있었으며 처음 현장을 발견한 사람은 한국인들이었다. 나는 오랜만에 들렀다가 약속이 있다며 나간 사장이 시키는 대로, 텅 빈 옥상에 조악한 캠핑용 의자 몇 개를 깔고 가랜드를 달다가 그들의 전화를 받았다. 고함으로 가득한 전화였다.

가슴이 쿵 소리를 냈다. 나는 잠시 옥상의 난간 너머를 바라보았다. 그냥 떨어질까? 그때 처음으로 그런 고민을 했다. 그동안 숱하게 옥상엘 올라갔으면서도, 단 한 번도 해보지 않았던 생각이었다.

그냥 떨어져 죽어버리면….

그러면 저 사람들을 마주하고 책임을 지겠다고 고개를

숙이지 않아도 될 텐데.

아무것도 안 해도 될 텐데.

편할 텐데….

그러나 당연히 그 작은 행동 하나를 못 해서, 나는 터벅터벅 내려가 객실 안으로 들어갔다. 객실은 난장판이었다. 그 한복판에서 하나는 우뚝 서서 팔짱을 낀 채였고, 나머지 하나는 양반다리를 한 채 앉아 있었다. 그리고 내 뒤를 따라 바로 프랑스인 여자가 들어오자마자 그들은 빠른 속도의 영어로 여자에게 상황을 설명했다. 내가 아니라 여자에게 먼저. 그러나 프랑스 여자는 영어를 잘 알아듣지 못했다.

"들어오니까 이렇게 되어 있었어요." 영어로 한참을 떠들고 난 두 사람이 드디어 내게로 시선을 돌렸다. "완전 다 뒤집어놨잖아요. 캐리어며 뭐며, 다."

"분실한 거 있으세요?"

"시계랑 반지 두 개, 그리고 캐리어 안에 있던 비상금 봉투. 우리 둘 거, 다요."

나는 객실 안을 둘러보았다. 여기 홀로 없는 휴의의 자리 역시 아수라장이었다.

무언가 이상하다, 라고 그때 나는 생각했다. 그러나 이유를 빠르게 파악하지 못했다.

무언가 눈에 툭, 걸리는 게 있었는데.

"방 카드키가 없으면 못 들어와요. 물론 복도 CCTV를 확인하긴 할 테지만, 기본적으로 우리 방 투숙객이 아니면 들어오기가….”

“그럼 이 자리에 없는 사람이.” 여자들이 말하면서 일제히 휴의 침대를 바라보았다. “어디 있는지 좀 알아야겠는데요. 저 여자 장기 투숙이죠? 언제 들어와요?”

그리고 나는 그때 내가 느낀 위화감이 뭔지 알았다.

“웃긴 여자야. 한국인이면서 이런 건 왜 들고 다녀?”

둘 중 하나가 어질러진 휴의 침대에서 무언가를 주웠기 때문이었다.

초록색 표지의 여권이었다. 여권을 주운 여자가 더러운 것을 만지듯 두 손가락으로 여권을 들고서는 허벅지에 지탱해 간신히 표지를 펼쳐 들었다. 그러고는 허, 하는 소리와 함께 거 보란 듯 제 친구에게 한 번, 나에게 한 번 앞면을 보여 주었다.

휴의 얼굴 옆에 처음 보는 이름이 적혀 있었다. 김지하. 말도 안 돼, 라고 나는 생각했다. 김지하라고? 한휴의가 아니고?

김지하라고?

아니, 그 이전에, 왜 초록색 표지의 여권에 휴의 얼굴이 박혀 있는 걸까?

그리고 그때 나는 비로소 기억해냈다. 아주 오래 전, 글루미백의 무대에 난입하기도 전, 한란광역시에 함께 가기도 전,

우리가 함께 다닌 학교의 구조를 다 알기도 전, 한참 전에 지택이 식판을 앞에 두고 했던 말을.

핸드폰이 울렸다. 은청이었다. 웃음 섞인 목소리로 은청이 고래고래 소리를 질렀다.

"휴의랑 내일 찍을 거 합 좀 맞추려는데…."

나는 급히 스피커를 손가락으로 막았지만 이미 여자들이 들은 것 같았다. 휴의? 그거 이 여자가 쓰던 이름 아니야?

"그런데 잠깐만, 그때 은청 오빠가 불러서 같이 삼겹살 먹을 때, 그때 일본인이라고 오빠가 안 했냐?"

"몰라, 관심 없어."

"그랬어. 우리 방에 일본인 있다고. 그런데 한국말을 거의 원어민처럼 한다고 은청 오빠가 그랬잖아."

"일본인인데 이름이 왜 그따위냐고. 다 구라 아니야?"

그러더니 그들은 나를 쳐다보았다.

"여권 확인 안 하셨어요?"

아니다, 분명히 했었다. 체크인하던 날 자주색 표지의 여권을 받아들어 복사를 했던 게 똑똑히… 똑똑히….

그날 그 시간 카운터에 내가 있었던가?

나는 계속해서 기억을 살폈다. 휴의와 함께 다니다가 먼저 떠난 여자가 체크인했던 순간에 대해선 기억이 남아 있었다. 그녀는 자기 친구가 사다리를 무서워하므로 자기 침대를 위에, 그리고 친구의 침대를 아래에 배치해달라고 했었다. 아직 친구라는 사람이 체크인하기 전이었지만 남아도는 게 침대였으므로 나는 그러마고 대답했다. 그때 펜이 책상에서 굴러 떨어져 어디론가 쏙 들어가버렸고, 급한 마음에 책상 위에 남은 빨간색 플러스펜을 이용해 여자가 불러주는 친구의 이름을 메모지에 받아 적고, 위에 커다란 글씨로 '아래 침대 배정!!!!'이라 써 놓았다.

그리고 은청의 장례식장에 다녀왔을 때 그 침대는 채워져 있었다. 사장이 처리했겠거니, 여겼던 기억이 비로소 났다.

나는 서랍을 뒤졌다. 투숙객의 신분증 사본을 모아놓는 클리어파일을 열었다. 익숙한 얼굴이 있었다. 마음이 놓였다. 파일을 들고 가서 여자들에게 보여주었다. 여기, 여기 보세요. 일본 여권 맞잖아요. 이름. 카네모토 스미루.

"사람 그렇게 함부로 의심하는 거 아니에요." 왜 그렇게 화가 났는지 모르겠다. 내 일도 아니면서. 휴의를 좋아한다고도 생각하지 않았으면서. 바보 같고 성가시다고 여겼으면서. 한심해 했으면서.

"어이없네. 왜 우리한테 화를 내요? 우리는 손님이잖아. 피해자라고. 관리도 제대로 안 해놓고 지금 거꾸로 화를 내는 거예요? 야 씨발, 무슨 이런 경우가 다 있어?"

"야, 참아."

"씨발 이걸 참냐, 너는? 짐 당장 싸. 좆같아서 진짜. 그리고 야, 알바 너, 너 말고 사장 불러 와. 너 책임지기 싫어서 요상한 꼬투리 잡아 그냥 없던 일로 대충 만들려고 하는 거지? 보면 뻔하지, 너 같은 알바가 무슨 책임을 지겠어. 나이 처먹고 여기서 객실 청소나 하는 여자가."

객실이 소란스러워지자 옆방에서 누군가 영어로 소리를 질렀다. 두 여자는 입을 딱 다물고는 팔짱을 끼었다. 나는 허리를 굽혀 바닥에 떨어진 것들을 정리하려고 했으나 여자 하나가 발바닥으로 내 손을 지그시 눌렀다.

"자꾸 치우려고 하는 걸 보니까 알바를 의심해야 하는 거 아니야?"

발바닥의 주인이 친구에게 말했다.

◎◎◎

"이런 일도 있는 거지, 뭐."

사장은 담배를 피워 물고는 입술을 이용해 까딱거렸다. 전자 담배로 바꾸시지 않았었어요? 묻자 고개를 저었다. 도저히 못 피우겠더라 그거. 나한테 살래?

"아뇨."

사장이 아직 걸지 않은 가랜드에 담뱃불을 비벼 껐다. 그러더니 말했다. 거, 내가 유 사장이랑 커피 마시고 있지 않았으면 어쩌려고 그랬어.

사장을 데려오라고 그렇게 바락바락 소리를 질렀는데, 그 사장이 인근의 또 다른 게스트하우스 사장과 '사업상의 논의'를 하며 커피를 마시고 있을 줄은 여자들은 몰랐다. 그리고 지난주에 이미 증거 없는 절도 사건으로 홍역을 앓았던 그 게스트하우스의 사장 유씨가, 그때 한몫 단단히 챙겨 떠난 두 투숙객의 이름을 정확히 기억하고 있을 줄도 몰랐다. 나는 요상하게도, 스티커를 주머니에 쑤셔넣던 옛날의 그 사람들이 자꾸만 떠올라 고개를 몇 번이고 흔들어야 했다.

"그때도 상주하던 알바가 누명 쓰고 쫓겨났다잖아." 사장이 웃었다. "일을 기가 막히게 잘하는 애였는데 어디서 그런 애를 또 찾겠냐고 유 사장이 한숨을 쉬더라."

"경찰에 신고 안 해요?"

"해코지할까봐 무서워서, 신고하겠냐? 그렇게 에너지가 많고 꼼꼼히 성실한 사람들이 악의를 가지고 수틀리면 무서운 법이야. 적이 되지 않는 게 최고지." 사장은 연기를 내뿜더니 말을 이었다. "사실 네가 뒤집어쓰고 쫓겨났으면 나는 오히려 편하고 걱정도 없었을 텐데. 이렇게 까발려졌으니 어떻게든 복수를 하려 들겠지. 하다못해 리뷰 테러를 하든, 뭐든 간에."

사장은 상처가 되는 말을 아무렇지 않게 하는 사람이었고 나는 그걸 익히 잘 알고 있었다. 그래도 익숙해지지 않는 것은 않는 것이었다.

"요새도 시나리오는 계속 쓰고?"

"…네."

"뭐에 대해서 쓰냐, 요새는?"

"뭐 그냥, 그냥 사람 사는 얘기요…."

"너는 항상 그렇게 대답하더라. 야, 한 줄로 딱 설명이 되어야 팔리지 인마, 너는 아직도 멀었어…."

나는 입을 다물었다. 대신 담배를 다 피운 사장이 간다며 어깨를 두드릴 때까지 입 안에 연신 젤리를 넣고 씹었다.

옥상을 내려갔던 사장이 다시 얼굴을 빼꼼 내밀더니 말했다. 야, 그 여자 왔다. 여권 두 개인 여자. 슬슬 물어봐라, 응? 나도 가슴 철렁할 뻔했으니까, 야.

◎ ◎ ◎

"그냥 친구와 장난으로 만든 거예요. 우리는 한류에 미친 멍청한 여자들이니까요. 진짜 여권 아니에요. 쓴 적도 없고요."

"무슨 말을 그렇게 해요. 누가 멍청하대. 그런 말 하는 사람 있으면 다 나한테 말해요, 네?"

은청이 계속해서 손끝으로 페이지 하나하나를 넘기며 연신 탄성을 뱉었다. 아니, 이렇게 정교하게 여권을 만들 수가 있다고요? 누나, 이거 완전 범죄 수준인데. 이런 재주가 있었어요?

"일본인은 복수 국적을 가질 수 없다는 것도, 찾아보면 금방 나올 거예요. 그러니 이건 정말로 아무 곳에서도 쓸 수 없는, 그러니까 뭐라 해야 할까, 컨셉츄얼한 수첩일 뿐이에요." 휴의는 은청의 손에서 다시 초록색 표지의 여권을 받아 들었다. "어쨌든 이런 걸 괜히 가지고 다니는 바람에 지나 씨에게 괜한 폐를 끼친 건… 너무나 죄송하게 되었어요."

"아니 뭐, 죄송할 건 없고요. 휴의 씨가 잘못한 건 없으니까요 뭐. 그런데 이 사진 대체 몇 년 전이에요. 얼굴은 휴의인데 패션은 엄청나. 진짜 여권에도 이 사진 썼던데요?"

"…네."

"몇 년 전이에요, 이거."

"사실은 정말 오래 된 사진입니다. 열다섯 살 때 찍은 거니까요."

"아니, 그 사진으로 아직까지 유효한 여권을 쓰고 있단 게… 그거야말로 진짜 범법 아니에요?"

내 어처구니없는 농담에 휴의는 대답했다. 그래서 그때의 얼굴에서 변하지 않으려고 노력을 했어요. 나이가 들수록 얼굴에 생각이 드러난다기에 생각도 어린 시절과 똑같이 하려고 했고요. 결국엔 그래서 이렇게 모두가, 심지어 지나 씨까지 의심할 정도로 미심쩍은 사람이 된 것 같지만 말이에요. 그렇지만 정말로 변하고 싶지 않았어요. 그때가 제겐 제일 소중한 시기였기도 했거든요. 언제나 누더기 같은 저를, 그때는 가장 좋아해주는 사람도 있었고요.

누군가 내 목구멍에 신문지를 구겨 쑤셔넣은 것처럼 속이 턱 막혔다.

휴의가 방으로 먼저 들어갔다. 은청은 아직 의자에 앉아 있었다. 나는 공용 공간의 불을 끄기 위해 일어나 스위치 쪽으로 걸어가다가, 빈백을 보지 못하고 발이 걸려 그대로 고꾸라졌다. 몇 년을 그 자리에 있던 빈백이었는데.

"힘이 없네." 민망해져서 중얼거렸다. "뭔 일이 이렇게 많은지."

다시 일어나 불을 껐다. 그러자 어두운 공간에는 은청이 골똘히 쳐다보고 있는 핸드폰에서 나오는 조명이 전부였다.

"너 언제 들어가냐. 나 문 잠가야 하는데."

내가 말했다. 은청은 털끝 하나 움직이지 않았다.

"야, 나 들어가야 된다고."

아무 대답이 없었다.

"야! 아저씨! 썹냐? 나 들어간다니까!"

그러자 은청이 나를 돌아보고 입을 열었다. 열었는데, 목소리가 지나치게 작았다. 아주 어린 시절 서로에게 비밀 이야기를 하던 때처럼. 각자의 부모에게 들리지 않게 숨죽여 킬킬 웃으며 손장난을 치고 별로 예쁘지 않은 인형의 머리를 자르거나 유행이 지난 로봇의 관절을 뚝뚝 분지르며 산산조각낼 때처럼.

"아까 휴의가 뭐라고 그랬지."

"응?"

"그 사진이 몇 살 때라고…."

"열다섯 살."

"지금 몇 살이었지."

"서른셋."

그리고 은청이 자신의 핸드폰을 들이밀며 내게 물었다.

"목이 이렇게 생긴 스웨터가 그때 유행이었어?"

[9]

　은청은 '은청 친구'라는 이름으로 카메라 앞에 섰다. 손에는 휴의가 미리 맡긴 테이블보를 들고 있었다. 그리고 휴의가 마침내 앵글 안에 들어왔을 때, 그 테이블보를 펼치더니 슈퍼맨의 망토처럼 두르고 이를 반만 드러낸 채 웃었다. 처음 뵙겠습니다, 라고 말하면서. 그러자 휴의도 자기가 가져온 테이블보를 펼쳤다. 그리고는 똑같이 몸에 둘렀다. GB가 마치 심판처럼 가운데 서 있었다. 아무 관련 없는 행인들이 힐끔거리며 묻는 소리가 자꾸만 영상에 들어갔다. 거, 뭐 찍는 거요? 드라마야?

　휴의는 카메라 앞에서 테이블보에 대해 설명했다. 메신저로 알게 된 한국의 은청이라는 친구가 보내줬던 테이블보라고. 자기 엄마가 무늬를 넣어 정성스레 뜬 것이고, 딱 하루 썼다면서 곱게 포장해 국제 소포로 보냈다고. 이유는 간단했

다. 글루미백의 곡 중 '테이블보'가 있었으니까. 그걸 받고서
는 자신도 보답으로 자기 집의 테이블보를 보내줬다고 했다.

　은청아.

　휴의가 말했고 스탭들이 모두 숨을 죽였다. 은청은 고개
를 저었다. 저는 은청이가 아니에요. 목소리가 아주 작았다.
선배가 옆에서 손짓을 했다. 은청이 조금 더 목소리를 키웠
다. 제 이름은, 은청이 아니에요. 미안해요.

　나는 쪼그리고 앉아 있었다. 은청을 제외한 모두 휴의가
진실을 말한다고 믿고 있었다. 은청은 휴의가 모든 걸 거짓
으로 꾸며내고 있다고 확신해서 재미있어 하며 참여했지. 그
리고 나도… 은청과 같은 생각이어야만 하는데….

　그런데.

　어쩌면 휴의가 진짜를 말하고 있을지도 모른다는 생각
을 하게 될 수밖에 없었다.

　지택이 자주 입곤 하던, 목 부분이 독특한 남색 스웨터는
지택의 엄마가 짠 것이었다. 우리 반에 전학 올 때 입고 있던
바로 그 스웨터이기도 했다. 그리고 휴의는 여권 사진에서 베
이지색 스웨터를 입고 있었다. 가슴팍보다도 한참 위로 사진
이 잘려 있었지만 목의 무늬는 선명하게 드러났다. 지택의 그
스웨터와 무늬가 같았다.

　나는 휴의가 몸에 두른 테이블보도 본 적이 있었다. 그게

슬그머니 그 애의 식탁 위에서 사라진 날도 기억했다. 버터나 이프를 잼 병에 거꾸로 빠뜨리던 날이었다.

선배가 뚫어져라 응시하던 카메라가 GB의 두 손을 클로즈업했다. 초조한 듯 버석하게 마른 손을 비비는 모양새를. 은청의 모습 대신 목소리만 그 위에 기름처럼 둥둥 떠서 담기는 중이었다.

그리고 은청은 은청이란 친구의 죽음을 꾸며냈다. 그 친구는 사람들이 흔히들 아무렇지도 않게 지나치는 아주 많은 지점에서 슬픔과 아픔을 대신 느꼈고, 모든 것에 더 세게 부딪혔고—'부딪쳤고'가 아니라 '부딪혔고'—세상을 떠날 때까지 자신에게 소중한 사람들을 걱정하다 갔다고. 휴의는 울면서 말했다. 휴의라는 이름은 은청이 지어주었어요. 걱정을 버리고 편한 마음을 가지라고요.

"사실 은청과 저는 서로 처지가 같았거든요⋯."

손에 티슈를 쥐어준 GB에게 휴의가 말했다. 컷. 선배가 소리쳤다. 더 많은 얘기는 조금 텀을 뒀다가 하죠.

은청이 휴의에게 다가갔다. 휴의는 공원의 벤치에 앉아 계속해서 하염없이 울었다. 은청은 당황한 것 같았다. 휴의 씨, 울지 마요. 뜻밖의 모습을 보이는 휴의 앞에서 은청은 삐걱댔고, GB는 팔짱을 낀 채 몸의 무게 중심을 앞으로, 뒤로, 그리고 좌우로 옮기며 움직이더니 담배를 피우러 사라졌다.

"많이 아파했어요?"

휴의가 은청에게 물었다. 은청은 눈을 둥그렇게 뜨고 나를 바라보았다. 이거 뭐야? 어떻게 해야 해? 라고 묻는 모양새로.

"은청이요."

휴의는 숫제 엉엉 소리를 내고 있었다.

"정말 많이 아팠어요? 얼마나?"

스탭들이 눈에 띄게 당황하며 수군거렸다. 선배가 머리를 긁으며 아주 작은 목소리로 욕을 몇 번 뱉더니 나를 불렀다. 야, 김지나. 네가 저 남자 사전 인터뷰했다며. 검증 다 됐다며. 저 사람이 은청인가 뭐시깽이라며.

"네. 휴의가 말했던 에피소드들까지 아는 거 다 확인했는데요."

"그런데 지금 이게 무슨 날벼락 같은 상황이냐고, 아니, 좆같이…."

나는 은청에게 가서 상황 설명을 듣는 척 한 후 돌아왔다.

"그 친구가 죽었대요. 은청이란 친구가, 아파서…. 저 남자분은 은청의 친구였고, 휴의에 대해 잘 알고 있었고, 은청이란 사람이 죽기… 죽기 전에, 휴의가 자기를 찾아올지도 모른다고 유품을 남기고 갔대요."

"씨발 자기들이 무슨 일본 영화 찍어? 주인공이야?"

선배가 목소리를 조금 높이자 스탭들이 힐끔힐끔 이쪽을 쳐다보았다.

"왜 화를 내요."

"뭐 이렇게 복잡하게 가냐고. 자기들이 주인공이야? 난 대충 긴 뮤직비디오 만들면 될 줄 알았지. 야, 나도 이거 빨리 털고 내 공모 준비해야 돼."

담배를 다 피우고 돌아온 GB가 벤치에 무너지듯 앉은 휴의에게 딱 붙더니 은청에게 물었다. 그러면, 음, 선생님, 휴의의 친구였던 은청이 어디 안치되어 있는지 좀 알 수 있을까요? 저랑 휴의랑 같이 거기 가서, 인사를, 인사를 드리면 좋을 것 같은데.

그게 바로 은청과 내가 처음부터 원하고 그렸던 반응이었다.

그런데 왜 하나도 기쁘지 않고, 눈물만이 나려 했을까….

◎ ◎ ◎

휴의는 애꿎은 꽃다발을 연신 만지작거리고, 쳐다보고, 콧구멍에 가까이 들이밀다가, 꼭 끌어안았다. 그리고 나는 맞은편에 앉은 여자를 보면서, 내가 들었던 말들을 하나하나 꼭꼭 씹어 넘기려 노력하고 있었다. 그러면서도 두려웠다. 걱정이 되었다. 무엇이 우려되었느냐면, 이 상황에서 왜 아무도 위로하거나 아무에게도 고맙다고 말하지 못한 채 계속해서 자신이 악역이 될까 걱정하고 회피만 하고 있는 거냐고 누군가 나에 대해 생각할까봐. 의문을 품을까봐. 너를 제외한 모든 사람들은 충분히 이 상황을, 휴의의 행동들을, 그리고 그 옛날의 기억들을 아스라한 따뜻함 따위로 여길지도 모르는데 왜 너는 그렇게 받아들이지 못하냐고 욕할까봐.

지택의 집에는 더 이상 테이블보가 없었다. 식탁도 없었다. 대신 플라스틱으로 만든 상이 있었다. 노란 해바라기 모양의 그림이 아주 크게 전면에 그려진, 하얀 상. 인터넷 쇼핑으로 충분히 살 수 있는, 대학 초년생이 처음 단칸방에서 자취를 시작할 때 구매할 법한 그런 상. 날개를 펴고 날아가는 깡마른 학의 실루엣과 '복(福)'이라는 글자가 테두리에 아주 얇고 조악한 음각으로 새겨진 교자상이 아닌 게 어딘가, 하고 나는 생각했다. 그리고 휴의는 이거 지택이가 샀나요? 인터넷으로? 라고 물었다.

지택의 엄마가 고개를 끄덕였다. 그녀는 별 말을 하지 않고, 다만 손을 뻗어 휴의가 입은 스웨터의 목둘레를 만지작거리다가, 휴의가 들고 온 테이블보를 쓰다듬거나, 했다.

그러다 말했다.

"그때 너를 마구 혼냈던 게 아주 오랫동안 마음에 걸렸어. 서울에 너를 데려다주지 않은 것도."

"차도 없으셨으면서."

"네가 제대로 돌아갔다는 말을 지택이에게 사흘 후에 들을 때까지 아무 것도 할 수가 없었어."

"그게 제대로 돌아간 것인지는 모르지만요…."

◎◎◎

김지하, 카네모토 스미루는 열다섯 살짜리 초등학교 5학년이었던 지택의 동갑내기 친구였다. 둘은 글루미백의 팬들이 모여 있던 인터넷 커뮤니티에서 처음 만났다. 주민등록번호를 넣어야만 가입할 수 있는 그 사이트에서 지택이 자기 아이디에 커서를 놓고 마우스 오른쪽 버튼을 클릭해 회원 정보를 열람하면 쉰일곱 살의 남성이라는 글자가 떴다. 아들의 존재를 쉽게 버렸기에 자기 정보가 도용되는지도 알지 못할 한모 씨의 나이였다. 그리고 재일 교포이자 양국의 국적을 아직 모두 가지고 있던 지하는 자기 이름과 주민등록번호를 이용하여 사이트에 가입할 수 있었다.

아버지 아이디를 쓰고 있다는 지택의 말을 지하는 반쯤 믿고 반은 믿지 않았다. 어쩌면 어린 남자애 행세를 하며 또래의 여자애를 어떻게든 꾀려 드는 변태 성욕자일 수도 있다고 상상했다. 충분히 가능성 있는 이야기였다.

만약 지하의 주변에 제대로 된 조언을 해줄 수 있는 이성적이고 사려 깊은 어른이 단 한 명이라도 있었다면, 당연히 둘은 만나지 못했을 것이다. 그러나 지하에겐 아무것도 없었다. 나는 24시간 이지메를 당해, 꿈에서조차 내가 나를 비웃으며 괴롭히지, 라고 지하는 지택에게 말했다.

한국으로 수학여행을 떠나던 날 지하의 반 여자아이들은 조선간장을 준비해 그 애의 캐리어 안에 뚜껑을 연 채로 넣어두었다. 지극한 정성이었다.

지하는 그 캐리어를 김포공항에 버린 채 홀로 고속터미널에 가서, 버스를 타고, 해원시에 도착했다. 해원시외버스터미널에는 학교에 가지 않은 지택이 기다리고 있었다. 지하는 자신과 오후 3시에도, 저녁 7시에도, 새벽 4시에도, 아침 7시에도 메시지를 주고받던 그 아바타의 주인이 쉰일곱 살짜리 변태성욕자가 아니라 열두 살이라고 거짓말을 해야만 하는 열다섯 살짜리 상처투성이라는 사실을 거기서 확인했다. 그리고 그날이, 자기 인생이 자신을 이지메시키지 않는다고 느꼈던 처음이었다.

그리고 그날은, 한란에서 우리가 찢어진 후 지택이 학교를 결석했던 날이기도 했다. 은청과 싸우고 알림장을 전해주러 지택의 집에 갔던 날.

그때 안방에서는 지하가 쪼그려 앉아 문에 귀를 대고 있었다. 지하는 그때 일본으로 다시는 돌아가지 않을 생각이었고, 그래서 아무에게도 자신의 존재를 들키지 않아야 했고, 하물며 그게 지택의 열두 살짜리 어린 친구라 하더라도, 믿을 수는 없었다. 다만 내 목소리를 들으며 가끔씩 지택이 설명하던 나란 사람을 상상했다. 어른인 척하는 열두 살. 말이 통하

는 사람을 찾은 걸 기뻐하는 열두 살. 자신이 세상을 따돌린
다고 여기며 자위하는 열두 살. 보지도 못한 것을 봤다고, 속
이 훤히 들여다보이는 거짓말을 하는 열두 살. 자신과 성과
이름 한 글자가 똑같은 열두 살짜리 한국인 여자애를.

지하는 나와 친해지고 싶다고 생각했다.

그리고 동시에, 자신이 그 자리에 있어야만 한다고도 여
겼다고 했다. 못내 성이 나서 견딜 수가 없었다.

퇴근한 지택의 엄마가 집에 돌아와 자신을 발견하고는
크게 당황해하며 질질 끌고 경찰서에 갈 때까지 지하는 급하
게 뿌리를 내린 나무처럼 그 집에 있었고, 수액을 흘리는 밑
동처럼 잘 보이지 않지만 만져보면 끈적한 눈물을 흘렸다. 미
안해, 그렇지만 내겐 너를 서울에 데려갈 차도 없고 시간도
없어. 그리고 나는 이 땅에서 그 어떤 의심도 받아서는 안 돼.
모두 내가 너를 유괴했다고 생각할 거야. 가난한 외국에서
온 피부 까만 난민 여자가 일본인 수학여행객을 납치했다고.
지택의 엄마는 그렇게 말하며 경찰서 모퉁이에서 지하를 한
번 안아주었다. 지하는 망설이다가, 옆에 서 있던 지택에게도
그 엄마의 방식대로 흉내 내어 포옹을 했다.

그러면서 가늠했다. 이 하루의 기억으로 자신이 어디까지
버텨낼 수 있을지를….

그리고 결심했다. 절대로 여기서, 이날의 기억으로부터
절대로, 손아귀의 힘을 놓지 않겠다고. 아주 얇고 가는 실이

라도 묶인 채로 있겠다고. 그게 자신의 생명줄이라고, 자신이 붙들고 어떻게든 입을 들이밀어 필사적으로 빨아들여야 하는 산소 밸브일 거라고. 그리고 그러한 자신의 마음을 지택에게 들키지 않겠다고. 지택이 지레 겁먹고 잘라버리지 않도록…. 그렇게 열다섯 살짜리 그 애는, 버림받을 가능성까지 생각하며, 다만 그 생각을 절대 표정에 드러내지 않으며, 감사하고 죄송했습니다, 다시는 놀라게 해드리지 않겠습니다, 라고 지택의 엄마에게 사과를 하곤 버스를 탔다.

그렇게 희미한 산소가 공급되는 밸브를 손에 쥔 채, 지옥으로 다시 돌아가는 버스를 탔다, 라고 이제 휴의라고 불리는 지하는 표현했다.

아마 그 시간에, 모두 휴의를 배웅하러 떠난 빈집의 위층에선, 남자가 말아준 소주와 맥주를 연신 들이켜고 만취한 열두 살짜리 여자애가 킬킬 웃고 있었을 터였다.

휴의는 지택이 지어준 이름이었다.

한 씨는 지택을 따라 붙인 가짜 성이었다.

일본에 돌아간 휴의는 지택과 계속해서 연락했다. 학교에선 시신이 되었고, 모니터 앞에선 살아났다.

자신의 한국 이름을 딴 여자애가 지택의 결과물을 낚아채 유명해졌단 사실도 알았다.

김지하의 영화도 모종의 경로를 통해 구해보았다. 그러

니, 게스트하우스에서는 처음 보는 척 연기를 했던 거였다.

나는 지택이 다시 내게 연락할 때까지 지택이 어떤 청소년기를 거쳐야 했는지를 전혀 몰랐지만, 한 번도 지택과 연락을 끊은 적이 없던 휴의는 그 애가 어떻게 살았는지 내내 알았다.

그리고 지택이 죽었을 때 휴의는 자신도 죽을 거라고 생각했지만, 죽지 않았다. 그제야 자신이 산소 밸브 없이도 스스로 호흡할 수 있는 힘을 가지게 되었다는 사실을 알았다. 산소마스크를 벗은 몸은 홀가분했고, 그래서 휴의는, 지택의 모든 자취들을 좇기로 했다. 마치 불을 붙이는 것처럼.

산소는 잘 타니까.

【10】

"나 아무래도 휴의를 좋아하는 거 같애."

양은청이 그렇게 말했는데 왜인지 하나도 놀랍지 않았다. 알아. 나는 대답했다. 완전 티 나. 아주 팍팍.

"사람 들쑤시지 말고, 괜히 뭐, 사랑을 가르치겠다, 아직 진정한 사랑을 한 번도 안 해봐서 저런 식으로 사는 여자겠지, 내가 구원해야지, 이 따위 생각하면 죽인다."

"…그런 생각…."

"했지."

"응."

"그럴 줄 알았다. 이 미친놈아. 최악이야."

나는 고개를 절레절레 저으며 등짝을 한 대 때렸다. 내게 똑같은 말을 했던 수많은 사람들, 자기들 주장으로는, 이른바 '인생 선배'들이 떠올라서였다.

김지나는 상처가 많아서 혼자가 좋은 아이. 그 사람들은 마음대로 나를 규정했다. 마지막으로 사권 애인이 큰 병을 진단받고선 내게 이별을 고했다는 사연을 억지로 끄집어내 듣고는 모두 일제히 정신과 의사 자격증이라도 얻은 듯 함부로 나를 상담하고 진단하고 치료하려 들었다. 남녀노소 할 것 없이 모두 그랬다. 나는 그들과 만나고 싶지 않았다. 만나서 할 말도 없었고 타인과의 교류나 협업, 기타 등등의 교류에 과도한 환상을 가지고 있는 이들의 장단에 어깨춤을 춰줄 생각도 없었다. 그러면 그들은 곧 기분 나빠 했다. 대충, 내가 자기들을 멸시하듯 대했다는 이유에서였다. 그렇게 모두, 내게 아무 질문도 하지 않은 채 다가와, 나를 절대 고려하지 않은 채 제멋대로 옆에서 살갑게 굴고 다각도의 노력을 하다가 상처를 안은 후, 나를 욕하며 떠나곤 했다.

휴의의 삶도 마찬가지였을 것이다. 그리고 은청은 지금 휴의라는 사람을 이루는 가장 큰 조각을 지택의 상실로 보고 있을 테고, 그 조각이 아프게 심장을 찌르는 독 묻은 종류의 것이라는 선입견에 사로잡힌 채, 그 조각을 빼내고 연고를 발라 주는 '좋은 사람'이 되고 싶다는, 순전히 자기만족적인 열망에 휩싸여 있을 터였다. 은청과 같은 류의 이들이 쉽게 저지르는 잘못이라고 나는 생각했다.

"세상엔 현재진행 중인 관계가 없어도 사는 데 아무런 지장이 없는 사람들이 있어. 가장 소중했던 과거들만 몇 번을 돌려봐도 행복한 사람들이. 나도 그렇고, 휴의도 그래. 들쑤셔봤자 겁먹고 멀어지기만 할 거야. 아예 얼굴을 못 보고 싶진 않잖아."

은청은 대바늘을 들고 또 다시 뭔가를 뜨고 있었다. 실이나 대바늘의 굵기, 널찍이 팔을 벌린 폼을 보아하니 꽤나 커다란 작품을 만들어낼 모양이었다. 뭐, 새롭게 좋아하게 된 여자에게 벌키한 목도리라도 떠주려나. 나는 그런 상상을 제법 시큰둥하게 해냈다.

지택의 엄마는 그 옛날의 김지하가 만든 영화를 본 적이 있다고 말했다. 지택이 보여주었다고. 대신 김지하와 똑같은 언어를 써서 설명했다고. 자신은 배우였고 이 영화는 페이크 다큐 형태로 만들어졌다고. 단 하나, 잘게 잘라진 마지막 장면만은 진짜라고 진실을 말할 수밖에 없었는데 그 이유는 당연히 지택의 엄마가 지택을 데리러 한란의 경찰서로 걸음해야 했기 때문이었다. 그래서 연출이라고 안심시킬 수가 없었다. 지택의 엄마는 아주 오랫동안 지택에게, 사람들 사이에 눈에 띄지 않도록 조용히 섞여 있으라고, 떠들지도 싸우지도 말라고, 없는 것 같은 사람이 되라고 가르쳐왔고 그래야만 하는 자신을 죽도록 미워해왔지만 그날 비로소 포기했다고 했다. 그녀는 지택에게 말했다. 그래, 네가 태어난 대로 살아. 나는 그저 해줄 수 있는 것을 최대한 해줄테니. 내가 잘못했다. 내가 잘못 생각했어. 하고 싶은 대로 해. 카메라 앞에서 서고, 하고 싶은 말도 하고, 나쁜 사람들에게 주먹도 날리고, 해. 그러자 지택은 울면서 말했다.

날 버리지 마, 엄마. 포기하지 마. 우리는 추방되면 삼촌들처럼 죽게 될까? 엄마? 그럴까?

지택의 몸 안에서 그때부터 움트기 시작한 종양은 18년 후 배처럼 그 애의 전부를 싣고 떠났다. 그게 가장 힘들었다고 지택의 엄마는 말했다. 사람들이 이 모자에 대해 가질 모든 선입견을 지택이 다 처참히 밟아버리길 원했다고 했다. 꺾이지 않고, 주눅 들지 않고, 가난하거나 불쌍해 보이지도 않고. 그런데 세상에서 가장 불쌍한 방식으로 죽지 않았냐며 그녀는 슬퍼했고, 짧아진 손가락을 들어 보이더니 목이 콱 막힌 소리를 냈다.

그녀는 지택의 칸을 비워주었다. 우리는 두드리면 경박한 소리가 나는 가짜 납골함과 대충 휘갈겨 쓴 몇 가지 메모, 그리고 떨이하는 꽃집에서 싼값에 산 작은 목화다발을 그 안에 두었다. 그리고 미니 사진첩. 그 안에는 방금 인화해 따끈한 은청의 사진들이 가득했다. 태어났을 때부터, 휴의와 만나는 장면을 찍었던 그날의 모습까지가 죽 들어가 있었다.

나는 USB를 몇 번 만지작거리다가, 은청이 건넨 주머니 안에 넣어 사진첩 위에 올려두었다. 은청이 하루 한나절을 꼬박 써서 뜬 주머니였는데 지택이 CD를 넣어 다니던 예의 그

378

주머니와 아주 닮아 있었다. 지택의 엄마가 떴던 지택과 휴의, 두 사람의 스웨터 목 부분만큼이나.

유령이 될 준비가 되었어요?

휴의가 물었는데 딱히 대답을 바라는 것 같지는 않았다. 은청이 히이익, 소리를 냈다. 진짜 납골함을 안은 지택의 엄마는 가만히 서 있다가, 무어라고 우리가 알아들을 수 없는 언어로 잠시 중얼거렸다. 지택마저 알아듣지 못하는 언어였을 텐데도.

◎◎◎

커피와 담배가 섞여 나는 구취들이 주위를 빙글빙글 맴돌았다. GB는 리스테린 병을 들고 화장실에 다녀오더니 공기 중에서 아저씨 냄새가 진동한다며 미간을 찌푸렸다. 옛날처럼 굴면 안 됩니다들. 왜 아직도 20년 전 예술 하던 사람들처럼 굴까. GB의 목소리가 대리석으로 마감된 건물 안에서 크게 울렸다. 선배가 GB에게 보이지 않도록 등을 돌리고 내 얼굴을 향해 입술을 비쭉거렸다.

GB가 납골당에서 먼저 기다렸고, 휴의가 천천히 들어와 그 앞에 섰다. GB가 손을 내밀었다. 카메라 하나가 그 손을 비추었다. 휴의가 손을 내밀어 그 손을 맞잡았다. 정말 넣고 싶지 않은 장면이었는데, 선배와 GB가 바득바득 우겨 들어간 바로 그 장면.

"굳은살 뭐야, 기타 쳐요?"

대본에 없던 GB의 물음에 휴의가 고개를 끄덕였다.

"언제부터?"

"열다섯 살 때부터요."

"아, 그럼…."

"독학을 한 지 딱 한 달이 되었을 때 은청이랑 처음 연락했어요. 이미 시들해져서 기타를 팔까 고민하는데 제가 기타를 칠 줄 안다는 걸 들은 은청이가 너무 좋아해서, 그래서 그만두지 않고 계속 쳤어요."

"지금도 치는 손가락인데?"

"네. 그 이후 20년 가까운 세월이 지났는데, 기타 없이 하루를 보내는 것은 지금 한국 여행에서가 처음이에요. 일부러 들고 오지 않았어요."

"왜? 무거워서?"

그들은 이미 은청의 사진들로 꾸며진 가짜 납골당 칸 앞에 서 있었다. 스태프들이 발소리를 죽여 그 뒤를 따랐다.

"맞아요. 무거워서."

잠시 끊었다 갈게요. 선배가 말했다. 휴의는 GB의 손을 놓고 빙글 돌더니 허리를 좌우로 움직이며 스트레칭을 하는 듯 굴었다. GB는 어처구니없는 웃음을 지으며 그 모습을 바라보더니 말했다. 휴의 씨 기타 치는 장면도 하나 넣으면 좋겠네. 내가 빌려주면 되잖아요.

"와 그러면, 완전 계 탄 팬 아니에요?" 스탭 하나가 말했다. 그리고 나는 국민체조 하듯 허리를 돌리는 휴의 얼굴이 점점 비어가는 것을 눈치챘다. 마치 투명하고 무거운 주스 병을 천천히 기울여 안에 든 것을 모두 따라내는 것처럼, 색과 무게와 향과 맛이 모두 무로 치환되는 느린 과정처럼…. 그 안에 든 무언가를 마시기 위해 다른 컵에 옮기는 것이 아니라 그저 하수구로 흘려보내는 모양으로, 그런 식으로 휴의 얼굴이 텅 비었다.

손에 쥔 내 핸드폰이 반짝거렸다. 은청의 메시지였다. 동시에 선배가 외쳤다. 다시 시작하죠. 자, 두 분, 납골함 좀 봐주시겠어요? 얼굴 좀 더 가까이 붙이고요, 옳지, 그렇게요.

둘은 다시 손을 잡았다.

"잘생겼네요." GB가 속삭였다. "보통 잘생긴 남자들은 내 노래 안 좋아하는데…. 그 사람들한테는 패배감이랄까, 우울감이랄 게 별로 없어서."

"그런가요." 휴의가 말했고 선배가 이마를 짚더니 내게 메시지를 보냈다. 야 저게 할 얘기냐… 역시 대본을 하나하나 다 짜줬어야.

"무슨 일 하던 사람이지."

"영화를 만들었어요."

"정말?" GB는 잠시 진짜로 놀란 것처럼 보였다.

"네. 어렸을 때부터 만들었죠. 저랑 한창 글루미백 노래 듣던 당시에…."

"그럼 되게 어렸을 때 아닌가?"

열다섯 살 때요. 휴의가 중얼거렸다.

"그 영화 봤어요?"

"네."

"어땠어요?"

"모든 장면들이…."

"모든 장면들이."

"거짓말이었으면 좋겠는 영화였어요."

"영화니까 거짓말이 아닌가? 어차피 연출일 텐데."

그때 누군가 외쳤다. 저기요, 들어가시면 안 돼요. 저기 요, 나가시라니까요! 아, 야! 야, 뭐 해!

야, 쟤 끌어내!

그리고 휴의가 GB의 손을 끌어 앵글 안으로 들어온 남 자의 어깨에 가져다댔다.

나는 비었던 그 얼굴 위로 쏟아져 삽시간에 출렁거리는 감정들을 보았다. 보아야만 하는 건 GB의 표정인데, 그런데 왜 이상하게 휴의의 얼굴에서 눈을 뗄 수 없었던 건지.

"뭐야."

GB의 말이 귀에 박혔다.

"네, 뭐예요."

은청이 대답했다.

"뭐?"

그가 다시 납골함 쪽으로 고개를 돌렸다가, 은청의 얼굴을 빤히 바라보았다. 은청이 태연하고 시큰둥하게 말했다. 저 맞아요.

GB가 휴의의 손을 뿌리치려 했지만 휴의가 단단히 붙들고 놓지 않았다. 카메라 꺼! 선배와 GB가 거의 동시에 외쳤다.

그러나 휴의가 속삭이던 소리는 그 전에 아마 녹화되었을 것이다.

"지택아."

[11]

너희 장난질 때문에 지금 몇 명이 모가지인 줄 알아? 씨발 어차피 뒈져서 세상에도 없는 친구 하나 때문에 산 사람 다 죽어라 이거냐?

나는 핸드폰을 슬며시 엎어두었다. 어차피 방에는 나와 휴의밖에 없었다. 목청이 터져라 욕을 퍼붓는 선배의 목소리는 스피커폰을 켜지 않았는데도 방 안에 울렸다. 핸드폰이 조금씩 바들바들 떨며 고래고래 소리를 질렀다. 휴의가 풋 소리를 내며 웃었다. 풋, 풋풋, 하더니 조금 더 길게, 푸하하, 하고 웃으며 자신의 핸드폰을 내 눈앞에 들이밀었다. GB에게서 전화가 오고 있었다.

내가 고개를 끄덕이자 휴의는 통화 버튼을 눌렀다. 그러고는 나긋하게 말했다. 모시모시. 다레오 오사가시데스까? 하뉴와 타다이마 세끼니 이마셍. 이마 세끼오 하즈시테 이마스.

휴의가 스피커폰 버튼을 눌렀다. 그러자 갑자기 내 핸드폰 안에서 발광하던 이의 목소리가 산 정상에서 울부짖는 함성소리처럼 몇 번을 반복해 메아리쳤다. 야호, 야호, 야호오, 하는 소리처럼. 두 음성 간의 간섭. 두 사람이 함께 있다는 증거였다. 라디오에 용케 전화 연결된 청취자가 흔히 저지르는 실수 같은. 라디오를 많이 들어본 사람이라면 익숙해 알아챌 수밖에 없는 일이었다.

"휴의 씨." 최대한 낮게 깐 듯한 GB의 목소리를 들으며 나는, 우스워졌다. "한휴의 씨, 그거 나 아닙니다. 대체 무슨 일로 그렇게까지 저를 오해하시는지는 모르겠는데 사람이 누군가를 매도하고 매장하려면 한도 끝도 없이 조작을 할 수 있어요. 휴의 씨는 일본인이라 잘 모를 테지만 한국인들은 거짓말을 아주 잘 하거든, 그리고 정말로, 그 영화는 나는 모르는 일이야… 한휴의 씨가 완전 이용당하는 거라니까요? 아니 정말, 진짜, 저는 너무 억울해 죽겠어요 휴의 씨… 당신 은청인가 그 남자에게 이용당하는 거라고."

아직도 그때 그 애가 은청이라고 생각하네요. 휴의가 중얼거렸다. 누군지 이름도 제대로 모르는 애의 인생을 그렇게 망쳐놓고….

"당신 실수하는 거야, 한휴의 씨." 본디 애원조였던 GB의 목소리는 이제 조금 바뀌어 있었다. 단단하다거나 힘이 있다, 라는 단어를 사용하여 칭하기엔 그 단어들이 너무 아까웠다.

아주 조금의 긍정적 인상이라도 가질 만한 단어는 절대 사용하고 싶지 않았다. 떼를 쓴다고 할까? 질기다고 해야 할까? 냄새가 난다고 표현하는 건 어떨까?

나는 그 목소리에 어떤 생각이 묻어 있는지 알았다. 그것은 두려움이었다. 자신이 아무런 죄의식 없이 당연하다고 여겨 벌여온 일들이 누군가의 삶을 망가뜨리고 상처를 줄 수 있다는 가능성을 처음 현실에서 맞닥뜨렸을 때 묵인하고 변명할 가장 좋은 동력이 되는 감정. 그런 사람들은 절대로 사과하지 않는다. 차라리 못내 억울해한다. 아주 거대한 시소 한쪽에서 땅에 두 발바닥과 엉덩이를 댄 채, 높은 공중에 대롱대롱 매달려 위태로운 자세를 취하고 있는 상대를 두고 손가락질하며 위협한다. 자신이 엉덩이를 떼는 순간 네가 얼마나 빠른 속도로 낙하할지, 그리하여 크게 다치게 될지를 논하는 잔인하고 멍청한 거인 같다. 그저 가만히 앉아 있던 상대를 띄운 것은 자신이면서. 그러나 그는 사실 너무 두려워서 위협한 대로 실행하지 못한다. 자신을 노려보고 있는 상대가 몸 성히 지면으로 내려와 자신에게 달려들까봐. 자신을 푹 찔러놓고는 그대로 달음질할까봐. 단단한 땅이 자신보다 저 반대편의 누군가를 더 사랑하고 아낄까봐. 그래서 절대로 일어나지 못한다. 결국 양쪽을 모두 속박하고 옭아매게 되는 것이다.

그리고 우리 둘의 핸드폰에서 똑같은 누군가의 목소리

가 끼어들었다. 조금 멀리 떨어진 듯한 남자가 구령처럼 외치는 소리였다. 아, 씨이, 발, 존, 나 시끄럽, 네 쌍. 그러자 외침이 뚝 끊겼다.

그는 환자이거나 누군가의 보호자였을 것이다. 가슴 통증을 호소하며 구급차에 실려 간 GB와 같은 병실을 쓰는.

"나는 딱 하나만을 바랐는데. 십몇 년 동안 좋은 사람인 척 거짓으로 행세해왔던 것에 대한 사과 딱 한 문장만을 바랐는데. 그토록 뻔뻔하면서 왜 그 한마디를 하지 못할까요, 우리가 사랑했던 이 사람은?"

휴의의 의문에 나는 몇 가지 가설을 세웠다. 가설 1, 그는 미안함보다는 자신을 멋있게 드러낼 영화가 암초를 만나 가라앉고 있다는 사실을 견딜 수 없어 한다. 가설 2, 미안하다는 말 한마디를 불씨 삼아 우리가 온갖 것을, 뭐 돈이든 뭐든 요구할 것이라고 지레짐작하고 있다. 가설 3, 이런 종류의 케이스들이 흔히 그렇듯 침묵하면 언젠가 지쳐 나가떨어질 거라고 생각한다.

그리고 가설 4, 그는 자신에게 잘못이 없다고 생각한다.

"살면서 가장 충격 받았던 적이 언제인지 아세요?" 게스트하우스 옥상에서 휴의는 은청의 이름이 적힌 가짜 납골함을 부수면서 물었다. 망치를 휘둘러 내리치는 폼이 제법이었다. 은청은 위험하다며 망치를 빼앗으려 들다 휴의에게서 핀잔을 듣고는 입을 비쭉 내민 채 USB를 만지작거리는 중이었다. 예의 그 김지하의 영화, 그 숱한 복사본 중 하나가 들어 있는.

"언젠데요?"

"대부분의 사람들이 죄의식이라는 걸 절대 키우지 않는 다는 걸 처음 알게 된 순간이요."

이제 납골함 조각들은 모두 휴의의 작은 엄지손가락보다도 작게 부서져 있었다.

"저는 그렇게 생각했거든요. 나를 한국인이라면서 이렇게 괴롭히는 아이들도 집에 가서는 자신의 죄를 씻어 달라고 자신의 신에게 기도를 할 거라고요. 그저 무서워서, 자신이 세상으로부터 따돌림을 당할까 두려워서, 동조하지 않으면 세상이 자기를 때리고 발로 찰 것 같아서 먼저 선빵을 날리는 거라고, 그들의 안은 죄책감으로 썩어 들어갈 거라고 생각했어요. 그렇게 생각하지 않고서는 내가 학교에서 책으로, 글로 배우는 가치와의 괴리를 참아낼 수가 없으니까…."

나는 박자를 못 치던 담임을 생각하고, 내게 논문을 짜깁기하도록 만들었던 또 다른 담임을 생각하고, 그리고 역시나 가장 큰 죄를 지은 사람 중 하나일 나를 생각했다. 그러자 속이 울렁거렸다.

"그런데 그때 지택이가 그랬었죠."

휴의는 말하더니 한참 입을 다물었다. 결국 되물은 것은 은청이었다.

"뭐라고 그랬는데요?"

사람들은 본능적으로 죄의 경중이란 걸 따지나봐. 작은 유리 파편이 내 혀를 가르고 식도를 긁은 후 위장에 가서 박힐 거란 생각을 전혀 하지 않은 채로 그게 들어간 음료를 만들고 음식을 마련해서 내 앞에 갖다 놓아. 사람들은 커다란 유리 조각으로 사람을 찌르는 것만을 죄라고 생각해. 밖으로 피를 철철 흘려야만 아파한다고 생각해. 그리고 자신은 그런 종류의 외상을 누구에게도 입히지 않았으므로 완전무결하다고 확신해. 내가 배를 잡고 뒹굴면, 바닥을 내려다보면서 생각하지. 꾀병이라고. 혹은, 쟤는 원래 몸에 나쁜 것만 골라 입에 처넣어왔으니 아파도 싸다고. 혹은 쟤 원래 저렇게 태어난 애라고, 아파도 되고 어쩔 수 없다고…. 그러면 나는 바닥을 뒹굴면서 위를 올려다봐. 그 사람들의 얼굴을 봐. 아래에서 올려다보면 턱이 몇 겹으로 뚱뚱하고 눈은 작고 정수리는 좁아서 모두가 아주 못생겨 보이지. 그들은 절대 몰라. 자기들이 그렇게 생겼다는 것을. 그렇게 보일 거라는 사실을. 한 번도 바닥에 뒹굴 생각을 하지 않았으니까. 자신에겐 그런 일이 일어나지 않을 거라고, 그게 합당한 이치라고 여기니까.

"형이야…." 은청이 말하며 손으로 얼굴을 감쌌다. "형이었어. 그때의 나에겐, 그런 말을 해봤자 씨알도 먹히지 않았겠지. 그래서 아무 말도 안 했겠지. 그저 실없는 농담 따먹기나 하고, 조금이라도 어려운 책을 손에 쥐어주면 쩔쩔매는 걸 보면서 속이 터져 하고."

"슬펐겠지." 나도 말했다. "한지택이라는 사람은 그렇게 가면 안 됐어. 그 땅에 태어나서도 안 됐고 이 땅에 왔어도 안 됐어. 그 애가 만약 어디 커다랗고 돈 많은 날의 어디 커다랗고 돈 많은 집에서 태어났으면 어땠을까? 그럼 걔는 얼마나 거창한 것들을 해낼 수 있었을까? 학교도 오래 다니고 죽지도 않았을 거야…. 그랬을 거야." 나는 휴의 양손 덕에 내가 울고 있다는 사실과 GB가 내게 전화를 걸고 있다는 사실을 비로소 좀 늦게 알아챘다. 휴의는 왼손으로 내 핸드폰을 집어들어 건넸고 오른손으로는 내 눈가를 직접 문질렀으며 입으로는 말했다. 미안해요 티슈가 있으면 좋을 텐데, 어디 있는지 몰라서, 그런데 눈물이 너무 많이 떨어지니까 조금은 닦아야겠다 싶어서…. 그래서 만졌어요. 미안해요, 미안해요.

나는 진동하는 휴대폰을 받아들었다. 통화 버튼을 누르자 상대가 여보세요? 라고 말했다. 그 옛날 한란에서 팔세토 창법으로 노래 부르던 음성과 지금의 성마른 소리는 같은 개체의 것이었다.

"김지나 작가님." 그 옛날 사랑했던 목소리가 내 이름을 부르는 게 이젠 왜 이토록, 절대 더는 열광할 수 없는 어느 소설가의 마지막 작품처럼 들릴까. "작가님, 나는 작가님만 믿어요. 응?" 알고 보니 누군가의 문장과 삶을 그대로 표절하여 갖다 쓰고선 자신의 창작물인 양 굴었던 것처럼, 그렇게 들릴까, 왜.

대답이 없는 내게 대고 계속해서 말을 걸다 지친 GB가 전화를 끊었다. 거의 동시에, 옥상으로 들어서는 오래된 갈색 문이 삐거덕거리며 열렸다. 지택의 엄마가 들어오고 있었다. 휴의가 망치를 내려놓고선 웃는 것처럼 허리를 폈다. 너무 크게 웃어서 얼굴이 일그러뜨려지는 것처럼, 그렇게 온몸의 근육을 다해서 웃었다.

지택의 엄마는 요리할 재료가 가득 든 비닐봉지를 세 개나 들고 있었다. 은청이 얼른 뛰어가서 봉지를 받아 돌아왔다. 내 핸드폰이 번쩍거렸다. 이번엔 문자가 도착했다. 선배였다. 위약금을 물리겠다고. 지독한 코미디였다. 무슨 수로? 계약서도 쓰지 않았으면서….

우리는 기실 아무것도 성공시키지 못했다. 은청의 유령 흉내는 상대를 겨우 하루 입원시키는 것에 그쳤고 영화는 중단되었지만, 선배는 내가 김지하의 영화를 보여주며 이것이 바로 GB라고 이야기해도 자신의 작업이 엎어지고 클라이언트가 더 이상 자신을 신뢰하지 않게 된 것에만 신경을 썼다. 나와 은청과 휴의가 새로운 계정을 만들어놓고 두세 개씩 트윗을 했으나 아무런 리트윗도 받지 못한 채 사라졌다. 예전처

럼 사람들이 피 튀기게 싸우는 웹진 게시판이나 온라인 동호
회, 뭐 이런 거 없을까? 은청이 말했지만 우리 모두 답을 알고
있었다. 이미 지금의 모든 사람들은 더 이상 그런 데 신경 쓸
힘도 겨를도 없다는 것을. 나는 드디어 그 영화를 서비스하는
모든 플랫폼에 전화를 걸어 힘겹게 담당자를 꾸역꾸역 찾아
삭제를 논했다. 지택의 엄마는 그러나 그 영화에 나오는 지택
의 얼굴을 인화해 액자에 넣어 납골당에 두었다.

나와 은청이 옆에 함께 나온 사진이었다. 그녀는 말했다.
저승에도 만약 국적이란 게, 국경이란 게 있고 남을 배척하는
행위를 지극히 즐겨 하는 사람들이 가득하면 어떡해. 우리 애
는 그럼 거기서도 혼자 음악만 듣고 책만 보면서 살 거 아니
야. 내가 친구를 만들어줄 순 없어. 그렇지만 말할 순 있겠지.
살아 있을 땐 친구가 있었다고. 사라져서 다시는 찾아볼 수
없는 자신을 그리워할 애들이 있고, 그 애들은 기억하고 그리
워하는 세포를, 유전자를 타고나 잃지 않고 잘 보존해왔기에
자기를 절대 놓지 않을 거라고. 그렇게 센 척이라도 할 수 있
겠지…. 이게 있으면.

액자는 곱게 갠 테이블보 위에 얹혀 고정되었다.

[12]

기상 이변이라고 했다. 시호코노에 홋카이도보다 많은
눈이 오는 것은. 반나절이라도 늦게 도착했으면 착륙이 불가
능했을지도 몰랐다. 상공만 빙빙 돌다가 다시 인천으로 돌아
갈 수도 있었다. 내가 우겼던 대로 오후 비행기를 탔더라면
꼼짝없이 그랬을 터였다. 것 보라며 은청이 으스대는 꼴을 입
국 수속 내내 견뎌야만 했다. 옆에서 지택의 엄마가 은청의
모든 말에 맞장구를 충실히 쳐주고 있었기에 더 정신이 사나
웠다. 그러나….

그러나 이젠 반드시, 자기 부족함을 밖으로 인정하길 잘
하는 사람이 되기로 했으니까 꾹 참았다.

손에 쥔 것을 놓는 행위를 차마 질러내지 못하는 것이 이
세상 모든 사람들의 삶을 보풀처럼 만드는 가장 큰 이유라

면, 나는 그러지 않을 거야, 라고 선언한 것이 출국을 하루 앞
둔 휴의 앞에서 졸업장을 찢던 날이었다. 꿈을 꿨지만 그 꿈
이 애당초 거짓된 허물을 뒤집어쓴 벌레 떼가 만들어냈던 신
기루와 같다면 나는 그걸 철저히 죽여버릴래, 하고. 더는 매
달리지 않을 거야, 그 허물들을 얻으려고 굴며 괴로워하지도
않을 거야, 라고.

지금껏 내가 자조했던 대로 나는 실패했고 그러나 그래
도 어떻게든 숨 쉬고 있다면, 그렇다면 차라리 실패한 사람으
로서의 기쁨을 한 장 한 장 돈처럼 세면서 살리라, 라고.

그리고 그때 휴의는 김지하라는 이름이 적힌 여권을 똑
같이 함께 찢었다. 종이가 워낙 억세서 잘 찢어지지 않자 어
금니로 물어뜯었다. 얼굴이 웃거나 우는 것처럼 한쪽은 부풀
어오르고 한쪽은 구겨졌다. 여권은 침으로 축축하게 젖었다.

우리는 그걸 역시나 옥상에서 태웠다. 이 옥상에선 많은
것들이 죽어가네요, 라고 휴의가 말했다. 너는 뭐 찢을 거 없
어? 은청에게 묻자 은청은 조금 고민하더니, 5만 원짜리 신사
임당 한 장을 찢었다. 이 미친놈아, 그럴 거면 나를 주지. 내
가 외쳤지만 은청은 고개만 저었다.

"스미마셍."

공항에서 시내로 향하는 지하철에 올라 나란히 앉아 휴
의와 만나기로 한 역을 향해 털털 소리를 내며 실려 가는데

중간에 한 여자와 남자가 올라탔다. 그들은 우리 옆의 빈자리에 앉으며 그렇게, 스미마셍, 이라 말했다. 도대체 왜? 우릴 친 것도 아니고 우리가 엉덩이를 옴짝달싹해야 했던 것도 아니고 그저, 그저 빈자리에 앉았던 것뿐인데? 지하철 안이 너무나 조용했기에 나는 아무와도 의문을 나누지 못하고 혼자서 고민했는데 내려서 이야기하고 보니 은청과 지택의 엄마 역시 똑같은 궁금증을 가지고 있었다.

마침내 만난 휴의와 밥을 먹으러 가며 이야기했더니 휴의는 곰곰이 생각하다 말했다. 어쩌면 그것은 이 도시가 맘먹고 선물하는 일종의 환대일지도 모르죠. 이곳에서 나고 자란 저에겐 그러지 못했지만, 여러분은 스쳐지나가는 손님이라고 생각해서요. 어쨌거나 모두들 좋은 사람인 척 보이고 싶으니까.

"만약 내가 지택이를 한국에서 낳지 않았다면 지택이 역시 그 땅을 아주 좋아했을 거야. 동경했을 수도 있고…" 지택의 엄마가 휴의의 답변에 얹은 말이었다.

눈이 펑펑 오고 기온이 영하 10도까지 떨어졌다. 은청이 진짜로 휴의를 위해 목도리를 짜서 들고 오긴 했지만 그 정도로는 어림도 없었다. 너무 추워서 제정신으로 할 수 있는 거라곤 계속해서 국물 요리를 찾아 먹는 일뿐이었다. 돼지비계로 국물을 우린 라멘, 뜨거운 커피, 아주 뭉근히 끓인 닭이 들어간 국물, 따뜻한 술, 채소로 깔끔한 맛을 낸 국물, 따뜻한 커피, 소의 내장이 들어간 국물, 뜨거운 술. 가끔은 튀긴 교자를 곁들였고 그럴 때마다 나는 한란에서 먹었던 만두와 평상에서의 예즈지 같은 걸 떠올렸다. 왜 결국엔 다들 비슷한 것들로 비슷한 걸 해 먹을 거면서 그렇게 서로를 못 살게 굴어야만 했을까, 왜….

"오늘은 좀 날이 풀린대요."

한국으로 귀국하기 이틀 전 밤 휴의가 말했다.

"그러니 조금 떨더라도 꼭, 가야 할 곳이 있어요."

그러고 보니 우리가 머무는 내내 아주 미세하게 전전긍긍하던 것이 다, 그곳에 가지 못했기 때문이었나보았다. 휴의가 키보드를 두드려 빚어낸 설명을 읽은 지택이 몇 번이고 우와, 우와, 를 외치며 가고 싶어하던 포장마차라고 했다. 열다섯 살이던 휴의에게 몰래 조금씩 맥주를 맛보여주곤 하던 그때의 사장은 5년 전 은퇴했지만 새로운 사장에게 모든 것을 전수해주고 떠났다나.

열다섯의 둘은 정말 잘 어울렸을 거야. 나는 확신하면서, 조금 기분이 좋아졌다.

한때 친구였고 한때 애인이었으며 대부분의 시간 나를 걸머쥐고 있던 가장 거대한 죄책감의 주인이기도 했던 사람. 그를 한때는 욕망했고 한때는 동경했으며 또 언젠가는 제발 더는 그가 불우해지지 않기를, 불운 따위가 그를 좀먹지 않기를 바랐으며 아주 솔직히 말하자면 너무나 부끄럽고 징그럽게도 어느 한순간에는 죄책감에 짓눌려 그가 아예 증발해버리기를, 철저히 멸망하기를, 내 성취를 내 것이라 내가 스스로를 속일 수 있기를 기도하게 만들었던 사람. 그러나 나는 끝내 그러지 못했고, 그러면 그럴 수 있는 자들보다 내 존재는 조금 더 많이 헐거워질 터이고, 나 자신은 계속해서 정신도 못 차리는 구멍투성이로 남아 욕을 먹겠지만.

그렇지만.

우리는 발자국을 남기며 얼어붙은 강의 변두리를 걸었다. 운동화 발바닥에 눈덩이가 무겁게 붙었다. 포장마차로 가득하다고 유명하다던 거리는 함박눈의 여파로 거의 빈 채 띄엄띄엄 빛났지만 휴의에게는 정해둔 목적지가 있었다.

"사장님, 안녕."

휴의가 두껍고 무거운 천막을 열면서 한국어로 말했다. 기대를 전혀 하지 않던 뜻밖의 온기가 확 끼쳤다. 천막 안에 전기난로가 켜져 있었다. 뜨거운 주황색 불빛이 얼굴을 덮었다. 질감이 있는 빛이었다. 얼어붙은 얼굴을 가져다대면 쩍쩍 갈라지는 것처럼 볼의 피부를 잡아 뜯는 빛. 그런 힘이 있는 빛이었다. 가면을 깨는 빛.

사장이란 남자는 모자를 눌러쓰고 수염을 텁수룩하게 기른 채 말총머리를 흔드는 이였다. 두꺼운 안경을 점퍼 앞주머니에 꽂아두고 있었다. 은청의 눈길을 따라서 나도 천막 안을 둘러보았다. 그 옛날 우리가 열광하던 밴드와 뮤지션들의 얼굴이 우글우글 붙어 있는 벽면들. 눈가에 번개를 그린 사람들, 머리를 기르고 볶은 사람들, 가면을 쓰고 가죽 바지를 입은 사람들, 일부러 싼 기타를 들고 나와 부수는 사람들, 머리띠를 하고 마른 팔뚝을 치켜든 사람들….

"지택이가 좋아했을 법한 곳이네, 진짜, 완전."

은청이 말했다. 휴의와 지택의 엄마는 이마를 맞댄 채 메뉴판을 보고 있었다. 보통 이런 포장마차엔 관광객들이 많이 오기 때문에 항상 영어 메뉴판이 있어요. 그치만 영어 메뉴판이 없는 곳이 진짜지요, 관광지에 가면 으레 그렇듯이. 휴의가 일본어로 된 메뉴들을 하나하나 손가락으로 짚으며 지택의 엄마에게 어떤 메뉴들인지 설명해주었다. 알아서 주문할게. 지택의 엄마가 말해서 우리는 고개를 주억거렸다. 벽면을 구경하기에 바빴으니까.

"어…."

그리고 그때 나는 무언가를 발견했다. 손을 뻗어 은청을 툭툭 치곤, 내가 발견한 것을 검지로 가리켰다.

"뭐야, 예티네. 사장님 취향이 아주 버라이어…."

은청이 말하다가 나와 동시에, 같은 무언가를 응시하며 우뚝 멈추었다.

아.

나는 엄지와 검지의 끝을 모아, 천을 팽팽히 당겨 만든 벽에 붙은 예티의 사진과 벽 사이의 틈에 집어넣었다. 예티의 사진은 다른 뮤지션들의 사진이나 포스터와는 다르게 셀로

판테이프로 윗부분만 허술하게 붙어 있었다. 너무나 명백히, 무언가를 감추기 위한 뚜껑처럼. 그리고 나는 그 의도를 모른 척 할 수 있을 정도의 인간은 아니었다.

지택이었다면 모르겠지만….

사진을 젖히자 익숙한 얼굴이 나왔다. 사랑했던 사람. 기타를 들고 가죽점퍼에 찢어진 바지를 입은 채 그럴듯한 포즈까지 취하고 있는, 난생 처음 보는 모습. 그러나 나는 눈을 가늘게만 뜨고도 그 시절이 지택의 언제쯤이었을지를 알 수 있었다. 홀쭉해진 볼과 쑥 들어간 눈을 통해 알 수 있는 것. 그리고 지택의 오른쪽에는 휴의가 있었고….

"어….."

왼쪽에는 지금 뒤집개를 이용해 뭔가를 열심히 부치는 사장이 있었다. 뭐야, 지택이. 지택이 여기 왔던 거예요? 은청이 휴의에게 묻는 소리가 들렸다. 그리고 나는 알았다.

어렸을 때 나는 그런 꿈을 꿨다.

집에 들어가면 내가 좋아하는 연예인이 있을 거야.

엄마가 그 프로그램에 사연을 보내 당첨되었을 거야.

방송국 스태프들이 집안의 불을 다 끄고 숨을 죽인 채 주인공이 될 나를 기다리고 있을 거야.

나는 그러면 어떤 표정을 지어야 할까?

그 프로를 보면 애들은 감격해서 눈물을 흘리던데.

그게 좀, 너무, 볼썽사납거나 쪽팔리지 않아?

한지택, 너는 어떻게 생각해?

"예티는 눈 오는 날 사라졌어."

나는 떼어낸 사진을 벽에 붙은 사진 옆에 갖다댔다. 지택의 옆에 선 사장의 이목구비와 손에 든 예티의 옛 사진에 새겨진 이목구비를 비교했다.

꿈을 꾸는 걸까?

"음식 나왔어요."

사장이 말했다. 나는 그게 한국어라는 사실을 우리 중에서 가장 늦게 깨달았다.

지택의 엄마가 말했다.

우리 아이가 참 좋아했어요.

휴의가 덜 익은 계란 노른자를 젓가락으로 터뜨렸다.

언젠가는 그런 마법같은 순간도 오지 않을까, 죽기 전에.

한 번쯤은.

기대하며 살아도 되겠지, 라고 지택은 말했다.

그리고 나는, 이제는 정말로, 1년 있다 죽어버려도 괜찮겠다고 생각했다.

400

작가의 말

    소설을 탈고한 것이 2021년 10월이니 무려 2년 반이 지나 작가의 말을 쓰는 셈이다. 교정본을 받기까지 이 이야기를 거의 잊고 지냈다.

    보통 이전에 쓴 글을 보면 당혹스럽다. 굳이 작가가 아니더라도 이해할 것이다. 예전의 일기나 블로그 글 따위를 갑자기 맞닥뜨렸을 때 느껴지는 그런 감정 말이다. 전혀 모르던 사람이 뚜벅뚜벅 걸어와 과거의 나라고 주장할 때의 황당함. 그러나 이 소설을 다시 읽을 땐 그런 느낌이 덜했는데 이유는 아마도, 내 유소년기의 조각들이 이 소설에 사금파리처럼 박혀 있기 때문이 아닐까. 혼자 떠돌던 도서관과 사물놀이 방과 후, 낡은 2층 양옥과 죽어버리겠다면서 학교 창문에 매달리던 초등학생들, 두 시간 동안 무릎을 꿇은 채 의자를 들고 있으라는 벌을 매일 주던 담임이나 매일 교무실에 불러 제

논문을 타이핑하게 시키던 체육 선생, 어디서 맞아도 그러려니 넘기던 '시골 애들'과 그런 '시골 애들'을 비웃던 서울 어른들, 그리고 몰래 듣던 신해철의 라디오 같은 기억들. 나와 같은 기억을 가진 이들이 이 이야기에서 자신의 조각을 읽어낸다면 그것만으로도 행복할 듯하다.

물론 어떤 사람들은 시큰둥하게 말할 것이다.
열두 살 애들이 어떻게 그런 생각들을 하고 살아요? 재밌네. 거짓말도 잘 하셔.

그런 말과 싸우고자 함이 소설을 계속 쓰는 힘일 수도 있다.

계란프라이 자판기를 찾아서

초판 1쇄 인쇄일 2024년 7월 17일
초판 1쇄 발행일 2024년 7월 25일

지은이 설재인

발행인 조윤성

편집 구민준 **디자인** 정효진 **마케팅** 최은석, 김진규
발행처 ㈜SIGONGSA **주소** 서울시 성동구 광나루로 172 린하우스 4층(우편번호 04791)
대표전화 02 - 3486 - 6877 **팩스(주문)** 02 - 585 - 1755
홈페이지 www.sigongsa.com / www.sigongjunior.com

글 ⓒ 설재인, 2024 | 표지 그림 ⓒ 윤예지(YETI), 2024

ISBN 979 - 11 - 7125 - 732 - 4 03810

*SIGONGSA는 시공간을 넘는 무한한 콘텐츠 세상을 만듭니다.
*SIGONGSA는 더 나은 내일을 함께 만들 여러분의 소중한 의견을 기다립니다.
*잘못 만들어진 책은 구입하신 곳에서 바꾸어 드립니다.

WEPUB 원스톱 출판 투고 플랫폼 '위펍' __wepub.kr
위펍은 다양한 콘텐츠 발굴과 확장의 기회를 높여주는
SIGONGSA의 출판IP 투고·매칭 플랫폼입니다.